C'est arrivé par hasard

Marie-Chantal Guilmin

C'est arrivé par hasard

Roman

Ramsay

C'est arrivé par hasard
Première édition

— À Robert Hébras, dernier rescapé du massacre d'Oradour-sur-Glane, né le 29 juin 1925 et décédé le 11 février 2023 pendant l'écriture de ce livre.

— À Marguerite Rouffanche, seule rescapée de l'église, née Thurmaux le 19 décembre 1897 et décédée le 23 mai 1988.

— À Jean-Marcel Darthout, rescapé né le 12 avril 1924 et décédé le 4 octobre 2016.

— Aux trois autres rescapés du massacre (granges), Mathieu Borie, né le 10 août 1910 et décédé le 15 août 1994, Clément Broussaudier, né le 23 novembre 1918 et décédé le 26 avril 1971 et Yvon Roby.

— À toutes les victimes de la barbarie nazie d'Oradour au nombre de 643 (hommes, femmes et enfants).

Il n'y a pas de mots pour nommer l'innommable

« Quand je vous le dis, je le vis. Mon esprit est là-bas, ma pensée est là-bas... »

« Qu'après moi, la mémoire perdure »

Robert Hébras (1925-2023)

1

Nikolaus Friedrich longe l'Ackerstrasse d'un pas lent et contrarié. Il sait que ce qu'il doit dire à ses parents va les bouleverser. Berlin est lumineuse aujourd'hui, un jour où il n'y a pas de place pour les embarras de toutes sortes. Son pied gauche tape dans une pierre et l'envoie sur le bord d'un mur. Il ne pense à rien d'autre, son cerveau remue son inquiétude d'une façon presque obsessionnelle depuis qu'il a quitté le lycée Wilhem-Leuschner Oberschule il y a à peine un quart d'heure.

Dans quelques minutes, il bifurquera sur Falkenseer damm, il se retrouvera devant l'imposant immeuble où se trouve l'appartement de luxe familial au premier étage. Il lui faudra pousser la grande porte de bois, traverser le hall, gravir les escaliers qui mènent à la porte d'entrée, suivre le grand couloir, la salle à manger, ils seront dans le salon, pense-t-il, ils sont toujours dans le salon quand il rentre du lycée.

Avant de pénétrer dans l'immeuble aux murs blancs, il lève machinalement la tête comme chaque fois. C'est le printemps et le vantail du salon chapeauté par une corniche sculptée en demi-cercle est ouvert, il sait qu'ils sont là, le vendredi, son père rentre plus tôt.

La porte de l'appartement est le seul rempart qu'il doit encore passer. Mais pourquoi ne leur avoir pas dit plus tôt ? Il est au courant depuis septembre de l'année passée. Reculer ne sert à rien, il va leur asséner cela tout d'un coup, était-ce une bonne idée finalement ? Trop tard, il sent déjà les volutes du cigare de son père. Ça fait des plombes, pense-t-il, qu'il doit arrêter de fumer, jamais il ne le fera.

Nikolaus pose son sac contre la plainte du mur du couloir où il le met tous les jours.

— C'est toi, Nikolaus, appelle Birgit Friedrich.

— Oui, c'est moi, maman.

— Qui veux-tu que ce soit à cette heure ? réplique le père du jeune homme de 17 ans.

— Oh toi alors, mais qu'as-tu aujourd'hui ? demande Birgit en entrant dans le salon, une tasse de café à la main.

Nikolaus entre dans le salon à son tour. Il ne manquait plus que ça, se dit-il, qu'il ne soit pas de bonne humeur. Il sait que son père va être très en colère. Le fils de la maison trouverait un réconfort dans la gentillesse de sa mère, qui, elle, même si elle n'adhérait pas vraiment, serait certainement plus conciliante. Il regarde le doux visage au teint clair de sa mère. Les femmes ne sont pas comme nous, pensa-t-il, les femmes naissent avec une douceur innée, une aptitude à la compréhension qu'un être encombré de testostérone ne pourrait jamais atteindre.

Cependant, Nikolaus aime son père. Ludwig Friedrich, chef d'entreprise dans le domaine des aiguilles, est un homme pour qui compte l'opinion des autres. Toujours bien mis, polos de tennis, pantalons de toile ou bien costumes de ville. Il ne portait jamais de jeans. Au caractère bien trempé, il est craint de ses employés même si ceux-là reconnaissent la justesse de ses observations et la qualité de son rôle de patron sur le marché.

L'amour que Nikolaus porte à sa mère est sans limites. Enfant unique, Birgit le couve depuis toujours. Mais aujourd'hui, cet amour inconditionnel qu'ils se portent l'un l'autre va-t-il suffire à apaiser le tonnerre qui se fera entendre ?

— Salut Papa ! Salut maman, dit-il en s'appuyant sur le rebord d'un vaisselier en bois massif.

— Tout s'est bien passé au lycée, as-tu vu ta prof de math pour mettre au point les révisions de fin d'année ?

— Oui, c'est bon, je l'ai vue, on va tous réviser le lundi à 11 h, avant le déjeuner.

— C'est très sympa à elle de vous accompagner, assure son père sans lever les yeux de son journal du soir.

Nikolaus déglutit, prit une grande inspiration.

— C'est le professeur d'histoire qui nous a beaucoup parlé cet après-midi.

— Ah et de quoi vous a-t-il parlé ? demande Birgit, avalant une gorgée de café.

— De tout et de rien.

— C'est ainsi que tu évalues tes cours d'histoire, de tout et de rien, lâche Ludwig.

— Oh pas du tout, vous savez à quel point je suis passionné par l'Histoire.

— Parlons-en de l'Histoire, une défaite en 45 que nul n'avait vue venir.

— Tu ne vas pas recommencer avec ça, s'énerve Birgit, il y a plus de soixante-dix ans, mais quand, bon Dieu, vas-tu arrêter de ressasser cela ? On dirait que tu souhaites le retour du troisième Reich, lui lance-t-elle, regrettant aussitôt ses mots.

Nikolaus semble renoncer et se dirige vers la cuisine pour sortir la bouteille de jus d'orange du frigo. Il se sert et porte le verre à sa bouche, puis, d'un coup sec, le repose, retourne au salon comme on rentre sur scène.

— En juin, nous faisons un voyage de fin d'année en France.

Birgit reste coite avec sa tasse de café à la main et Ludwig lève les yeux de son journal. Tous deux le regardent hébétés.

— Mais, articule son père, tu nous le dis que maintenant, d'habitude, on est au courant beaucoup plus tôt.

— C'est vrai, oui, pourquoi l'avez-vous su si tard ? demande Birgit. Combien cela coûte-t-il ? Il faut payer bientôt, c'est à peine dans un mois.

— Ne vous inquiétez pas pour ça, il faut payer pour le 1er juin.

Birgit connaît son fils et elle sait quand quelque chose ne tourne pas rond chez son Nikolaus.

— Que nous caches-tu ? insinue sa mère.

— Mais rien, balbutie Nikolaus, cachant mal son désarroi.

— Nous avons les moyens de payer, tu le sais.

— Il ne s'agit pas de cela, dit-il le regard triste.

— Mais que se passe-t-il, tu m'inquiètes, es-tu malade ?

— Non, je vais bien, enfin pour le moment.

Ludwig pose son journal sur la table basse et se lève pour faire face à son fils.

— Tu sais que je n'aime pas les paroles en demi-mesures, tu ne noieras pas le poisson avec moi.

— Personne ne noie le poisson avec toi, assène Nikolaus.

— Sois plus correct avec ton père, assure Ludwig.

— Tu n'es pas méchant, mais tu ne comprends jamais rien.

— Et toi, à 17 ans, tu comprends tout, je pense, non !

— Bon, ça suffit tous les deux, interrompt Birgit, se tournant vers son fils.

— Nikolaus, si tu as quelque chose à nous dire, il faut le faire, je ne veux pas de cachoteries dans la famille.

— Vous n'allez pas apprécier.

— Dis toujours, tonne Ludwig et c'est moi qui jugerai si je dois apprécier ou pas.

Birgit s'enfuit dans la cuisine en maugréant.

— Je n'en peux plus de vos disputes, il faudra que tu changes, Ludwig, ton fils n'est pas l'un de tes employés que tu peux traiter comme il te plaît.

— Je traite très bien mes employés, dit-il en haussant la voix et tu le sais très bien, même si je n'ai pas beaucoup de patience pour la bêtise et la paresse.

Ludwig se plante devant son fils.

— Maintenant, tu vas nous dire ce que nous n'allons pas apprécier.

— Surtout toi papa, maman est plus compréhensible.

— Parle, insiste Ludwig.

Nikolaus regarde sa mère, appuyée sur le chambranle de la porte de la cuisine. Il prend une grande inspiration.

— Nous allons en voyage en France.

— Ça, tu nous l'as déjà dit.

— Laisse-le parler enfin, dis-nous, demande Birgit en souriant à son fils.

— Nous allons rencontrer pendant une dizaine de jours les élèves d'un lycée de Limoges.

— De Limoges, vous allez visiter les usines de porcelaine, demande Ludwig.

— Entre autres.

— Mais c'est très bien cela, en déduit le père de famille. Pourquoi nous n'apprécierions pas ?

— Cela ne nous prendra qu'une demi-journée, répond Nikolaus. Le reste de la semaine, nous la passerons à visiter les villes de…

— De… attend Birgit.

— De Tulle et d'Oradour-sur-Glane.

2

Ludwig Friedrich regarde dans le vide, les mains appuyées sur le rebord de la fenêtre du salon. La nuit est tombée sur Berlin, le vent est frais, mais agréable. Il passe sa main dans ses cheveux blonds teintés de roux, la nuit est claire, il fixe une étoile. Il pense à son grand-père, Gunter, une figure dans la famille Friedrich, un monument qui a participé aux deux guerres mondiales. Il sait que son aïeul vénérait Hitler et qu'il avait réussi à laisser planer cette empathie dans les générations futures. Combien de fois Ludwig s'était-il querellé avec sa femme qui, elle, venait d'une famille de soldats de la Wehrmacht, plus dans une normalité militaire.

Il y avait des mots prohibés dans la famille, comme Auschwitz, Bergen-Belsen ou bien encore Tulle et Oradour-sur-Glane. Ludwig semble si maigre tout à coup, son teint déjà clair devient blanchâtre, pourquoi son fils remuait-il tout cela après tant d'années ?

Son regard se faufile derrière le toit de l'immeuble d'en face. Là-bas, pense-t-il, en France, il y avait des endroits dont il n'aurait plus jamais voulu entendre parler. Là-bas, il y avait des gens, des Français qui connaissaient ces histoires terribles, ces massacres inhumains et celui qui lui plantait un couteau dans le dos n'était autre que son propre fils. Il ferme enfin la fenêtre et décide d'aller se coucher.

Oradour-sur-Glane, Haute-Vienne, France, le lendemain

Virginie Couderc ne travaille pas aujourd'hui. Le magasin de prêt-à-porter où elle exerce un mi-temps à Limoges est fermé pour cause de travaux. Elle profite de ce temps pour faire la lessive de la semaine. Elle tire de toutes ses forces sur un drap blanc pour l'étendre sur le fil, le soleil radieux de mai séchera le linge d'ici ce soir, pense-t-elle en souriant. Elle a toujours aimé faire la lessive, et voir le linge propre et humide pendre sur le fil la ravit.

Ici, elle vit à la campagne près de son mari Olivier et de ses deux filles, Pauline, 17 ans et Zoé, 10 ans. Au départ, quand elle s'est mariée avec Olivier, elle ne voulait pas vivre à la ferme, la peur de rester sale toute la journée pour s'occuper des bêtes, de se tuer à la tâche, traire les vaches ou autres travaux agricoles. Elle craignait la fatigue du travail fermier sans compter le fait de s'occuper des enfants. Je t'aiderai, lui avait-elle spécifié, mais je veux travailler ailleurs, en ville, à Limoges. Après maintes tentatives pour la faire rester à la ferme, Olivier avait cédé et Virginie se partageait entre sa vie urbaine et un temps à la ferme.

L'entreprise agricole d'Olivier Couderc est immense, il possède une centaine de vaches laitières et a engagé un jeune homme, Joe, pour l'aider à manier le robot de traite deux fois par jour. Olivier apprécie ce moment où il soulage ses vaches. Il a enfin adopté cette forme de traite sachant qu'elle est hygiénique, efficace et indolore pour l'animal. Olivier Couderc n'est pas un fermier au regard absolu du profit, le bien-être de ses animaux est primordial pour lui. Pour les gros travaux, il se fait aider par des journaliers.

La main sur le front pour se cacher du soleil, Virginie regarde l'horizon. Aujourd'hui, elle arrive à vivre avec ce lourd passé, le village martyr d'Oradour qui se trouve à quelques kilomètres seulement de la ferme, bâtie sur les terres du village au lieu-dit Orbagnac. L'histoire, elle la connaît, elle a entendu parler du massacre pendant des années. On s'exprimait à ce sujet dans sa famille, pour ne pas oublier, disaient les vieux.

Était-ce pour cette raison que sa fille Pauline s'y intéressait tant, un peu trop même ? Quand elle était arrivée du lycée un mois auparavant avec un beau sourire sur les lèvres, Virginie n'avait pas été surprise que sa fille, férue d'histoire, soit enchantée à l'idée qu'une classe de jeunes Allemands de Berlin vienne visiter les lieux durant toute une semaine. Virginie se rendait au village martyr plusieurs fois par an. Elle longeait les rues, elle connaissait l'histoire du massacre, racontée par les survivants, surtout Robert Hébras, qui avait habité à Saint-Junien et qui, à la mort de son épouse Christiane, était revenu s'installer à Oradour et y avait vécu jusqu'à son décès. Elle connaissait le déroulement du massacre et du haut de ses jeunes années, elle n'arrivait toujours pas à l'imaginer.

Olivier Couderc est un homme de quarante-six ans, bien portant, assez grand aux cheveux roux. Son visage est muni d'un petit nez droit et d'une petite bouche faisant ressortir ses joues rougeâtres. C'est un homme simple, abonné aux pantalons larges en velours et portant des chemisettes hiver comme été. Lui, il n'aimait pas les boches, c'est ainsi que sa famille les avait toujours nommés. Une haine latente et incrustée dans les gènes familiaux qui ne s'était pas atténuée avec le temps. Aujourd'hui, sa passion pour les maquettes de voiliers lui permet de s'évader de son métier dur et prenant.

Il ne voit pas d'un bon œil la venue de ces étudiants allemands, mais ce qui le dérange le plus, c'est qu'ils vont fréquenter sa fille durant une bonne semaine. « *Je ne veux pas en entendre parler,* avait-il averti sa fille Pauline. Ce à quoi elle avait répondu, avec l'aplomb de ses dix-sept ans, qu'il fallait qu'il avance un peu dans sa tête et que les Allemands d'aujourd'hui n'étaient pas les bourreaux d'hier.

Que ce soit dans la capitale allemande ou dans un village de Haute-Vienne, la rencontre de ces jeunes gens n'était pas la bienvenue pour toutes les familles. Virginie Couderc, autant que Birgit Friedrich, même si elles n'étaient aucunement opposées à cette rencontre, sans se connaître, ne la cautionnaient pas non plus.

— Qu'est-ce qu'ils ont à vouloir toujours remuer tout ça, qu'ils nous laissent tranquilles avec ces histoires, c'est un temps révolu, jamais un Allemand ne pourra me faire oublier tout ça ? assure Olivier Couderc alors qu'il se met à table.

— Qui te demande d'oublier ? Personne ne peut oublier, et il ne faut surtout pas oublier, s'insurge Virginie.

— Ce qu'ont fait les SS le 10 juin 1944 ici, à Oradour, jamais, tu entends, jamais, nous ne pardonnerons, nous les descendants des familles.

— Premièrement, tu n'es pas descendant d'une famille meurtrie ce jour-là, tes parents habitaient Limoges, mais moi, oui, même si la tante de ma grand-mère n'a pas été tuée, car elle avait pris le tramway pour aller travailler, elle était à Oradour pour tout l'été.

Olivier Couderc change de sujet, jetant un œil noir à sa fille Pauline dévorant une assiette de salade de tomates. Le soir tombe sur Oradour, il est tard, les jours rallongent.

Olivier marche le long des abreuvoirs extérieurs, le soleil disparait lentement à l'horizon et chacun s'apprête à dormir.

La tête sur l'oreiller, il pense à tout ça, le drame, là-bas, les cris, l'horreur, les femmes, les enfants dans l'église, pourquoi ? Après tant d'années, il n'arrive pas à comprendre comment des gens ont pu oublier qu'ils étaient des humains. Il voit l'entrée du village martyr, à droite de la grille d'entrée, deux mots sur une plaque, « *Souviens-toi, remenber* », à l'accès du chemin menant au village, un arbre sur la gauche et à son pied, un mot « Silence ». Il se tourne et se retourne dans son lit, il ne supporte pas l'idée que des Allemands en franchissent encore le seuil, fussent-ils pacifiques.

Quand il était enfant, il n'avait pu échapper à l'histoire de ce drame, longtemps ses aïeuls parlèrent d'odeur de bois brûlé, de roussi, « *on vivait avec, disaient-ils, on s'habituait à avoir dans nos narines l'odeur entêtante de suie qui se collait à l'intérieur comme à l'extérieur de notre corps* ».

Louis, le frère de son grand-père avait fui le secteur et s'était exilé dans les Landes. "*Là-bas, tu as l'odeur des pins qui submerge tout, l'océan m'a sauvé de tous ces souvenirs horribles,* affirmait-il à son frère peu de temps après son déménagement.

Olivier Couderc se souvient aussi de l'omerta dans certaines familles. Nombreux craignaient de parler des faits de peur d'être accusés de dénonciation ou d'avoir mentionné la possibilité de cachettes d'armes dans le petit village de Haute-Vienne.

À Oradour, personne n'avait eu vent de ce qu'il s'était passé la veille, le 9 juin 1944, à Tulle. C'est bien après le drame d'Oradour-sur-Glane que les habitants du secteur apprirent les pendaisons de Tulle perpétrées par la 2e Division Das Reich en représailles.

Ce jour-là, la division tristement célèbre entre dans Tulle et les SS pendent 99 hommes aux balcons de la ville, en déportant 149 autres dont 101 ne revinrent pas des camps de concentration. Auparavant, les SS ont réuni environ 2000 hommes dans la manufacture de Tulle.

Olivier Couderc se tourne dans son lit, Virginie dort, le dos tourné, en forme de fœtus, son corps fin ne dessine qu'une petite bosse sur le lit. Olivier Couderc reprend ses réflexions. Il avait appris par la suite que les pendaisons de Tulle faisaient écho à ce matin du 7 juin 1944, le lendemain du débarquement allié en Normandie où les soldats de la Wehrmacht, stationnés à Tulle, ainsi que des miliciens furent harcelés et attaqués par la Résistance.

Après une véritable guérilla qui oppose FTP (Francs-tireurs partisans) aux soldats allemands, la ville tombe aux mains des résistants le lendemain, le 8 juin. Ceux-ci prennent alors possession de Tulle et une quarantaine d'Allemands en uniforme et en civil se rendent les mains sur la tête. Les combats et les fumées qui en découlent ne passent pas inaperçus par la Division SS Das Reich stationnée non loin de la ville. Le 9 juin au matin, les représailles furent terribles.

Olivier sent quelques larmes monter, il essuie ses yeux avec sa main, touche son front humide. Il se souvient que son aïeul a perdu un ami lors de ces pendaisons. Il en avait longtemps parlé avant de mourir. « *N'oubliez jamais mes enfants*, avait-il déploré ».

Pourquoi le professeur d'Histoire du lycée de Pauline à Limoges veut-il remuer tout cela ? Pourquoi de jeunes Berlinois viennent-ils visiter Oradour ?

Il s'endort enfin rejoignant la respiration lente de Virginie.

3

Le soleil darde ses rayons sur le bois de Chamoret. Olivier Couderc a demandé à sa fille Pauline de l'accompagner chez un grossiste de vente de lait.

— Pourquoi, j'ai autre chose à faire un samedi matin ?

— Parce que j'ai envie de parler avec ma fille, nous n'avons jamais un moment à nous.

— Depuis quand veux-tu avoir un moment à nous ? Ah, je comprends, tu veux encore me parler de la visite des jeunes Allemands, et ne pas avoir les raisonnements de maman.

Olivier Couderc plisse ses joues pour faire face au soleil.

— Entre autres, oui, c'est ça.

— Papa, il faut que tu comprennes que je n'y suis pour rien. C'est une décision de mon prof d'histoire, et je t'avoue que moi, ça me ravit de voir d'autres têtes dans le lycée. C'est quand que vous allez tourner la page de cette tragédie ?

— Oublier !

— Mais non, pas oublier, mais avancer, se souvenir et vivre le présent, envisager enfin l'avenir. De plus, tu n'étais même pas né en 1944. Cela fait plus de 75 ans, je n'arrive pas à comprendre comment tu peux vivre avec cette haine au fond de toi.

— Et alors, j'en ai trop entendu parler, trop d'émotions, j'ai grandi avec la haine des Allemands.

— Même maman ne comprend pas ton entêtement. Personne, et surtout pas maman, ne demandera d'oublier, jamais, tu entends, jamais.

Comme ils arrivent devant la maison Gallet, négociants en lait pour les supérettes de la région, ils se taisent et ne parlent plus de la visite lycéenne germaine. Mais une fois le père et la fille dehors, la discussion reprend.

— Papa, les jeunes Allemands qui ont aujourd'hui 17 ans ne sont pas coupables, surtout que tu sais très bien que dans cette division SS, il y avait de nombreux malgré-nous, des Alsaciens enrôlés de force par les nazis.

— Je le sais, mais je n'y arrive pas.

— Ça viendra, papa, ça viendra, je le souhaite vraiment pour toi.

Olivier Couderc regarde sa fille, comme elle a grandi, comme elle comprend tant de choses, pense-t-il. Elle a peut-être raison, il faut que j'arrête de remâcher cette histoire. Certains de ses amis lui ont déjà fait la leçon, mais là, c'est sa fille et cela le touche particulièrement.

Berlin, début juin, de nos jours.

Ce matin, Nikolaus Friedrich est heureux, la date du départ pour la France approche. Que connaît-il de Limoges ? Rien, si ce n'est la fabrication de la porcelaine, que la ville est la préfecture du département de la Haute-Vienne et la capitale de la province historique du Limousin.

Ils ont eu plusieurs cours de géographie sur le lieu qu'ils vont tous fouler pour la première fois. Certains élèves, très sportifs, savent que le club de basket-ball, le Limoges CSP, a été plusieurs fois champion de France et même d'Europe en 1993.

Leur professeur de Géographie leur a expliqué en fin de matinée l'importance de la production d'émaux, de porcelaine et de vitraux, ce qui fait de cette ville la capitale des arts du feu.

Depuis les conversations plutôt dures avec son père, Nikolaus décida de ne plus parler du voyage scolaire en France. Devant l'insistance de sa femme, Ludwig Friedrich avait capitulé et accepté que son fils se rende sur les lieux du massacre d'Oradour-sur-Glane.

— C'est sa vie, pas la tienne, lui avait rappelé Birgit, il a le droit de savoir, de s'instruire, de juger par lui-même ce qui est bien ou pas. Toi et ton fils n'êtes pour rien dans ce massacre, alors, il faut avancer.

Ludwig avait répliqué quelques mots en sortant de la cuisine.

— Qu'il aille où il veut, mais je ne veux plus en entendre parler.

Birgit reste là, un verre d'eau à la main. Elle se met à envier son fils, non pas pour son voyage scolaire, mais parce qu'il se rend en France, elle a toujours rêvé d'y aller, mais n'en a jamais eu l'occasion. Ce n'était pas le moment de mettre la question sur le tapis.

De chaque côté du Rhin, les préparatifs vont bon train. Les lycéens berlinois font leur valise, ceux de Limoges préparent les lieux pour les recevoir. Ils logeront dans l'internat juste à côté du lycée.

La soirée est douce en ce début juin à Berlin. Birgit boit un café, les avant-bras appuyés sur la petite balustrade en fer forgé de son balcon. La lune la regarde comme pour lui assurer une protection, Birgit a toujours aimé la lune, elle la fascine depuis toujours, enfant, elle pouvait la regarder des heures, étendue sur l'herbe dans le jardin de ses parents. Elle pense à la France, ce pays connu pour son romantisme et sa gastronomie.

Quand son fils ne sera plus là, qu'il sera dans ce magnifique pays, elle regardera la lune, et se réconfortera en sachant qu'outre-Rhin, son garçon la verra aussi. Elle confie alors à la lune son unique fils, qu'elle prenne soin de lui. Devant la stupidité de ses pensées, elle entre soudain dans le salon, referme la porte-fenêtre et laisse la ville s'envelopper d'un manteau noir.

Le lendemain, Nikolaus se rend au FreiFlache Bistro. Comme tous les mercredis, il rejoint ses amis, Gurt et Harold, une façon de se voir, boire un verre et refaire le monde. Mais ce jour-là, ils ont des préparatifs à réaliser pour le projet du voyage en France. Tout le lycée ne parle plus que de ça, ceux qui partent et ceux qui restent, tous sont enthousiasmés.

— Je ne suis jamais allé en France, dit Gurt d'un ton détaché.

— Ce sera une première alors, répond Nikolaus.

— Oui, et je compte en profiter, toute ma famille est sur le pont, on dirait qu'ils partent tous avec moi.

— Moi, c'est très différent à la maison, je n'ose plus en parler devant mon père.

— Ah c'est vrai ! ton père est un n..

— Un nazi, tu peux finir ta phrase, non, pas un nazi, nous dirons qu'il peut vivre avec ce passé.

— Je comprends que ça te travaille.

— Travailler n'est pas le mot, après tout, lui, ce n'est pas moi. Si tu avais vu sa tête quand je lui ai parlé d'Oradour-sur-Glane.

— Mais il n'a pas fait la guerre, ton père, pourquoi prend-il cela si à cœur ?

— Je n'en sais rien, il a grandi avec ça, la haine des Juifs et la vénération du führer. Il a essayé avec moi, tu sais.

— Et toi, tu as vu les choses autrement.

— Oui, moi, je sais que tout ça, c'est du passé, les enfants de nazis ou petits-enfants n'ont rien à voir avec ça, le prof nous a même dit que certains enfants de nazis ont changé de religion pour endosser la religion juive.

— Tu n'en es pas là, dit Gurt en souriant.

— Ahaha, non, quand même, et puis ça date de plusieurs générations.

Quand Harold arrive en scooter, il réalise un dérapage contrôlé comme il en a l'habitude.

— Salut, les gars, alors on n'a pas passé commande.

— Non, on parlait du père de Nikolaus, souligne Gurt.

— Ah, j'espère que ce vieux réac ne t'empêche pas de partir.

— Il ne manquerait plus que ça, tiens, personne ne m'empêchera d'aller en France. La dernière fois, c'était avec ma grand-mère et mon père. Je me souviens de notre visite à la tour Eiffel, je n'oublierai jamais les yeux éblouis de ma grand-mère qui m'a dit les larmes aux yeux, mon petit, maintenant je peux mourir.

— Et ton père, il en a pensé quoi de la tour Eiffel ?

— Lui, maugrée Nikolaus, il nous a rabâché un laïus sur le passage d'Hitler à Paris et surtout la visite à la grande dame française. Les journaux avaient appelé ça le « Blitz Besuch » (visite éclair). Après la signature de l'armistice franco-allemande signée le 22 juin 1940, la moitié nord et la côte atlantique du territoire français devinrent la zone occupée, bon, j'arrête, on n'est pas là pour refaire l'histoire.

— Si, raconte, demande Harold, passionné par les propos de son ami.

— Le lendemain, le 23 juin, continue Nikolaus, au petit matin, Hitler décide de se rendre dans Paris. Accompagné de son fidèle architecte Speer et d'officiers de la Wehrmacht, le führer se rend dans plusieurs endroits célèbres de la capitale, l'opéra, la Concorde, l'Arc de Triomphe, les Invalides, le Louvre, mais c'est devant la tour Eiffel qu'il pose comme s'il était le roi du monde.

— Ah oui, intervint Gurt, j'ai vu ces photos d'Hitler devant la tour Eiffel, le prof nous avait précisé que c'était son photographe attitré qui avait pris les clichés, Heinrich Doffmann, je crois.

— Non, réagit Harold, il s'appelait Hoffmann, je le sais, j'avais fait la faute sur une interro.

— Bon, déclare Nicolaus, assez parlé de ce sale type, enfin pour moi, il l'est, j'espère que c'est le cas pour vous.

— Mais bien sûr, poursuit Gurt d'un air ironique, nous deux, on a des parents qui ont évolué.

Ils restèrent là à boire du café et des bières jusque tard dans la soirée, tout émoustillés de voir ou de revoir la France.

4

Alors qu'Helmut Weber entre dans la salle des professeurs, un élève l'interrompt et s'adresse à lui.

— Bonjour monsieur Weber, est-ce que je peux vous parler, cela ne prendra que quelques minutes ?

— Mais bien sûr, Nikolaus, y a-t-il un problème ?

— Eh bien…

— Viens avec moi, nous allons dans la salle de dessin, juste là, il n'y a personne à cette heure-ci.

Nikolaus suit son professeur d'histoire, il regrette déjà de l'avoir accosté. Il aurait dû garder pour lui ce qu'il voulait lui dire. Il était trop tard pour reculer. Helmut Weber ferme la porte de la classe, la fenêtre est ouverte sur les effluves du printemps, les arbres fruitiers au loin sont en fleurs et des chants d'oiseaux mélodieux s'élèvent de la cour en bas.

— Assieds-toi, Nikolaus, qu'y a-t-il ? Je te trouve bizarre depuis quelques jours, c'est le voyage en France qui t'inquiète, il y a un souci.

— Non, je ne suis pas vraiment inquiet, je me fais une joie de partir avec mes camarades de classe en France, je suis passionné d'histoire, vous le savez bien.

— Justement, je ne vois pas ce qui te chiffonne.

— Non, rien, je suis désolé de vous avoir dérangé, ce n'est pas grave, excusez-moi encore.

— Bon, allez, tu n'es pas venu vers moi pour rien, maintenant tu es là et tu vas me dire ce qu'il se passe. Tu ne veux pas venir ?

— Oh non, ce n'est pas ça, je suis si heureux de voir tous les endroits historiques où nous irons.

— Mais alors, où est le problème ?

Nikolaus baisse la tête, il se demande ce qu'il lui a pris de venir voir son professeur.

— C'est mon père, lâche-t-il d'une voix à peine perceptible.

— Ton père, réagit le professeur d'histoire, il ne veut pas que tu viennes.

— Non, il me laissera venir, mais il est contre et cela me pèse, je ne comprends pas comment il n'a pas encore réalisé que les générations qui suivent les nazis ont changé et que toute cette période ne les concerne plus.

— Ah, je vois, souligne le professeur d'histoire en grattant sa barbe naissance. Tout ce passé le torture, il ne veut pas en entendre parler.

— C'est ça, je ne parle plus de mon voyage qu'à ma mère, qui elle, a une vision différente de la guerre.

— Tu sais, Nikolaus, tu ne changeras pas ton père, il vit avec ça depuis des années et ton voyage à Oradour-sur-Glane vient le perturber. Je connais ça.

— Ah bon !

— Oui, mon grand-père n'avait pas une idéologie nazie, mais il n'aimait pas les Juifs, c'était ainsi. L'impact du national-socialisme est encore très ancré dans certaines familles.

— Que faire ?

— Rien, profite de ton voyage, apprends beaucoup et ne t'en fais plus pour ton père, il oubliera tout ça très vite.

— J'ai envie de le changer, lui faire comprendre tout le mal que les Allemands ont fait pendant la guerre, mais il ne veut pas parler d'Oradour.

— Oradour, c'est trop violent, c'est une division aux casques têtes de mort qui a massacré un village entier d'innocents, ils ne se battaient pas, ces pauvres gens n'avaient attaqué personne, cette division avait fait de même en Europe centrale, tu le sais ça, je vous avais fait un cours là-dessus. Il y deux sortes de combats, le combat loyal, quand les deux partis ont de quoi répondre et se défendre et la barbarie qui elle, ne laisse aucune chance à l'ennemi. Il ne faut pas les confondre.

Helmut Weber se lève et ferme la fenêtre.

— Allez, va, n'y pense plus et prépare tes affaires, nous partons la semaine prochaine.

— Oui, monsieur, merci, cela m'a fait du bien de venir vous voir.

Nikolaus part du lycée remonté comme un coucou, il décide de vivre à fond cette aventure et personne, pas même son père, ne l'en empêchera.

Les yeux bleus de Ludwig Friedrich détaillent les pages du Die Welt, le journal de Berlin. Il est seul ce matin à la maison. Il est rentré plus tôt de son travail, l'usine d'aiguilles tournant au ralenti en ce moment. Sa passion pour les courses hippiques ne l'a jamais lâché. Il place son argent intelligemment et n'exagère pas, il perd ou il gagne.

De temps en temps, il se rend seul à l'hippodrome de Hoppegarten pour voir les chevaux courir, les voir suer, les muscles tendus et luisants des pur-sang font monter en lui une adrénaline comme rien d'autre. Son favori du jour va-t-il gagner ? se rendra-t-il à l'Hippodrome ? Autant de questions qui se bousculent dans sa tête. Je fuis, se dit-il, je les fuis, pourquoi l'histoire du passé de l'Allemagne me hante-t-elle ainsi ? Il voudrait tout effacer, ne plus y penser, pour lui et surtout pour sa femme et son fils.

Il entend encore la voix de son grand-père vanter le pouvoir d'Hitler, la suprématie de l'Allemagne, de cette précellence qui devait durer mille ans et qui n'a tenu que le temps d'une guerre de quatre ans. Il se fait un café, le cinquième, il appuie sa longue silhouette presque maigre sur l'évier de la cuisine, il faut que j'oublie tout ça, pour mon fils, il le faut, pense-t-il en avalant cul sec le liquide brun contenu dans sa tasse.

Quand il entend la porte de l'appartement s'ouvrir, il sait déjà que c'est Nikolaus qui rentre du lycée. Cela fait plusieurs jours qu'ils ne se parlent guère, si ce n'est que pour demander du sel ou du pain à table. Cette animosité n'a échappé à personne dans la maison, pas même à Edda, la femme de ménage.

— Bonjour papa, avance Nikolaus qui maintenant a décidé d'agir comme si de rien n'était.

— Bonsoir, fiston, répond son père.

— Fiston, il y a longtemps que tu ne m'as pas appelé ainsi.

— J'ai réfléchi, je ne changerai pas mon opinion sur le passé, tu la connais, mais je serai plus ouvert envers toi, si tu as envie d'aller en France, à Oradour, où tu veux, je n'ai pas à t'en vouloir, c'est ta vie après tout.

— Ah, enfin des paroles sensées.

— Ne sois pas si sarcastique avec moi, je fais un effort, reconnais-le.

— OK, papa, alors on fait la paix et on ne parle plus de cette animosité qui règne entre nous.

— C'est parfait, cela me va.

Nikolaus rejoint sa chambre, son refuge, il s'assoit devant son ordinateur et commence à discuter avec ses amis qu'il a vus il n'y a pas une demi-heure. Comment mon père peut-il comprendre tout ça, ces changements dans la vie des jeunes ? Pourtant Ludwig n'a que 48 ans, il devrait s'intéresser à tout, non, pour lui, il n'y a que son usine, et il ne s'intéresse pas non plus au travail de certains de ces employés qui surfent sur le net pour les bienfaits et la publicité de l'entreprise.

Ces questionnements s'évaporent très rapidement devant les conversations bien plus intéressantes avec les uns et les autres, qui chacun de leur côté se préparent pour le départ.

Les jours sont plus longs et les soirées se poursuivent bien souvent sur la grande terrasse chez les Friedrich. Nikolaus est fils unique et cela lui pèse souvent, s'il pouvait y avoir un autre enfant dans cette maison, on me laisserait plus tranquille, pensait-il souvent.

— Je sais que le mois de juin est chaud en France, mais comme je te connais, n'oublie pas de prendre deux ou trois pulls, tu y restes quand même plus de sept jours, propose Birgit avec un sourire malicieux en direction de son fils.

— Je pense que je peux te faire confiance, tu vas bien trouver le moyen de me préparer ma valise.

— Mais non, il faut que tu apprennes à gérer toi-même tes vêtements et tes affaires.

— Il suffit que je prépare une valise pour que tu me dises, non, pas ça, tu n'as pas pris cela, tu n'as pas besoin de ça.

Birgit se met à rire, un joli bruit dans le calme du soir.

— C'est vrai, je crois que je ne dormirai pas de la nuit précédant ton départ si je ne connais pas avec précision le continu de ta valise.

Nikolaus rentre dans la maison et se dirige vers sa chambre, il veut passer un petit moment avec ses amis sur internet avant de se coucher.

Birgit reste seule, elle s'avance sur la balustrade du balcon, ses cheveux châtains sont lâchés, son regard brun illumine un visage au teint clair. Elle se sait jolie, un petit nez bien droit, de belles jambes galbées, une poitrine haute et un petit cou très fin. Elle regarde les étoiles scintiller dans le ciel berlinois. Son seul défaut, du moins le pense-t-elle, c'est sa taille, elle se dit petite avec son mètre soixante-cinq.

Depuis quand Ludwig ne lui a pas offert un bouquet de fleurs, ne l'a pas invitée au restaurant ? se dit-elle. Elle décide de refaire sa conquête, d'autant plus que son mari est très apprécié de la gent féminine.

Elle referme la porte-fenêtre donnant sur la salle à manger, se dirige vers la cuisine, ouvre le réfrigérateur et sort une petite bouteille d'eau avant de rejoindre sa chambre où Ludwig doit lire un policier. Demain, c'est la veille du départ de Nikolaus, ils seront seuls durant plusieurs jours, elle va sauter sur cette occasion pour s'occuper d'elle.

5

Ce sont des photos en noir et blanc, des photos anciennes avec les bords dentelés. Des photos que tous trimballent dans des boites de gâteaux métalliques. Les coiffures des femmes sont similaires, gonflées sur le dessus rehaussant leur taille de dix centimètres, leur proférant un visage allongé. Les robes ou les jupes en dessous du genou, forme crayon, ou alors des femmes portant de vieux tabliers larges, un air de paysannes de la France profonde. Ils se ressemblent tous, hommes, femmes, enfants, ils viennent de la même époque.

— Regarde ici, ils sont tous devant les portes comme s'ils posaient pour la postérité, ça fend le cœur quand on sait comme tous ces pauvres gens ont fini.

— Quelle tristesse, tous ces morts pour rien, souligne Helmut Weber, le professeur d'histoire-géographie du lycée Suzanne Valadon de Limoges !

— Tu n'y es jamais allé ? questionne Richard Braverod, le professeur principal de la classe.

— Non, jamais, et ça me stresse autant que ça me captive d'aller là-bas, juste pour voir, pour mettre des images réelles sur cette barbarie.

— Bien, rangeons ces photos, nous les montrerons à la classe demain matin, la veille du départ.

Les photos retrouvèrent leur emplacement, des photos d'un autre temps, souvenirs du temps où le petit village d'Oradour-sur-Glane n'était qu'une petite localité paisible au cœur de la Nouvelle-Aquitaine.

Les responsables de l'internat du lycée Suzanne Valadon sont à pied d'œuvre pour préparer les lits des quatorze lycéens du lycée Wilhem-Leuschner-Obercule de Berlin. Les draps blancs virevoltent dans le dortoir, les couvertures couleur sable, toutes les mêmes, s'allongent sur les lits, le sol est nettoyé de fond en comble, les placards sont vidés pour accueillir ces jeunes Allemands dans les meilleures conditions. Le lycée français au nom de la célèbre peintre impressionniste est réputé pour son internat, il ne faut pas déroger à la règle.

En ce dernier jour au lycée, les jeunes Français ont un cours spécial pour les préparer à ce qu'ils vont voir. Ils découvriraient en premier lieu la ville de Tulle où leur seraient expliquées les pendaisons de 99 habitants par la 2e division Das Reich. Les professeurs ont évalué le déroulement exact des événements de ces tristes journées des 9 et 10 juin 1944.

Il leur fut aussi mentionné le côté émotif pour les lycéens allemands, qui eux, verraient cela d'un tout autre œil, du côté des bourreaux et le professeur d'histoire leur recommanda de bien faire attention à ça, et ne pas accuser la race allemande. Les professeurs connaissent la haine de certaines familles envers les Allemands, mais ils avaient outrepassé ce fait et décidé d'organiser ce voyage, pour la mémoire et pour l'éducation de leurs élèves.

Pauline se regarde dans le miroir. Elle fait une moue avec sa bouche pleine. Elle n'aime pas son nez, un peu trop large, mais l'ensemble de son visage est avenant, ses cheveux blond cendré lui font une auréole et font ressortir ses yeux noisette. Elle s'assoit sur son lit, empoigne la petite bouteille d'eau sur sa tablette de nuit et en boit deux bonnes gorgées. Sa mère tape à la porte et Pauline lui dit qu'elle peut rentrer. Virginie Couderc s'assoit à côté de sa fille sur le lit, l'embrasse sur la joue.

— Je te souhaite un beau séjour en compagnie de tous ces jeunes Allemands.

— Merci, maman, mais je crains que papa ne soit pas si enthousiaste.

— Laisse faire ton père, et promets-moi d'en profiter. Tu connais le village martyr, on y est allé assez souvent, mais cette fois, ce sera différent, tu accompagneras de jeunes visiteurs qui ont la même nationalité que ceux qui ont perpétré ces actes horribles.

— Oui, mais eux, les jeunes d'aujourd'hui, ils n'y sont pour rien, quand les gens d'ici vont-ils enfin le comprendre ?

— Oh, tu sais, on n'efface pas d'un trait tout ce qu'il s'est passé ici, ma chérie.

Berlin, même jour

Nikolaus ouvre la valise qu'il a posée sur son lit. Il scrute sa penderie, un grand dilemme s'installe, mais il se décide assez rapidement pour deux bermudas, un noir uni et un à carreaux jaune et beige. Il saisit de son étagère deux jeans, l'un pour mettre dans la valise et le second pour partir le lendemain matin. Il se dit qu'il ne prendra pas grand-chose pour ne pas se charger de trop. Pourtant au moment de fermer la valise, il s'aperçoit qu'il a eu la main lourde et ôte certains vêtements.

Il entre dans le salon et voit sa mère assise dans le fauteuil à regarder un film.

— Alors où en es-tu de ta valise ? lui demande-t-elle, amusée.

— C'est bon, maman, c'est fini. Tu vois que même un garçon n'a pas besoin de sa mère pour faire une valise.

— Pense surtout à prendre ta ventoline.

— Oui, ne t'inquiète pas, je ne pars jamais sans, tu le sais, même s'il y a quelques semaines maintenant que je n'ai pas eu de grosses crises.

— Là-bas, tu seras seul et dans un contexte étranger, de plus, tu ne vas pas voir que de belles choses, je me fais du souci.

— Tu ne vas pas faire comme papa, ça suffit avec lui qui marmonne dans son coin dès qu'on entame ce sujet.

Nikolaus souffre d'asthme depuis toujours même si aujourd'hui il maîtrise ses crises et a appris à vivre avec. Sa mère lui prodigue des conseils sur le fait qu'en cas de crise, il faut rapidement faire face.

— Mes profs sont au courant, je ne risque rien, arrête de me surprotéger, ça m'agace.

— Bien, je finis de regarder le film et je demanderai à Edda de rajouter un couvert, il y a mon cousin Hunt qui vient manger ce soir.

— Oh, non, il va me poser de tas de questions sur mon voyage.

— Écoute, je ne peux faire autrement, il est de passage à Berlin et je ne peux pas y claquer la porte au nez.

— Mais si, suggère Nikolaus en plaisantant.

Berlin, le lendemain

Un léger crachin s'abat sur Berlin en ce lundi matin. Un groupe de quatorze jeunes lycéens accompagnés de deux professeurs patiente dans le grand hall de l'aéroport

Willy-Brandt de Berlin-Brandebourg, situé à la frontière sud de la ville sur la commune de Schönefeld. Les dalles beiges luisent et les escaliers noirs aux barrières blanches commencent à se remplir de passagers.

Ils embarquent dans une demi-heure et parmi ces jeunes, ce n'est que rires et enchantement pour un voyage en France où ils arriveront à l'aéroport Roissy-Charles de Gaulle aux alentours de 9 h 40. Ensuite, ils prendront le bus pour Limoges. Un arrêt est prévu sur l'autoroute pour déjeuner vers 12 h et les lycéens arriveront à Limoges dans le milieu de l'après-midi.

Du côté de Limoges et du Lycée Suzanne Valadon, les préparatifs touchent à leur fin et l'attention se porte désormais sur l'organisation de la grande soirée dans le réfectoire où les élèves limougeauds feront connaissance avec leurs homologues berlinois.

De grandes guirlandes tapissent le plafond du réfectoire, les tables et les chaises sont rangées dans un espace spécial pour le repas et le buffet de soirée succédera au dîner. La direction du Lycée a même prévu un DJ pour animer la soirée.

Comme les ont prévenus leurs professeurs, on ne va pas se coucher à 3 h du matin, à minuit, tout sera terminé et après une nuit de repos, ils se rendront à Tulle pour une visite de la ville où les attendent certains élus et des historiens locaux.

Nikolaus regarde devant lui, ne cerne que des cheveux blonds, châtain ou bruns qui dépassent des sièges du bus. La plupart des élèves sont dans les bras de Morphée, la fatigue du voyage ayant eu raison de leur engouement. À côté de lui, Harold est encaissé dans son siège, les genoux repliés sur lui-même, et laisse échapper un petit ronronnement de ses lèvres.

Il y a encore une heure de route pour atteindre Limoges et le lycée Suzanne Valadon. Il ne dort pas, il ne peut pas.

Il pense à la guerre, à tout ce passé dont il n'est pas acteur. Durant sa scolarité, il a appris beaucoup de choses sur la Seconde Guerre mondiale, par des textes, des témoignages et même des images. En tant que jeune citoyen allemand, il pense que son pays possède une grande et riche culture et malgré les événements dramatiques de la guerre, il est fier de son pays. L'Allemagne est aujourd'hui un état multiculturel et il s'en félicite.

Quand il pense aux mots de son père, il sait que les Allemands sont associés aux nazis, et même s'il sait très bien que tous n'étaient pas nazis, il y a ce fait indissociable avec ses origines.

En souffre-t-il ? il ne sait plus, il regarde le paysage filer par la vitre du bus, il se rend dans une ville qu'il ne connaît pas, il va voir des lieux pénibles, presque cachés et pourtant si entremêlés avec l'histoire allemande en général et la sienne en particulier.

Même si dans certaines familles allemandes comme la sienne, se dit-il, le sujet est tabou, il sait que la majeure partie des Allemands traite ce sujet couramment. Certains s'efforcent même d'en parler pour éviter que cela ne se reproduise. C'est en parlant qu'on peut accepter le passé.

Nikolaus enfile ses écouteurs, appuie sa tête sur le dossier de son siège et laisse son esprit partir avec Nico Names et la pop allemande.

6

Transmise par les écouteurs, la voix de Nico Names est chaleureuse, apaisante. Comme chaque fois qu'il écoute du Schlager (pop allemande), Nikolaus pense qu'il peut aller au bout du monde en sa compagnie. Il dut s'assoupir, car quand le bus freina d'un coup sec pour éviter un obstacle sur la route, il fut projeté vers le siège de devant.

Tous les lycéens se regardèrent, moitié endormis, moitié effrayés, puis devant le calme revenant, les discussions fusèrent de part et d'autre, car on arrivait à Limoges.

Dans la cohue des collectes de sacs de sport et de valises, le professeur d'histoire, Helmut Weber, dut pousser de la voix pour atteindre un semblant de calme tant les jeunes étaient excités.

Après les honneurs et les discours du principal et de certains professeurs, les lycéens berlinois et limougeauds se retrouvèrent au réfectoire pour un repas partagé. Et déjà, on sentait des attirances, des préférences, des petits groupes se former.

Nikolaus est timide, à son grand regret. Il envie Harold, qui lui, peut accoster n'importe qui pour lui demander n'importe quoi.

— Alors Nik, elles sont mignonnes les petites Françaises ?

— De suite, on n'est pas venus ici pour draguer.

— Non, mais franchement, t'es rabat-joie, regarde mieux, et tu verras que certaines sont très belles. La grande rousse avec les cheveux ondulés, elle me regarde depuis tout à l'heure.

Dès qu'Harold arrive dans un lieu, il cherche les filles à draguer, il a besoin de ça, de se sentir attirant, pense Nikolaus. Mais lui, il est là pour autre chose, il est là pour voir des lieux qui le marqueront à jamais, il le sent au fond de lui, est-ce un hasard s'il est ici aujourd'hui ?

La soirée débute avec de la musique entraînante, les jeunes dansent et commencent à se connaître. Malgré la pénombre, Nikolaus l'a repérée, elle semble plutôt timide, elle porte un jean noir et une tunique à broderies anglaises bleue. Elle a des cheveux blonds aux reflets de cendre, une belle bouche charnue, elle est assez grande et possède un teint très clair.

Il la zappe tout de suite, non, je ne veux pas qu'une fille me plaise, je ne veux pas, s'entête-t-il, c'est trop tard, quand les engrenages de l'attirance sont en marche, rien ne peut les arrêter, c'est un train infernal qui rentre à toute vitesse dans un tunnel.

Plus tard dans la soirée, il saura que son prénom est Pauline, qu'elle est fille d'agriculteur et qu'elle habite à Oradour-sur Glane.

Tulle, département de la Corrèze, le lendemain matin

Vers 9 h, le professeur d'histoire berlinois Helmut Weber et celui du Lycée Suzanne Valadon, Patrick Chollet, réunissent tous les lycéens devant l'ancienne manufacture de Tulle. Aujourd'hui, il y a de l'animation, les élus et les municipaux préparent la grande procession qui aura lieu le lendemain, le 9 juin, en hommage aux victimes de la 2e Division Das Reich. En effet, chaque année à cette date, une longue file de personnes se retrouvent et partent de la place de la Gare, puis rejoignent celle de Souilhac, autour de laquelle furent pendus les otages des SS, puis le champ des martyrs et le Haut lieu de Cueille sur la route de Brive où les corps furent jetés.

C'est volontairement que les lycéens visitent la ville aujourd'hui, pour laisser place le lendemain à la cérémonie funeste.

Patrick Chollet demande le silence et commence à parler de cet établissement, l'ancienne manufacture de Tulle.

— La manufacture est constituée en 1690 à l'initiative de Martial Fénis de Lacombe, procureur du roi, qui transforme un moulin en fabrique de canons à fusil et s'associe avec Michel Pauphile, arquebusier à Souilhac. La nouvelle usine se spécialise dans la marine, ceci par la proximité de l'arsenal de Rochefort.

— Monsieur, demande Théo, un jeune élève, pourquoi nous racontez-vous l'histoire de ce bâtiment ? C'est en 1944 que les SS ont pendu des habitants de Tulle.

— Bien, bonne question, en effet, mais il faut revenir aux sources pour comprendre, répond en souriant Patrick Chollet. Sous l'occupation, la manufacture est investie par l'État français au nom de sa collaboration avec l'Allemagne nazie, il devient alors un lieu de résistance.

Aujourd'hui, nous allons visiter les lieux, cependant, il ne s'agit plus d'une manufacture, vous y verrez un musée des armes, trois collections sont visibles, des armes du musée de l'Armée de Paris, des armes produites à Tulle et un fonds issu de l'ancien musée de la Résistance et de la

Déportation. Mais je pense que le spécialiste qui se trouve à l'intérieur vous expliquera tout cela bien mieux que moi.

Ils pénètrent dans l'enceinte du bâtiment et commencent à suivre le guide. Les lycéens semblent tous très intéressés. Le professeur d'histoire du lycée berlinois traduit les explications du guide aux élèves allemands. Pour certains, les explications sur les armes sont longues et rébarbatives. Il faut contenir le groupe qui a quelquefois tendance à manquer d'attention.

— Mais, demande Nikolaus à son professeur d'histoire, ce n'est pas pour les armes que nous sommes ici, nous voulons savoir ce qu'il s'est exactement passé dans cette ancienne manufacture le 9 juin 1944.

— Nous allons y venir, Nikolaus, il y a une salle où nous allons vous raconter tout cela.

Les professeurs distribuent de l'eau aux élèves et les encouragent à s'assoir sur les chaises installées spécialement pour eux. Une petite estrade a été élevée. Dessus, une table et plusieurs chaises attendent les professeurs, le traducteur et quelques élus de la ville, venus accueillir les jeunes lycéens. Le silence se fait et les regards se tournent vers l'estrade.

Retour sur le passé...

Tulle, Corrèze, le 9 juin 1944

Il y a trois jours qu'a eu lieu le débarquement allié en Normandie. Le 7 et le 8 juin, deux jours avant, les FTP (Francs-tireurs et partisans) ont provoqué une offensive au cours de laquelle les troupes allemandes perdent environ trente-cinq soldats. C'était sans savoir que tout près de là, entre Tulle et Limoges, la 2e Division Das Reich, aux casques tête-de-mort, vient de recevoir l'ordre de se positionner pour réduire les maquis, qui depuis le débarquement, ont intensifié les actions de sabotage et de guérilla des garnisons allemandes.

L'offensive des maquisards du 7 juin commence dès 5 h du matin par un coup de bazooka tiré sur la caserne du Champ-de-Mars, c'est le signal de l'attaque. Dès 6 h, les édifices dans lesquels se trouve la garnison allemande sont encerclés, la poste, la mairie où les FTP établissent leur poste de commandement vers 7 h. Plus tard, ce sera le tour de la gare.

Tout cela fut de courte durée, vers 13 h 30, les Allemands profitent du retrait partiel des maquisards sur les hauteurs, ordonné par Chapou (chef de la Résistance du secteur), et reprennent succinctement le contrôle de la gare dans laquelle ils découvrent des gardes-voies, porteurs d'un brassard blanc, semblable à celui des FTP. Une fois sortis de la gare, les gardes-voies sont pris sous les feux des troupes allemandes.

Dans la nuit du 7 au 8 juin 1944, les maquisards privés de quatre cent cinquante hommes se sont rassemblés sur les hauteurs. La garnison allemande se regroupe elle en trois lieux, l'école normale de jeunes filles au nord, la manufacture d'armes et l'école de Souilhac au sud. Les combats reprennent à 6 h 30 le matin, mais la 2e division Das Reich et son commandant, le Gruppenführer Heinz Lammerding, sont sur les lieux. Ils raflent les hommes de la ville âgés de 16 à 60 ans et en prennent 120 pour les pendre notamment aux balcons de leur maison, 99 seront ainsi suppliciés. Dans les jours qui suivirent, 149 hommes seront déportés à Dachau d'où 101 ne reviendront pas.

Durant les explications, les lycéens font preuve d'un calme absolu. Quand les esprits se détendent un peu, on peut voir certaines larmes sur les visages des jeunes gens. Une jeune fille berlinoise ne peut pas cacher son émotion.

— Ne pleure pas, Magdalena, ce n'est pas le but de vous faire pleurer, la console Helmut Weber, mais que vous sachiez ce qu'il s'est passé ici, dans la ville de Tulle.

— Mais moi, on m'avait parlé d'Oradour et déjà c'était si dur d'imaginer, je ne savais pas ce que les nazis avaient fait ici. J'en suis bouleversée.

— C'est normal, si tu penses que tu ne pourras pas supporter les visites à Oradour, tu resteras au lycée Valadon.

— Oh non, surtout pas, je veux y aller.

Dans son coin, Nikolaus ne dit rien. C'est sa façon à lui d'ingérer ce qu'il vient d'entendre. Il pense encore et encore à son père. À ce moment précis, il le hait de soutenir le régime nazi, alors qu'il ne sait peut-être rien de la vérité sur le terrain. Je vais lui expliquer ce qu'ils ont fait à Tulle, à Oradour, et il faudra bien qu'il l'entende. Pour lui, la rage surplombe la tristesse.

7

Le soleil darde ses rayons sur Tulle au moment où les jeunes lycéens sortent de la manufacture-musée. Le contraste est trop grand, hallucinant. Ce soleil qui chauffe leurs corps était là, ce même soleil chauffait les corps des suppliciés.

Les quelques images qui leur ont été projetées ne les lâchent pas, surtout celle où l'on distingue un jeune garçon pendu à son balcon dont le corps se trouve dans l'axe de l'entrée de sa maison. L'effet est tel parmi les élèves que le professeur d'histoire français se demande s'ils ont bien fait de leur montrer des photos, les explications auraient peut-être suffi.

— Non, répond le traducteur, qui relaye les dires d'Helmut Weber, il faut qu'ils sachent, ils sont jeunes, ils ne l'ont pas vécu eux-mêmes, donc ils devraient bien le digérer. Digérer est vraiment le mot, il n'y a pas d'autre mot.

Nikolaus s'écarte et va s'assoir sur un petit mur de pierre. Il se met à trembler de tout son corps, il fait trente degrés et il a froid, comme quand il était enfant et qu'il se réveillait la nuit en sursaut dans son lit, pétrifié par l'effroi d'avoir vu sa mère morte dans son rêve. Il n'est pas de rêve plus terrible pour un enfant que de perdre sa mère, la nausée qui tient la conscience au réveil ne passe pas. Il se souvient avoir passé des jours à côté de sa mère de peur de la perdre.

Pourquoi ressent-il cela ici, à Tulle, alors que dans le groupe des lycéens, il vient de parler et de faire connaissance avec la plus gentille fille du monde, Pauline Couderc ?

D'un commun accord, il est décidé par les professeurs de ne pas parler des autres faits perpétrés par la colonne de la triste division SS, comme Montpezat-de-Quercy où seize personnes sont tuées dont une fillette de deux ans, Belfort-du-Quercy où six personnes sont arrêtées dont quatre mourront en déportation, mais aussi, Valence D'Agen, Auvillar, Lauzès, Omiac, Blars, Grèzes, Latronquière, Cardaillac, Gorses, Molières, Lacapelle-Marival, Cahors, Terrou, Saint-Céré, Lunan, Saint-Félix, Lacapelle-Biron, Montagnac-sur-Lède, Frayssinet-le-Gélat, Vergt-de-Biron, Salles, Fumel, Monsempron-Libos et d'autres encore, où les SS tuèrent, déportèrent notamment vers Dachau et Mauthausen.

— La longue montée de la division SS Das Reich, partie de Montauban, n'a été que désastres, crimes et tortures, signale le professeur d'histoire Patrick Chollet du lycée Suzanne Valadon, je crois qu'ils l'apprendront tout seuls, surtout ceux qui sont intéressés par le sujet le découvriront. Je pense que Tulle et Oradour-sur-Glane suffiront pour le moment.

— Oui, je suis d'accord, répondit Helmut Weber, après traduction.

Oradour-sur-Glane, le soir, ferme des Couderc.

Appuyée contre le mur de la grange, Pauline regarde son père et Joe, le garçon de ferme, ranger les dernières balles de foin de la journée. C'est l'époque où il faut ramasser l'herbe sèche en vue d'obtenir du fourrage pour l'hiver.

— Ça va bien, ma fille ? questionne Olivier Couderc, en essuyant son front humide avec le revers de sa manche. Ses cheveux blond-roux hirsutes donnent à son front un air bizarre de chien battu.

— Ça va, répond Pauline, d'un ton vague.

— Eh, dis-moi, comment s'est passée cette journée à Tulle ?

— Ça s'est passé.

— Toi, tu me caches quelque chose, lance-t-il en posant sa fourche, et s'essuyant les mains sur sa bedaine bien visible.

— Mais non, seulement, c'est très dur d'entendre et de voir ça.

— C'est vrai que toi, tu connais mieux l'histoire d'Oradour.

— Ça fait froid dans le dos, papa, c'est abominable ce que les nazis ont fait là-bas.

— Je sais, je sais, mais on ne doit pas en faire tout un plat non plus. Je te l'ai déjà dit, il faut vivre et ne pas ressasser le passé, je n'ai pas dit oublier, mais ne plus y penser. Cette manie qu'ont les profs de toujours rabâcher les choses.

— Mais papa, heureusement, sinon l'Histoire ne retiendrait aucune leçon du passé et ces actes horribles pourraient se reproduire.

— Parce que tu crois que dans le monde, partout avec la guerre, il ne s'en passe plus des choses atroces, tiens, prends la guerre en Ukraine ou en Israël, tu crois que des massacres ne sont plus de ce monde. Tu es bien ignorante, ma petite. Il y en aura toujours.

— Papa, ça suffit, je ne suis pas bête, je sais qu'il y a des guerres et que des peuples souffrent, mais ne pas en parler ne les efface pas.

— Si je comprends bien, cette visite t'a rendue amère.

— Oui, mais comme dit maman, il y a un côté positif à toute chose et nous avons rencontré de jeunes Allemands très sympathiques dont…

— Dont…

— Rien, je file, il faut que j'aide maman pour le dîner.

Pauline court vers la maison sans un regard pour personne. Joe et Olivier Couderc la regardent s'échapper.

— Oh, ces enfants ! s'exclame le père de Pauline en soufflant.

— Elle est émotive, monsieur, c'est normal, moi…

— Ah, non, pas toi, je veux qu'on arrête de me parler des nazis.

Joe s'arrête net et regarde vers la maison des Couderc, le soleil tombe derrière les bois en explosant de tons roses et gris clair.

Limoges, lycée Suzanne Valadon, le soir même

La main de Nikolaus effleure son genou, il est assis sur son lit, et à nouveau il a les larmes aux yeux. Je ne vais pas pleurer comme un gamin, pense-t-il. Il tape son point sur le bord métallique du lit. Il parle bas, mais tout le dortoir entend le bruit de la colère du jeune lycéen.

Avec un air résigné, il allume son téléphone portable, cale un coussin dans son dos, pianote pour voir ses mails et tombe sur celui de sa mère, mais il ne répond pas. Petit à petit, son attention bifurque sur Google pour se renseigner sur les pendaisons de Tulle.

— Éteins ça, marmonne Harold qui s'était approché du lit, écoute de la musique, arrête, il faut que tu penses à autre chose.

— À quoi veux-tu que je pense ?

— Mais à la fille qui te plaît.

— Pauline !

— Oui, perso, j'avais oublié son prénom, pense à elle, voilà qui sera mieux que de te triturer la tête avec ces pendaisons.

Nikolaus sourit en lâchant son téléphone et croise les bras. C'est vrai qu'elle lui plaît cette fille, elle n'est pas bien bavarde, et c'est peut-être pour cela qu'il l'a remarquée, il y en a tant dans sa classe qui parlent comme des pipelettes à longueur de journée. Elle, elle est discrète, un air doux, comme possédée par un ange.

8

Village martyr d'Oradour-sur-Glane, 9 juin, de nos jours.

Une bouffée de tristesse submerge les lycéens qui descendent de l'autobus en provenance de Limoges. Levant les yeux, ils aperçoivent sur le mur de l'entrée du village martyr, une pancarte « *Souviens-toi, Remenber* » qui les oblige au calme et au respect des lieux. Avoir 17 ans et se donner rendez-vous à Oradour-sur-Glane, cela sonne faux, incompréhensible, et pourtant, quand Nikolaus voit Pauline de dos, c'est à cela qu'il pense, un rendez-vous, un rendez-vous avec Pauline, un rendez-vous avec Oradour, un rendez-vous avec l'Histoire.

Tous les regards se dirigent vers le village martyr. Un silence de plomb s'abat sur les deux groupes d'élèves. Il fait beau. On entend le chant des oiseaux et le ciel impose son bleu limpide.

Les élèves aperçoivent un toit/terrasse dans le prolongement du niveau du sol à partir duquel ils peuvent jeter un œil sur la vallée de la Glane, les ruines, le village. Une déchirure centrale suggérée par des lames en acier rouillées traverse le bâtiment. Le professeur d'histoire français explique que la structure a été volontairement descendue dans le sol pour ne pas détourner le regard des ruines.

Patrick Chollet prend la parole, immédiatement traduite pour les élèves berlinois et leur professeur d'histoire, Helmut Weber, comme il va le faire pendant plusieurs jours, durant toutes les étapes du voyage pédagogique de ces jeunes venus découvrir les horreurs perpétrées par la Waffen SS.

— Nous allons tout d'abord passer par le Centre de la Mémoire d'Oradour-sur-Glane, pourquoi ? Parce que vous ne pourrez vraiment réaliser ce qu'il s'est passé dans le village qu'après avoir été informés de tout ce qui a précédé. Bien sûr, vous en connaissez quelques bribes, mais là, avec textes, photos et vidéos à l'appui, vous allez vraiment vous rendre compte de ce moment historique si puissant et sordide.

Le Centre de la mémoire d'Oradour-sur-Glane est destiné à rappeler aux visiteurs les crimes commis par la Division Das Reich de la Waffen SS à Oradour-sur Glane le 10 juin 1944 pour que ce drame ne se reproduise jamais. Nous allons donc pénétrer dans le musée mémorial et je vous demande à tous le silence ainsi qu'une attitude irréprochable. C'est un établissement public administratif départemental doté d'une autonomie financière, il comprend son propre conseil d'administration. Le personnel employé ici relève du conseil départemental de la Haute-Vienne.

— Monsieur Chollet, qui a décidé de le construire ? interroge Joseph, un élève de Limoges.

— Très bonne question. L'histoire du Centre commence au décès de Mme Rouffanche où les survivants se disent, mais comment transmettre après nous ? Comment ne pas perdre cette mémoire ? Des réunions sont organisées avec de nombreux partenaires et après un long cycle de rencontres, c'est le Conseil général de Jean-Claude Peyronnet qui va en prendre la charge. Cependant le projet fut financé par l'État et l'Europe à près de 80 %. Le projet est présenté au président de la République François Mitterrand qui ne sera d'ailleurs plus là pour l'inauguration. En 1992, après un avis de concours international, il reçoit le soutien du ministère de la Culture, du secrétariat aux anciens combattants et victimes de guerre, ainsi que de la région Limousin et de la CEE. En 1994, la construction et l'architecture se dérouleront sous la houlette d'Yves Devraine et son équipe.

— Et la construction a pris beaucoup de temps ? demande en allemand Nikolaus, traduit immédiatement.

— Entre la construction et l'approche historique à l'intérieur, il se passera cinq ans. Ce n'est que le 16 juillet 1999 que le Centre de la mémoire est inauguré par le président de la République Jacques Chirac et la ministre de la Culture, Catherine Trautmann. Dès 2002, le centre accueille déjà 300 000 visiteurs qui peuvent suivre l'exposition permanente consacrée au contexte historique, les prémices, le déroulement et le bilan de la guerre, le massacre, il existe aussi des expositions temporaires.

Les jeunes lycéens pénètrent enfin dans le hall du Centre. Ils sont immédiatement confrontés à deux photos très symboliques, d'une part, une photo du chancelier Hitler en train de tenir un discours aux masses à l'occasion du congrès du parti du Reich à Nuremberg et de l'autre, la phrase « Souviens-toi » que les élèves verront par la suite à l'entrée des ruines d'Oradour. Il y a d'autres personnes dans le centre, mais chacun respecte les lieux, communie avec l'indicible.

Nikolaus et ses camarades avancent doucement, leurs yeux exorbités vers ce décor empli de contrastes. Pour évoquer le parcours de la Dass Reich, des couleurs noires et rouges donnent aux documents un ton plus agressif, tandis que tout ce qui concerne le village d'Oradour-sur-Glane est représenté avec des couleurs et des matériaux plus doux et lumineux.

Les lycéens sont dirigés vers des salles au sous-sol où se trouve le centre de documentation adapté pour les groupes d'étudiants et les pédagogues qui les accompagnent. Ils peuvent y consulter de nombreux documents. Chacun se plonge alors dans ses propres réflexions et ses profondes émotions, où est le passé ? Où est l'avenir ? Tout est conçu pour faire un pont entre le temps d'avant et celui d'après.

Quand le traducteur leur signale qu'en 2020 des inscriptions sont découvertes sur le site du mémorial, le mot martyr est rayé, ceci en liaison avec des théories négationnistes qui refont surface régulièrement à propos du village massacré, les lycéens sont tout retournés, comment peut-on ignorer ce qu'il s'est passé ici ou vouloir le faire croire ?

Après une petite heure passée à l'intérieur, le groupe sort du mémorial, la lumière éclatante du jour les surprend. Les ruines leur apparaissent et ils savent qu'ils vont être marqués à vie par ce qu'ils vont découvrir. Nikolaus se sent si triste, si atteint, il serre son inhalateur dans la poche de son jean.

Les trois adultes se regroupent et le professeur d'histoire français entame un petit récit explicatif sur la façon dont ils vont appréhender la visite du village d'Oradour-sur-Glane.

— Il fut un temps où le dernier survivant d'Oradour, Robert Hébras, faisait visiter le village aux jeunes pour qu'ils n'oublient pas ce qui s'était passé ici. Aujourd'hui, il ne peut le faire, mais nous allons tenter de le faire au mieux, à notre façon. La visite d'Oradour-sur-Glane se fera en plusieurs étapes. Rester dans ces lieux trop longtemps n'est pas souhaitable, nous avons donc décidé de le faire en plusieurs épisodes où chaque fois nous parlerons de faits différents.

Les lycéens regardent leurs professeurs qui semblent mal à l'aise. Même ceux qui connaissent appréhendent d'aborder le sujet. Il plane une lourdeur bizarre, acre, sur les groupes agglutinés devant l'entrée du vieil Oradour comme une chape de plomb qui pèse encore plus que d'habitude sur les épaules de chacun. Quand Nikolaus aperçoit Pauline, le groupe entame la montée vers Oradour, il ose à peine la regarder. Que vient faire ici le balbutiement de l'amour ? Que viennent faire ici deux regards emplis d'espoir et de tendresse ? Ici même où il y a 80 ans, les rues du village n'étaient que cris, pleurs et souffrance.

Ce n'était vraiment pas le lieu d'une rencontre, non, pense Nikolaus, et pourtant, l'endroit n'était qu'amour, plénitude et vie agréable avant qu'ils arrivent, eux, les monstres, les bourreaux. Ces villageois, ils se sentaient tous si loin de la guerre dans ce petit coin du Limousin, si calme, comme un petit village gaulois sans histoires.

9

La ligne de démarcation ne passait qu'à quelques kilomètres à l'ouest et au nord de la Haute-Vienne qui restait dans la zone libre. Mais le risque était grand de voir les Allemands débarquer à Limoges, après la signature de l'Armistice, le mardi 21 juin1940. La moitié nord de la France était déjà sous la botte allemande. Combien de temps restait-il ? À Limoge comme dans tout le pays, les drapeaux tricolores étaient noués d'un crêpe noir en signe de deuil. La défaite était amère.

En cette journée ensoleillée, les jeunes lycéens et leurs professeurs ne disent mot. Dans les rues du village martyr, seulement le bruit des pas sur la chaussée, à gauche, un arbre déverse ses branches feuillues vers le ciel et leur fait comme une haie d'honneur. Ça monte légèrement et personne n'aperçoit encore le village, comme un trou béant dans l'azur de ce début juin.

Devant, la queue de cheval blond cendré de Pauline se balance sur son tee-shirt bleu ciel qui ne cache rien de son petit corps svelte. Elle porte un pantalon en toile noir. La directive avait été claire, personne en jupe, robe pour les filles ou short pour les garçons, on ne visite pas la dune du Pila, avait tenté de plaisanter le professeur d'histoire français pour apporter un peu de détente avant la découverte de l'horreur.

Nikolaus se sent submergé par l'émotion en se dirigeant vers les premières maisons du village, et son émoi n'a plus rien à voir avec la jeune fille qui marche trois mètres devant lui. Le groupe au complet s'arrête devant une petite barrière en bois, derrière, des murs écroulés, partiellement calcinés, entourent des parterres d'herbe verte qui ont repris leur droit.

— C'est là, intervient le professeur d'histoire Patrick Chollet, juste ici, que se trouvait la maison de Robert Hébras, le dernier survivant d'Oradour-sur-Glane, c'est ici même qu'il est passé des tas de fois avec un groupe comme vous aujourd'hui et leur a raconté son histoire, et à travers la sienne, celle d'Oradour et de ses habitants.

Oradour-sur-Glane, Limousin, 10 juin 1944, 14 h.

La vie était paisible en 1944 à Oradour-sur-Glane. Ce petit village limousin semblait vivre la guerre de loin, cela malgré les difficultés journalières qui l'atteignaient pourtant. La zone sud gardait une apparence de liberté.

Robert Hébras, jeune homme de 18 ans, vit ici, avec sa mère, son père et ses deux jeunes sœurs, Georgette et Denise, la plus grande est mariée et ne vit pas à Oradour.

Ce jour-là, vers 14 h, on entend les chiens des habitants aboyer, les oiseaux chanter, les machines des artisans ronronner, comme celles du menuisier, plus proche de chez le dernier survivant, Robert Hébras. Ce dernier est devant sa porte, c'est samedi, et il discute avec son ami Martial.

De quoi discutent-ils ? De sujets de leur âge, et surtout du match de foot du lendemain.

Ce qu'ils ne savent pas, c'est que la 3e compagnie du 1er bataillon de Panzergrenadier commandé par le major Adolf Dieckmann du 4e SS-Panzer-Regiment Der Furher de la 2e Division Das Reich, qui fait route vers la Normandie, est regroupée depuis la veille autour du village de Saint-Junien, à douze kilomètres d'Oradour-sur Glane, après avoir pendu des habitants à Tulle.

Le massacre d'Oradour a fait l'objet d'au moins trois réunions de préparation réunissant des membres de la Milice, de la SIPO et de la 2e Panzerdivision SS « Das Reich ». D'après l'enquête menée par le commissaire Arnet en septembre 1944, le 10 juin au matin, convoqués par le général Heinz Lammerding, le sous-chef de la Gestapo de Limoges, l'Oberscharführer Joachim Kleist et son interprète, Eugène Patry, quatre miliciens, sous la conduite de Pitrud, rencontrent le Sturmbannführer Adolf Diekmann à l'hôtel de la Gare à Saint-Junien.

C'est là, sur une banale table de café, dans la salle du rez-de-chaussée de ce petit hôtel, qu'est décidée et réglée la destruction d'Oradour, au cours d'une conversation qui dure plus d'une heure.

Vers 13 h 30, deux colonnes quittent Saint-Junien. Vers 13 h 45, les Allemands s'arrêtent à quelques centaines de mètres du village d'Oradour pour discuter d'une prise en tenaille afin que personne ne s'échappe.

Selon un témoin, Clément Boussardier, qui assiste au passage des camions et des automitrailleuses à chenilles *« les hommes étaient tous armés, soit de mousquetons, de fusils mitrailleurs ou de mitraillettes. Ils dirigeaient les armes vers les maisons... Les Allemands étaient en tenue bariolée en tons de vert et certains habitants furent impressionnés par un tel déballage de la part de soldats prêts à faire feu. Pourtant, la plupart des Radounaux croient à une remontée des troupes ennemies sur la Normandie et ne montrent aucune inquiétude particulière. Même si certains commerçants baissent leurs rideaux métalliques au passage des camions, il a été raconté que le coiffeur est allé s'acheter du tabac pendant que son commis s'occupait d'un client. Ceci prouve à quel point personne ne se doutait de rien* ».

À des années-lumière de tout ça, les deux jeunes hommes, toujours en discussion devant la maison de Robert Hébras, entendent un grand bruit venant du bas du village, sur la route de Saint-Victunien, deux gros camions automitrailleuses avec une croix noire passent devant eux. Robert Hébras se dit « *tiens, ce sont les Allemands !* ». Aussitôt, son ami veut partir chez lui, il dit qu'il a peur. Robert Hébras le rassure en lui disant qu'ils s'en vont vers la Normandie où a eu lieu le débarquement quatre jours plus tôt.

Mais les Allemands s'arrêtent en haut du village et descendent de leurs véhicules. À leur arrivée, le commandant Adolf Dieckmann convoque le docteur Desourteaux, président de la délégation spéciale désigné par le régime de Vichy, qui fait office de maire. Celui-ci fait appel au crieur public pour ordonner aux habitants et aux personnes de passage au bourg, particulièrement nombreuses ce samedi 10 juin en raison d'une distribution de viande et de tabac, de rejoindre la place du Champ de foire.

Monsieur Compain, le pâtissier, dont le magasin donne juste sur la place demande à un soldat allemand s'il peut aller vérifier la cuisson de gâteaux qu'il venait de mettre au four et un SS lui répond en français « *on va s'en occuper* », une réponse étrange qui a dû sûrement interpeller le pâtissier.

Plus ils avançaient sur leur passage, plus ils étaient violents, défonçant portes et fenêtres, la rafle inclut ce jour-là les quatre écoles, soit 147 enfants sur les 191 inscrits, 2 instituteurs et 5 institutrices. Ce jour-là, un samedi, les enfants n'auraient jamais dû se trouver à l'école, mais il y avait visite médicale. Les SS fouillent les fermes et petits lieux-dits environnants ramenant les habitants vers Oradour.

C'est là que l'on voit bien la ruse des SS qui demandent aux habitants de prendre leurs papiers pour vérification d'identité alors qu'ils savent bien ce qu'ils vont faire comme ils l'ont fait plusieurs fois déjà sur le Front de l'Est. Ils pénètrent dans les maisons et demandent aux habitants s'il y a des armes de maquisards cachées à l'intérieur. Les SS savent que le maquis limousin est riche en résistants, harcelés qu'ils sont en permanence par les FFI (Forces françaises de l'Intérieur). Pourtant à Oradour, il n'y a pas de soupçons, il faut faire un acte de terreur, il n'est pas question de doutes, ici, c'est juste un prétexte pour tranquilliser la population. Ils entrent dans les maisons et demandent aux habitants de sortir, il ne s'agit que de contrôles de papier, s'entendent-ils dire. Peu à peu, les habitants sont dirigés vers le Champ de foire au centre du village. Comme le dira Robert Hébras, tout se passait à peu près dans le calme, même si ce n'était pas le cas dans tout le village et surtout aux alentours. Les personnes récalcitrantes sont abattues sur place.

Oradour-sur-Glane, village martyr, Limousin, juin, de nos jours

Nikolaus pense qu'il n'aurait jamais dû venir ici, son père avait raison, pourquoi remuer tout ça ? Laissons le passé où il est. Il a écouté le professeur d'histoire français et surtout la traduction. Jusque-là, ils ont été préservés, qu'ont-ils vraiment vu ? Une route de village sous un soleil de plomb, la même chaleur d'il y a 80 ans. Des bruits de pas, les leurs, qui n'ont rien à voir avec le bruit de ceux des guerriers de la Division Das Reich. Ils ont écouté, pendus aux lèvres du traducteur, ils ont imaginé des jeunes presque de leur âge discutant dans la rue, comme eux peuvent le faire tant de fois dans leur quartier. Le professeur dit.

— Stop ! on arrête là pour aujourd'hui, demain, après les commémorations, nous irons jusqu'au Champ de foire et nous vous raconterons ce qu'il s'est passé là-bas. En attendant, vous pouvez déambuler dans le village pendant une demi-heure. Des groupuscules se formèrent selon les affinités et les lycéens errèrent en discutant le long de la rue principale, levant leurs yeux ébahis sur les murs en ruine des maisons fantômes d'Oradour-sur-Glane.

Nikolaus ne perd pas de vue la silhouette mince de Pauline Couderc. Cette fille lui plaît vraiment, parmi toutes celles présentes sur les lieux, il ne voit qu'elle. Il n'a jamais ressenti cette émotion, bien sûr, il y avait des filles qui lui plaisaient dans sa classe à Berlin, mais jamais une n'avait autant remué son cœur. Être amoureux à 17 ans, c'était tout à fait normal, humain, comme lui disait sa mère. Sa mère, il y pense tout à coup si fort, elle qui n'avait qu'un seul espoir dans la vie, voir réunis les deux pays, la France et l'Allemagne, ne pas oublier, mais ne pas ruminer sans cesse comme le faisait son père.

Ses parents se querellaient souvent à ce sujet, on n'aimait pas les Français dans la famille Friedrich, mais on n'aimait pas non plus les Juifs, les communistes, les homosexuels et bien d'autres encore. Mon père est un homme gavé de propagande nazi, comme l'étaient son père et son grand-père, pense Nikolaus. Aujourd'hui, pour la première fois de sa vie, il en a vraiment honte.

Deux larmes coulent sur ses joues quand il passe devant ce qui fut un café ou une auberge, un salon de coiffure ou une épicerie. Certains autres lycéens ne comprennent pas pourquoi il est si ému, certains semblent même si loin de tout ça, et si cette histoire atroce les touche, elle ne les transperce pas tous de la même façon. À un certain moment, Nikolaus doit même s'éloigner pour sortir de son sac à dos son inhalateur portable pour retrouver une respiration normale.

10

De son côté, Pauline Couderc voyait aussi la chose d'une manière différente de Nikolaus. Chez elle, on ne nommait les Allemands que boches et la seule trace qu'ils avaient laissée était celle-là, un village en ruines, des centaines de suppliciés.

Puis, ce fut le moment du départ. Le groupe au complet disparut bientôt vers l'entrée du village, laissant derrière eux comme un nuage de silence, une quiétude si grande que rien ne pénétrait dans leurs oreilles sinon les mots du traducteur. Ils imaginèrent les camions des nazis remonter la route, et Nikolaus en eut un frisson dans le dos.

Ce soir, un repas convivial leur changera les idées, mais à quoi bon, demain, ils avaient rendez-vous avec la suite de l'histoire, une suite inimaginable, un moment en enfer.

Il règne un grand brouhaha dans le grand restaurant limougeaud qui les accueille ce soir. Les lycéens ont besoin de se détendre, de voir autre chose que des murs gris calcinés. C'est une halte agréable décidée par les enseignants du lycée Suzanne Valadon qui leur est offerte. Les autres soirs, ils dîneront au réfectoire du collège.

Les filles et les garçons s'assoient selon leurs préférences. Tous ont très faim et ont surtout très envie de discuter d'autre chose. « *Ce soir, on ne parle pas d'Oradour* ! », s'exclame Martin Ferrals, lycéen de Limoges. C'est un dur à cuire, celui-là, pense Nikolaus, il semble vouloir tout diriger et pas que maintenant, il l'a remarqué depuis le début. Il n'aime pas ça, dès que quelqu'un s'impose, il pense à son père. Il s'en veut d'être si sensible. Ses pensées l'absorbent, mais il aperçoit le minois de Pauline qui se trouve à quelques mètres de lui. Elle a fait exprès de se mettre si près de moi, espère-t-il.

Oui, il a raison, elle a bien calculé son coup, déjà très attirée par le jeune homme, elle prend beaucoup de plaisir à le voir, à le sentir proche d'elle. Elle lui jette des coups d'œil furtifs puis se retourne comme si elle voulait lui faire croire qu'elle ne le regardait pas. Lui fit de même, ainsi, toute la soirée, ils se cherchèrent des yeux sans jamais vraiment se trouver.

Nikolaus participe aux diverses discussions autour de la table, mais son esprit s'en va ailleurs, dans les ruines d'Oradour, comme obnubilé par les restes de ce village dont la destruction incombe aux siens. Un de ces ancêtres était national-socialiste de conviction et il était mort droit dans ses bottes, avec l'admiration du 3e Reich. Comment lui, son descendant, pouvait-il réagir comme les autres, observer cela avec un regard lointain et non impliqué ? Il le garde pour lui, d'une part parce que les autres ne comprendraient pas et d'autre part, car il préfère garder ce secret familial. Et maintenant, voilà qu'il s'éprend d'une jeune Française, une habitante d'Oradour, jamais, il n'osera en faire part à son père.

La soirée continue dans un grand salon mis à leur disposition. Le luxe du lieu est étranger à certains jeunes qui n'en croient pas leurs yeux. Les grandes fenêtres imposantes sont parées de grands rideaux grenat en tissu épais qui engagent une protection des lieux. Les canapés et les fauteuils sont spacieux, recouverts de velours ocre soyeux.

Nikolaus est surpris par le courage de la jeune lycéenne qui vient s'assoir près de lui. Elle ne porte plus un tee-shirt, mais une robe à mi-mollet à motifs fleuris dans les tons de bleu et des baskets blanches. Ce qui lui donne un air ingénu qui finit de séduire le jeune Allemand. Il ne parle pas français et Pauline ne parle pas l'allemand, mais les deux jeunes gens se comprennent un tant soit peu avec cette langue qui sauve dans tous les cas, l'anglais.

Après tout, ce ne sont que des adolescents, et l'amour est la grande aventure de cette période de la vie, et elle va bien au-delà de la découverte de la sexualité. Le premier amour s'apparente à une déchirure, à un lever de rideau. L'adolescent s'éloigne psychologiquement du cadre familial et renonce en quelque sorte à l'enfant qu'il était. Cela ressemble à un tsunami émotionnel.

Nikolaus et Pauline n'échappent pas à cette déferlante d'hormones. Elle touche sans arrêt ses cheveux, bombe sa poitrine, se donne des airs, elle perd l'appétit, lui tente de parler plus fort et avec cohérence, même si elle ne comprend pas tout ce qu'il dit, elle doit être touchée par ses mots, sa prestance qu'il se donne soudain. Comme deux petits félins, ils ont les yeux qui brillent. Ils sont seuls au monde, plus rien n'existe autour. La réalité est bien trop pénible. Pourquoi ne pas s'en échapper, oublier un temps qu'à 30 kilomètres de là, un village entier a été décimé par la cruauté des hommes ?

Dans le bus qui les conduit au lycée Suzanne Valadon, les garçons prennent place dans le fond, comme ils en ont l'habitude depuis le départ, les filles sont installées au milieu et vers l'avant. Suivant des yeux les maisons qui bordent la route, Nikolaus ne peut s'empêcher de fixer la seule chose qu'il aperçoit de Pauline, sa chevelure. Elle ne se tourne pas une seule fois vers lui. Il s'en veut d'être épris de cette fille qu'il ne connaît que depuis deux jours.

À la descente du bus, les groupes se dirigent vers le lycée et vers les dortoirs sauf ceux qui habitent Limoges et qui partent avec leurs parents. Nikolaus laisse partir ses copains devant, Harold est un couche-tôt et comme il le dit lui-même, après 22 h, je ne suis plus étanche.

Nikolaus sent la fatigue monter en lui, la journée a été éreintante, en émotion et physiquement. Le soleil a marqué sa nuque, ses avant-bras et surtout son visage. Son teint clair et ses yeux bleus sont fragilisés par l'exposition au soleil, et bien que sa mère ait glissé une crème solaire dans la valise, jamais il ne s'en servira devant les autres.

Il entend des pas dans les escaliers montant au dortoir, ce sont des pas vifs et rapides.

— Pauline ! s'exclame-t-il avec un fort accent allemand.

— Oui, je voulais te voir avant de dormir, assène-t-elle en anglais peu maîtrisé, mais suffisamment compréhensif.

— Ah, bégaie-t-il, fronçant les sourcils devant cette éruption inopinée.

Elle se penche vers lui et l'embrasse sur la joue en s'attardant légèrement. Sans lui laisser prononcer un seul mot, elle grimpe les escaliers quatre à quatre, emportant avec elle tout le bonheur du monde. Nikolaus reste planté là quelques secondes sans pouvoir réfléchir correctement. La fille qui lui plaît tant vient de l'embrasser. Il se sait timide et une fille qui fait le premier pas, ça tombe bien finalement.

Il est très tard quand Nikolaus arrive enfin à trouver le sommeil. Il a repassé toute cette journée dans sa tête et a anticipé sur la journée du lendemain qui va être aussi rude, sinon plus. Il suppose ce qui s'est déroulé au Champ de foire d'Oradour. Il se dit qu'il aurait bien aimé rencontrer Robert Hébras, le dernier survivant d'Oradour, aujourd'hui décédé. Il aurait voulu juste lui serrer la main, lui dire tout le courage qu'il a eu et toute sa considération en tant qu'Allemand.

Oradour-sur-Glane, même soir

Virginie Couderc longe le couloir, puis elle pénètre dans la chambre de sa fille. Ses cheveux bruns mi-longs sont coincés par une pince fuchsia. Elle s'assoit sur le lit vide de Pauline et pose son menton dans ses mains. Elle sursaute quand son mari apparait dans l'embrasure de la porte.

— Tu ne viens pas dormir ?

— Non, je n'ai pas sommeil.

— Toi aussi ça te travaille qu'elle soit là-bas, sans même rentrer à la maison pour dormir.

— Ils nous avaient prévenus, seuls ceux qui habitent Limoges rentrent chez eux.

— Et toi, ça te gêne, je te connais.

— Ce n'est pas qu'elle ne rentre pas qui m'inquiète, c'est qu'elle entende parler à longueur de journée d'Oradour.

— Ah, tu me rejoins enfin, pourquoi ne pas laisser tout ça dans le passé ?

— Pauline est jeune, mais elle est mature, elle adore l'histoire et fera la part des choses.

— Et ces Allemands, ils ne pouvaient pas rester chez eux.

— Les Allemands d'aujourd'hui n'y sont pour rien. Rappelle-toi ce jour où le président allemand Joachim

Gauck est venu visiter Oradour en compagnie de François Hollande, le 4 septembre 2013, je m'en souviens, car c'est le jour où est née la velle de Manille. Eh bien, que ce soit le maire, Raymond Frugueir, tu vois de qui je parle, un autre homme aussi représentant les familles de martyrs, j'ai oublié son nom et Robert Hébras, lui tu vois aussi de qui je parle ; tous ces gens ont fait un grand pas vers la paix, vers la mémoire. Mais pour toi, un boche sera toujours un boche, ça, je ne peux le supporter.

— Bon, calme-toi, tu es fatiguée, en plus, tu n'aimes pas quand ta fille n'est pas à la maison. Viens te coucher.

— Non, crie Virginie Couderc, je veux que tu comprennes une fois pour toutes, je n'aime pas que l'on ressasse sans arrêt, et honnêtement, je m'en serais passé que ces lycéens viennent à Oradour, mais ce n'est pas une raison pour limiter les Allemands aux atrocités nazies.

— Écoute, on en reparlera demain.

— Non, je t'ai dit ce que j'avais à te dire. La discussion est close.

Virginie sait que son discours est alambiqué, elle lance un regard à son mari qui le notifie clairement. Elle reste seule un instant, fixant le miroir en osier sur le mur. Je perds pied face à tous ces événements, se dit-elle, comme j'aurais voulu vivre ailleurs, se dit-elle sans en penser une miette. Elle ferme son déshabillé et après avoir jeté un coup d'œil à la chambre, ferme la porte.

11

À son réveil et après un moment de stupeur étrange, empreint d'un bonheur nouveau, Nikolaus sourit bêtement dans son lit. Il n'entend que des ronflements épars dans le dortoir, il s'est réveillé de bonne heure. L'idée que Pauline puisse avoir des sentiments pour lui ne l'avait pas encore effleuré. Elle n'était donc pas indifférente à ses regards lointains. Il avait bien remarqué la veille qu'elle se tortillait sur sa chaise, comme embarrassée. Il n'avait pas envie de se lever, laisser encore planer ce nuage de miel qui l'entourait. Rester là au chaud et l'imaginer, s'imaginer.

Encore emprisonné dans ses pensées, le lever est brutal. La plupart des jeunes crient, rient, se chicanent, se balancent les oreillers. Nikolaus ne comprend pas cet étalement de niaiseries. Il est mûr pour son âge et cela lui vaut maintes fois d'être comme mis au ban.

— Bon, vous arrêtez vos conneries, lance-t-il.

— Oh l'autre ! allez, on peut bien rigoler quand même, vu ce qu'on va voir, il faut prendre de l'avance, lance Herbert.

La moitié des jeunes ne comprennent pas les paroles que se lancent les deux lycéens allemands. Nikolaus regarde Herbert d'un air coléreux. Comment cet énergumène, qu'il n'apprécie pas d'ailleurs, peut-il parler de la visite d'Oradour comme d'une malédiction, un passage obligé, une servitude ? Il tourne les yeux et le laisse à ses bêtises.

Le petit-déjeuner se passe dans une ambiance plus calme. Gurt et Harold, même s'ils apprécient énormément leur ami Nikolaus, ne saisissent pas non plus cette réticence à l'amusement.

— Nik, il ne faut pas que tu prennes tout au pied de la lettre, ils ne sont pas méchants, ils s'amusent, c'est normal à notre âge.

— Tu trouves normal à 17 ans de se lancer des polochons à la figure et de s'esclaffer comme des mômes de 5 ans.

— Mais oui, c'est l'adolescence, et puis…

— Et puis quoi ?

— Pourquoi te cabres-tu ainsi dès que quelqu'un ne te suit pas dans ton chemin par rapport à Oradour ?

— Vous, vous savez pour mon père et ses ascendants, mais eux, ils ne savent pas.

— Justement, ils ne savent pas.

— Et tu crois qu'ils prendraient plus des gants s'ils savaient, j'en doute, Herbert est un con, il s'en moque complètement d'être ici.

— Et alors ! Tu n'en as rien à faire de ce qu'il pense, toi, vis-le, si ce chemin de mémoire t'est si indispensable.

Nikolaus regarde droit devant, dans le vide.

— Mais c'est ce que je compte faire.

Les professeurs d'histoire et le traducteur allemand se lèvent en premier, repoussent leur chaise sous la table du réfectoire et frappent dans les mains pour annoncer le départ.

— Le bus est prêt et nous attend, les nuages menacent, mais nous devrions éviter la pluie selon la météo. Après la chaleur d'hier, nous allons tous apprécier, je pense. Allez, tout le monde dehors !

Nikolaus a retrouvé son sourire, sa journée ne ressemblera pas à la précédente et le temps n'y est pour rien, cela se passe dans son cœur, dans tous ses sens.

Le ciel nuageux semble contenir la pluie, on distingue même quelques zones bleutées. Le bus roule vers Oradour-sur-Glane qui se trouve à une trentaine de kilomètres du lycée Suzanne Valadon. Les lycéens sont silencieux, comme s'ils n'osaient bouger ou chanter comme ils le font dans d'autres voyages scolaires. Le temps semble s'arrêter quand ils se dirigent vers le village martyr.

Le bus longe la deux voies N141 entourée de champs et de petites forêts. Bien plus loin se trouvent les villes de Niort et d'Angoulême. À droite, le bus laisse sur sa route le village de Saint-Victurnien.

Le professeur d'histoire français prend le micro et s'adresse aux lycéens.

— On vient de tourner vers la départementale 9 pour nous rendre à Oradour-sur-Glane, mais si nous continuions sur la nationale 141, nous arriverions à Saint-Junien, cela ne vous dit rien Saint-Junien ?

— Si, moi, interpelle une lycéenne qui connaît bien ce village puisqu'elle y habite.

— Et alors, que vous inspire ce village, Flora ?

— Je vis à Saint-Junien, dit-elle, fière d'être mise en exergue par le professeur. C'est ici que vivait aussi Robert Hébras, le dernier survivant avant qu'il ne revienne habiter Oradour pour finir ses jours.

— C'est ça, oui, Robert Hébras a vécu à Saint-Junien durant des années.

Le bus continue sa route, les lycéens remarquent les champs aux alentours à perte de vue, il règne ici une tranquillité simple des petits villages de la France profonde. Nikolaus comprend la surprise des habitants d'Oradour devant cette invasion soudaine en ce jour du 10 juin 1944, tant le calme s'impose ici. Tous ces habitants vivaient loin de la guerre, la vie n'était bercée que par le travail aux champs, la besogne des artisans, une journée à l'école pour les enfants, et la pêche sur la Glane qui connaissait et qui connaît encore aujourd'hui de grandes fluctuations saisonnières de débit. L'été, c'était un petit paradis.

Quand il avait recherché sur Internet google map, le village d'Oradour, Nikolaus avait été impressionné par la petitesse du village en rapport avec le nouveau construit à quelques centaines de mètres. Tout semblait rabougri, ce qui était normal vu les maisons brûlées, mais elles étaient collées les unes aux autres comme des petits cubes dans une boite. La proximité de ces maisons avait dû faciliter le travail ignoble des nazis qui avait concentré l'horreur sur très peu d'espace finalement.

Aujourd'hui, le nouvel Oradour-sur-Glane était spacieux, étendu, moderne, avec des petites taches bleues çà et là vues du ciel, les piscines et le progrès avaient succédé aux petits villages d'autrefois. Quand il en avait fait part à son professeur d'histoire, Helmut Weber, celui-ci avait répondu que lui seul aurait pu voir cette différence. Le professeur avait beaucoup d'empathie pour ce lycéen hors norme.

Juste après le petit-déjeuner, Nikolaus a téléphoné à sa mère Birgit pour la sécuriser, car il ne l'a plus appelé depuis leur arrivée à Limoge.

— Allô, maman ! c'est moi Nikolaus.

— Ah, mon bébé (oui, elle l'appelait encore mon bébé, ce qui le rendait un peu nerveux). Mais ce jour-là, il n'avait pas envie de lui en reparler.

— Je t'appelle vite fait, car on va monter dans le bus pour se rendre à Oradour, c'est dur, tu sais ici, il faudrait que tu le voies une fois... et papa aussi, ça lui montrerait la barbarie d'une façon concrète, celle qu'il veut toujours occultée.

— Ne parle pas de ton père, parle-moi de toi, tu vas bien, tu manges bien, tu dors bien ?

— Des questions de mère, s'amuse-t-il.

— Oui, c'est ça, des questions de mère, mais qui ont impérativement besoin de réponses.

— Oui, tout va bien, ne t'inquiète pas, maman, je te rappellerai ce soir si j'ai le temps.

— N'oublie pas que je t'aime, Nik.

— Ah non ça, je ne peux pas l'oublier, je t'aime aussi, bisous, je raccroche, on va partir.

Birgit Friedrich reste avec son téléphone collé sur l'oreille, elle pense à son père qui lui disait toujours que les Allemands n'étaient pas tous mauvais, alors qu'elle était une jeune fille et que l'histoire de la guerre la tourmentait.

Ils arrivent devant l'entrée du village d'Oradour vers 10 h. Une fois descendus du bus, comme la veille, il leur est donné quelques directives. Ne pas crier, rire, et écouter les explications du traducteur. Malgré quelques trublions comme dans tous les groupes, les lycéens sont calmes et attentifs. Certains même, comme Nikolaus, prennent ces visites avec sérieux, affichant une émotion non dissimulable.

Ils longent les rues du village martyr, imaginant chacun à sa manière les gens qui vivaient là en 1944, les jeunes enfants qui devaient jouer devant les portes, les femmes discutant sur des bancs, ou bien ceux qui étaient dans leur lit en train de faire une sieste réparatrice et qui n'ont pas compris ce qu'il leur arrivait.

12

Quand ils atteignent enfin le Champ de foire, ils ont conscience d'avoir parcouru le chemin que les habitants avaient sillonné jusque-là, ce chemin empli de questions et d'inquiétude. Ils se rassemblent en un arc de cercle autour des adultes, le silence est de plomb, presque irrespirable.

— Autrefois, commence le traducteur en allemand, cette place était ce que l'on nommait un champ de foire ou foiral, il était réservé aux foires, aux fêtes foraines, mais surtout aux marchés, et souvent après la grand-messe, les enfants s'y amusaient. On y faisait aussi le commerce des bestiaux, qui ne se privaient pas de tapisser le sol avec leurs bouses et à l'époque, une bouse bien sèche était efficace dans une cheminée. Les lycéens sourirent à cette image.

Le traducteur poursuit ses explications.

— Avant le massacre, Oradour-sur-Glane était une bourgade limousine active et ordinaire, avec ses commerces, cafés-hôtels, boutiquiers et artisans. Elle vivait principalement de l'agriculture jusqu'à la crise du secteur, qui fit se dépeupler les campagnes. Il ne restait en effet plus que deux exploitations agricoles en 1944 dans le bourg d'Oradour. Au début du XXe siècle, le village se modernise avec notamment l'arrivée de l'électricité et des chemins de fer départementaux de la Haute-Vienne.

Le recensement de 1936 fait état d'une population de 1 574 âmes. Outre tous ses commerces, Oradour possède une harmonie municipale, une société de pêche et trois écoles. La guerre en 1940 mobilise 168 hommes de la commune. 113 hommes purent rentrer au village dès l'armistice. Malgré la proximité des résistants et l'accueil de réfugiés lorrains (Charly-Oradour, village mosellan, fut nommé ainsi en hommage aux victimes, dont 39 venaient du petit village), le village est relativement épargné par la guerre jusqu'au massacre. La population, comme dans la plus grande partie de la France, après avoir adhéré aux idées et à la personne du maréchal Pétain, émet des critiques de plus en plus virulentes à l'égard de la politique collaborationniste, attendant fermement une victoire des Alliés.

Tous les lycéens sont pris dans un élan de compassion, et comme un seul homme, ils boivent les dires du traducteur.

— Si je vous dis tout cela avant de vous raconter ce qu'il s'est passé ici, sur ce Champ de foire, c'est pour que vous vous fassiez une opinion sur ce qu'était ce petit village, finalement si loin de la guerre. C'était un village français des années 40, où l'électricité était vue comme un des plus grands progrès et où il n'y avait ni télévisions ni téléphones, et je ne parle pas des portables, il était très rare de trouver un téléphone fixe dans une maison. Oui, je sais, vous pensez que ce n'était pas vivable, eh bien, je pense que oui justement, la vie était plus saine, plus paisible, mais ça, ce n'est que mon opinion, précise-t-il.

Là, sur cette place, où est immortalisée la voiture du docteur Désourteaux à jamais, il règne une atmosphère criante de silence, comme si des voix s'élevaient, des cris déchiraient l'air humide d'un ciel bas de ce jour de juin où quelques lycéens faisaient face de près et pour la première fois à la barbarie nazie. Le traducteur commence sa lente complainte des faits historiques.

— Robert Hébras, comme les autres, arrive sur le Champ de foire, il doit être environ de 14 h 45, 15 h. Je vous laisse imaginer la chaleur qui régnait ici par un jour de juin très chaud. Chacun ne pense qu'à une chose, reprendre ses activités après la vérification des papiers. Il y a ceux qui ont des plats au four, ceux qui doivent s'occuper du bétail, ceux qui doivent prévoir le repas du soir, etc. D'après les dires du dernier survivant, et d'autres aussi qui ont survécu comme Jean-Marcel Darthout, la plupart des gens présents sur le Champ de foire ne sont pas apeurés, certains ont fait la guerre de 14 et ne voient pas de danger imminent dans cette démarche. Sauf les enfants qui ont été retirés des écoles et qui sont épouvantés cherchant un réconfort auprès de leur maîtresse d'école, et c'est compréhensible, à voir tous ces soldats allemands et aux ordres qu'ils donnent avec une voix forte.

Soudain, Robert Hébras, comme il le raconte, aperçoit sa petite sœur Denise, qui semble morte de peur. Il va alors la réconforter. Certains hommes se méfient aussi au bout d'un moment, il leur semble bizarre que tous les habitants soient réunis au même endroit et commencent vraiment à se poser des questions.

Devant la mine déconfite des jeunes lycéens, le traducteur stoppe son récit et leur demande de se détendre un moment, de se désaltérer et de s'exprimer. Une certaine détente se met en place, le temps de souffler un peu avant que le traducteur ne reprenne son récit.

Nikolaus se mange les lèvres, ses yeux sont écarquillés, fixés sur le traducteur. Tous ses efforts pour se calmer ne servent à rien, il a peur, comme s'ils étaient là, comme si c'était lui qui allait être exécuté. Rien à faire, il a envie de partir, de courir vers l'entrée du village, pour fuir, les fuir tous. Personne ne perçoit son trouble, ou bien peut-être Pauline à deux pas de lui, il sent qu'elle le suit, qu'elle éprouve la même anxiété que lui. Pour la première fois de sa vie, un autre être humain que sa mère le comprend, communie avec lui.

Alors il se laisse emporter par les mots du traducteur, c'est trop tard, il y est.

— Ici, sur cette place, ils étaient nombreux. Certains s'étaient cachés dans les maisons, mais ils seront exécutés par la suite et de façon épouvantable comme la famille du boulanger. Le professeur s'arrête et décide de ne pas dire où ont été retrouvés les membres de cette famille. Les pauvres gens sont morts dans le four de la boulangerie.

Nikolaus et les autres sont accrochés aux lèvres du traducteur, pourtant c'est le professeur d'histoire français qui raconte, c'est Patrick Chollet qui dit l'effroi, mais eux, les lycées allemands, ne comprennent que le traducteur et l'horreur viendra de lui.

Le samedi, de nombreux habitants de Limoges viennent faire leurs provisions ici, à Oradour, en empruntant le tramway, le trajet dure une bonne demi-heure. Il y a aussi ceux qui viennent pour passer la fin de semaine en famille et visiter leurs parents. Le village d'Oradour est modeste, il ne fait pas de bruit, il est sans artifices.

La population a augmenté en raison de l'arrivée de réfugiés en trois vagues successives, puis de manière aléatoire. Début 1939, débarquent les républicains espagnols, vaincus du franquisme, 22 d'entre eux sont encore présents ce jour du 10 juin 1944. Ensuite vinrent des populations évacuées d'Alsace pour les préserver des combats (ils ne seront pas bien accueillis et repartent très vite), puis arrivent des réfugiés du nord, de Montpellier, d'Avignon, des Juifs de la région parisienne, de Meurthe-et-Moselle et de Bayonne.

En juin 1944, avec les hameaux environnants et les fermes, la commune compte un bon millier d'habitants.

Les habitants se sentent tranquilles, car il n'y a pas de maquis à Oradour ou dans son voisinage proche, c'est une vérité attestée par Vichy et les principaux chefs de la Résistance dans la région. On est bien à Oradour, on vit une existence paisible.

Le traducteur reprend son récit là où il l'avait arrêté.

Oradour sur Glane, 10 juin 1944, vers 15 h.

— La majorité de la population obéit aux ordres, persuadée qu'il s'agit d'un contrôle de routine. L'inquiétude des habitants est encore modérée pendant le rassemblement au Champ de foire et avant la séparation des hommes, des femmes et des enfants. Même Jean-Marcel Darthout, un autre survivant âgé de 20 ans et marié depuis six mois est ici, et pourtant, lui, n'avait pas senti un danger, puisqu'il était chez le coiffeur et a été emmené au Champ de foire avec sa femme et sa mère sans ménagement.

Nous y voilà, insiste le traducteur, le rassemblement terminé, un des Waffen-SS alsaciens traduit aux hommes présents les propos du commandant Diekmann : les SS ont entendu parler d'une cache d'armes et de munitions à Oradour et demandent à tous ceux qui possèdent une arme de faire un pas en avant. On les menace de mettre le feu aux maisons pour faire sauter les munitions clandestines.

Selon Marcel Darthout, devant le mutisme des habitants, l'officier allemand demande au maire de lui désigner trente otages. Ce dernier refuse, il dit qu'il ne lui est pas possible de satisfaire une telle exigence et assure que les habitants n'ont pas connaissance d'un tel dépôt, il se porte garant pour eux. Le commandant demande alors au maire de le suivre, ils vont faire un tour à la mairie et reviennent.

De retour sur le Champ de foire, le maire, M. Desourteaux, maintient son refus et se propose lui-même comme otage et même ses proches parents. À ces mots, l'officier s'esclaffe, rendant encore plus morbide cet instant dramatique.

Le traducteur s'arrête de parler. Il ne peut plus, car le professeur d'histoire, Patrick Chollet, s'est tu, lui-même submergé par l'émotion de se trouver là et de raconter l'innommable, l'impensable. Les lycéens s'assoient sur le bord des trottoirs et se rafraîchissent, Nikolaus sait que ce que va exprimer le professeur est terrible, il se sent uni avec cet homme qu'il ne connaît pas.

13

Alors qu'il s'apprête à continuer son récit macabre, le professeur d'histoire, Patrick Chollet, propose aux lycéens de rester où ils sont, assis sur le trottoir, sur les bords du Champ de foire. Le massacre des hommes, voilà ce qu'ils vont entendre. Bien sûr, ils savent tous et surtout ceux qui habitent la région et Oradour même. Mais cette fois, ils vont communier ensemble ce moment poignant, ils vont entendre de la bouche d'un autre ce qu'ils ont lu sur Internet, ce qu'ils ont entendu dans leur famille, ce dont ils bavardent entre eux, ce que maintenant ils n'oublieront jamais.

Les jeunes Allemands fixent désormais la bouche du traducteur.

— Robert Hébras, comme les autres, ne se doute pas du sort que leur ont réservé les soldats de la Waffen-SS. Ils voient même partir les femmes et les enfants dans une autre rue avec soulagement. Pour Robert Hébras, comme il le dira plus tard, j'ai pensé qu'ils ne voulaient pas que les enfants et les femmes voient ce qui allait se passer.

Ensuite, les 180 hommes et jeunes gens de plus de quatorze ans sont répartis en six lieux d'exécution, par groupes d'une trentaine de personnes ou plus. Et là, on ne sait pas encore ce qui va se passer, Robert Hébras et ses amis d'infortune sont conduits dans la grange Laudy. Les SS leur demandent de nettoyer les lieux, d'enlever charrette de foin et autres objets se trouvant dans une grange pour faire place nette. Ils s'exécutent et c'est à ce moment précis, où un SS balaie le devant du local pour installer une mitrailleuse en batterie face à la grange qu'ils commencent à se poser des questions sur le sort qui leur est réservé. Et pourtant, le machiavélisme des SS ira bien plus loin que ce que ces hommes peuvent imaginer.

Soudain, comme le confirment Robert Hébras et Marcel Darthout, un grand bruit résonne dans le village, comme une détonation, c'est le signal, vers 16 h, les SS tirent dans les jambes des hommes qui tombent tous à terre les uns sur les autres.

Heinz Barth est l'un des SS qui participent à ce massacre. Il dira plus tard « *Les hommes commençaient à s'énerver alors j'ai ordonné le feu et tous ont tiré, moi-même, j'en ai tué environ douze ou quinze. On a mitraillé une demi-minute, une minute peut-être, ils tombaient tous bêtement* ». Bêtement, ce mot est tellement choquant, comment auraient-ils pu ne pas tomber alors que les SS leur tiraient dans les jambes pour les empêcher de fuir ? Ce n'était qu'un jeu pour ces bêtes sanguinaires qui pour la plupart étaient des adolescents ou jeunes hommes enrôlés de gré ou de force dans la Waffen-SS.

Que ce soit, continue le traducteur, l'un ou l'autre des rescapés, ils diront tous la même chose, enfouis sous les corps de leurs amis ou connaissances, ils entendent les gémissements, les cris de douleur, parfois même les pleurs de leurs compagnons. On ne peut qu'imaginer ce qu'ont pu ressentir ces hommes encore vivants entourés de camarades ensanglantés dont nombre d'entre eux étaient déjà morts.

Puis, enfin, les rafales cessent. Dessous les corps, les survivants entendent les SS qui montent sur le tas de corps, et tirent balle après balle sur les malheureux qui bougent encore. Les corps sont recouverts de paille et autres fagots de bois pour y mettre le feu. Les rescapés sentent la fumée, les corps de leurs camarades se calciner. Ce n'est que pour échapper à une mort par le feu que certains comme Robert Hébras, Marcel Darthout, Matthieu Borie, Clément Broussaudier et Yvon Roby décident de sortir du brasier, quitte à se faire mitrailler. Une mort plus rapide, pensent-ils. Mais quand ils sortent du lieu d'exécution, les SS sont partis, les ont laissés là à leur triste sort. Ils pensaient les avoir tous tués. Les six lieux d'exécutions étaient les granges Laudy, Milord et Bouchoule, les garages Poutaraud et Désourteaux et le chai Denis.

Devant la mine effarée des jeunes lycéens, le professeur d'histoire s'arrête encore et dit.

— Je vous parle juste encore une minute ou deux et nous allons partir déjeuner à Oradour à la brasserie où nous avons réservé, je crois que nous avons tous mérité ce moment de détente. Nous reviendrons cet après-midi pour parler des femmes et des enfants. À moins que vous préfériez revenir demain et rentrer à Limoges à la fin du repas.

— Non, monsieur, interpelle Flora, rapidement rejointe par ses amis. Nous voulons savoir et en finir avec ça aujourd'hui.

— De toute façon, nous reviendrons demain pour vous permettre de faire votre rapport de visite, certains même, j'ai cru comprendre, veulent prendre des photos ou dessiner les lieux.

— Oui, répondit Harold en allemand, je voudrais rapporter des dessins, m'imprégner du lieu pour ne jamais oublier et transmettre.

— C'est une bonne idée.

Le traducteur reprit son récit.

— Les dires de Marcel Darthout font froid dans le dos. Caché avec plusieurs de ses camarades rescapés dans une étable à cochons, il entend dans la soirée les bourreaux faire ripaille chez le marchand de tissus, maison qu'ils n'ont pas encore brûlée. Les verres tintent, les bouchons des bouteilles sautent, le poste TSF marche à plein, dira-t-il.

Vous savez, jusqu'au dernier moment, à la dernière seconde du déclenchement de la mitraille, ceux qui étaient des otages en attente n'ont pas imaginé cette fin macabre, ils ne pouvaient pas y croire et ils n'y ont pas cru. La surprise des victimes a été totale. La manœuvre des SS avait parfaitement fonctionné, l'exécution s'est déroulée dans le calme et sans panique exagérée. Ils étaient six rescapés au départ, mais l'un d'entre eux, Henri Poutaraud, en voulant s'échapper trop tôt a été fusillé par une sentinelle.

Il y a aussi ce petit garçon Roger Godfrin, âgé de 8 ans qui s'est enfui de l'école quand il a vu les Allemands parce que sa mère lui avait dit « *sauve-toi si tu vois un nazi* ».

Les SS qui ne participent pas au massacre errent dans les rues et dans les maisons pour les piller. Ils ramassent argent, bijoux, produits alimentaires, bicyclettes, volailles, porcs, moutons et veaux. C'est là que certains habitants qui avaient échappé au massacre sont retrouvés par les SS et tués. Il y a aussi, dans la soirée, les habitants des alentours qui ne voyant pas revenir leurs enfants de l'école, se rendent à Oradour et sont systématiquement exécutés. « *Oradour est un gouffre dont on ne revient pas* ».

Comme le dira Mathieu Borie, diffuseur des journaux clandestins du Mouvement de Libération nationale, constate que « *au fur et à mesure de leur avance, ils ont ramassé tous les habitants d'Oradour, grands et petits, jeunes et vieux, pour les conduire place du Champ de Foire. Ils passaient dans chaque immeuble se trouvant dans le quartier de leur passage, défonçant portes et fenêtres si c'était nécessaire* ».

La rafle inclut également les quatre écoles de la commune, soit 191 enfants, 2 instituteurs et 5 institutrices : bien que l'on soit un samedi après-midi, les enfants sont rassemblés dans les écoles, en raison d'une visite médicale ; elle concerne également les habitants des fermes et maisons situées à l'extérieur du bourg. D'après Marcel Darthout, *« des camionnettes apportaient sans cesse des gens des villages environnants qui avaient été appréhendés à domicile. C'est ainsi qu'il y avait là des agriculteurs des Brandes et de Bellevue »*.

Oradour-sur-Glane, Limousin, 10 juin 1944, vers 15 h 40

Une motrice de tramway en essai arrive de Limoges, avec trois employés à bord, et stoppe peu avant le pont sur la Glane. Une cale doit être placée afin de maintenir l'engin immobile. L'un d'eux descend au moment où passe un groupe d'hommes raflés dans les hameaux alentour, groupe encadré par quelques soldats. Cet employé qui est descendu est immédiatement abattu et son corps jeté dans la rivière. Les deux autres sont emmenés auprès d'un officier qui, après examen de leurs papiers, leur ordonne de rejoindre leur machine et de retourner à Limoges. Certains auteurs, pour expliquer le meurtre de cet employé qui n'était pas en service (il venait à Oradour pour voir un artisan), avancent qu'il aurait pu esquisser un geste ou un mouvement vers ses collègues.

Avant de partir, Nikolaus se plante devant un panneau, comme pétrifié par ce qu'il voit. Sur le panneau est inscrit *« Ici, lieu de supplice, un groupe d'hommes fut massacré et tué par les Allemands, recueillez-vous »*.

— Allez, viens, souffle Gurt, qui comprend dans l'état où se trouve son ami.

— Regarde, Gurt, allemand, notre nationalité, c'est nous qui avons fait ça, nous, hurle-t-il.

Helmut Weber s'approche, attiré par les cris de son élève.

— Allez, Nikolaus, il faut partir.

— Le peuple allemand est sali à jamais, comment ont-ils pu faire une chose pareille, les nôtres, les vôtres, lui cria-t-il dessus ?

Helmut Weber réussit enfin à calmer le jeune homme, mais au fond, si tous savent que depuis le début, Nikolaus Friedrich est le plus émotif, ils ne sont que deux, ses amis, à savoir le secret de la famille Friedrich et le passé sombre des ascendants de Nikolaus.

Le repas de midi, très calme au départ après le récit des professeurs et du traducteur, commence ensuite à prendre une tournure plus festive. Les adolescents laissent sortir toute leur angoisse du matin pour rire à nouveau de choses simples. Des hamburgers maison sont servis à la brasserie. Dehors, le soleil tente quelques percées, mais le temps reste nuageux et plus frais que la veille. Oradour-sur-Glane a survécu, se dit Nikolaus, Oradour n'est pas mort avec les SS, il a été, et ça, c'est déjà une victoire pour le souvenir des suppliciés.

Pauline ne cesse de regarder Nikolaus, qui lui, n'ose pas encore franchir le pas de poser trop longtemps les yeux sur elle. Ce soir, il décide de parler un peu à la jeune fille et aussi de téléphoner encore à sa mère, il a envie de partager ses émotions avec elle.

À une table voisine, les deux professeurs d'histoire et le traducteur discutent vivement de la matinée passée au village martyr.

— Regardez-les, ils sont gais, heureux, je ne sais si c'est bien de les ramener là-bas pour les assommer de douleur avec le sort que les SS ont réservé aux femmes et aux enfants dans l'église Saint-Martin, lâche Patrick Chollet.

Le professeur d'histoire allemand se penche pour dire quelques mots au traducteur.

— M. Weber me dit qu'il vaut mieux en effet les laisser libres cet après-midi et rejoindre Limoges où ils doivent commencer leur rapport de visite à Oradour. Nous reviendrons demain matin directement à l'ancienne église Saint-Martin d'Oradour et là nous leur expliquerons.

— Oui, je pense aussi que c'est la meilleure chose à faire. Demain à midi, nous piqueniquerons dans les alentours et l'après-midi, nous irons visiter la nouvelle église Saint-Martin du nouveau bourg.

14

Dans le bus qui les ramène à Limoges, les jeunes chahutent un peu, discutent entre eux de choses et d'autres, on dirait que l'angoisse et la triste réalité du matin se sont légèrement estompées. Pauline fouille dans son sac pour en sortir son portable. Elle n'a pas appelé sa mère depuis la veille et la connaissant, elle doit se faire un sang d'encre.

— Allô ! Maman.

— Oui, ma chérie, ah c'est toi enfin, attends, je pose la panière sur la table, je viens juste de ramasser le linge, je crains que la pluie n'arrive avant ce soir. Vous étiez à Oradour aujourd'hui ?

— Oui, on a visité les ruines et surtout le Champ de foire, l'endroit où toute la population a été regroupée. C'est dur, mais toi tu sais aussi ce qu'il s'est passé sur ce champ, mais quand tu es là-bas, sur place, et que l'on te raconte les faits, minutes par minutes, c'est impressionnant. Je ne sais pas comment j'aurais pu vivre ça, tellement inhumain. Et encore demain matin on va à l'église pour parler des femmes et des enfants. Dire que de la famille a vécu cela, c'est très difficile, maman. Pauline cache mal son émotion et ses yeux s'emplissent d'une eau salée.

— Oh ma petite, mais que leur prend-il de vous faire revivre cet épisode si douloureux d'Oradour ?

— Mais, maman, c'est le devoir de mémoire, il nous faut savoir pour que ça ne recommence pas.

— Tu sais, ma fille, l'histoire ne retient pas toujours les leçons, regarde ce qu'il se passe en Ukraine aujourd'hui, partout dans le monde, des peuples sont martyrisés, le monde est ainsi, sans mémoire et sans leçons.

— Bon, je te laisse maman, on rentre à Limoges.

— Bien, mais pourquoi tu ne dors pas à la maison, tu étais à Oradour aujourd'hui, tu aurais pu rester ?

— Maman, je te l'ai répété plusieurs fois, demain matin, je fais comment pour rejoindre les autres à Limoges ?

— Mais vous revenez à Oradour.

— Oui, mais moi, je veux être avec le groupe, avec Estelle et Jeanne, je ne veux pas être la seule qui rentre chez papa et maman.

— Je te reconnais bien là, toi, allez, prends soin de toi, je t'embrasse et ton père aussi.

Le bus roule tranquillement vers Limoges en traversant la campagne limousine. Ce soir-là, ils restent un long moment devant la porte du dortoir des filles à se dire bonne nuit. Les minutes défilent et Nikolaus ne se décide pas à partir. Il tient la main de Pauline, il sent sa peau douce et ne voudrait jamais la lâcher. Dehors, la lumière pâle de la lune traverse les nuages baignant de mystère les alentours, les arbres s'agitent doucement sous la brise, les grosses branches des chênes prennent l'allure de grands oiseaux en quête de proie.

— Pauline, il faut que je parte, il est plus de 10 h et demain, nous nous levons de bonne heure.

En disant ses mots, Nikolaus tente une approche timide vers le visage de Pauline, il n'y a personne, le couloir est vide, on entendrait presque une mouche voler. Il vient effleurer ses lèvres, elle le laisse faire avec volupté. Nikolaus part brusquement sans attendre une quelconque réaction de Pauline, il lui a rendu son baiser, se dit-il, mais celui-là était plus intime. Pauline reste là à le regarder s'éloigner.

Une fois Nikolaus parti rejoindre le dortoir des garçons, le cœur de Pauline bondit de joie, ainsi, il a des sentiments pour elle. Une fois dans son lit, elle s'endort avec un sourire sur son petit visage frêle.

Le lendemain, Oradour-sur-Glane, proche de l'ancienne église Saint-Martin.

Comme chaque fois qu'ils s'approchent du lieu du massacre, les lycéens, pratiquement sans exception, sentent leur cœur se serrer, ils déglutissent et ont du mal à avaler leur salive, on ne s'habitue pas à errer dans ces ruines criantes de douleur.

Le groupe reprend le chemin de l'entrée vers le champ de foire, il s'y arrête un instant, juste pour saisir vers où est parti le groupe des femmes et des enfants entourés des SS, dans la direction de l'église.

Nikolaus s'est rapproché de Pauline, ils savent tous les deux qu'ils sont sur la même longueur d'onde en ce qui concerne le massacre d'Oradour, les deux s'imprègnent du lieu de la même façon, douleur pour le passé et espoir pour l'avenir. Les autres lycéens ont vu leur petit jeu et ont compris leur attirance. Et pourtant personne ne se moque, personne ne les chambre, ici, tout est si différent.

Ils rejoignent l'église à pied. Oradour-sur-Glane était un petit village. Quelques visiteurs hochent la tête en les regardant passer.

— Regarde, c'est là, lance Nikolaus à son ami Harold. Le jeune Allemand avait reconnu l'église qu'il avait déjà vue sur Internet, il manquait le clocher central et deux tourelles. En s'approchant, les lycéens aperçoivent la façade de l'église aux pierres oxydées et noircies par le feu derrière une croix et un Christ rouillés. Il y a là une grande plaque de recueillement dont l'inscription finit par ces mots « *qu'ils reposent en paix, car ils sont vivants dans l'éternité* ».

Les visages des jeunes lycéens sont blafards, ils savent que c'est là que furent enfermés les femmes et les enfants. Les ouvertures n'étaient que des renforcements vides après l'éclatement des vitraux.

Nikolaus et Harold sont les deux derniers à gravir les escaliers et à entrer dans l'église. En passant devant l'entrée, Nikolaus effleure au passage les pierres muettes, qui si elles pouvaient parler diraient la monstruosité qui s'était déroulée ici. Un coup de vent passe juste quand il entre dans l'église, comme si les murs soupiraient.

Ils se placent toujours de la même manière, en arc de cercle autour des professeurs d'histoire et du traducteur. Ils sont prêts à entendre le pire, ce faisant, est-on prêt à entendre cette chose-là, un cerveau normal peut-il encaisser une histoire pareille, hors du temps, hors des hommes, inimaginable pour le commun des mortels ?

Là, au milieu de cette église à ciel ouvert, où n'en finissent plus de dépérir depuis 80 ans un morceau de cloche, une poussette rouillée, se trouve encore dans les murs les traces des balles tirées par les SS.

Une espèce de longue plainte du traducteur recommence, sans épargner, sans rien cacher à ces jeunes qui découvrent ici tout le malheur du monde.

Oradour-sur-Glane, 10 juin 1944, vers 16 h.

Ils sont près de 450 femmes et enfants enfermés dans l'église. C'est un lieu saint, que peut-il leur arriver ? Certains se posaient-ils cette question ? Peut-être oui. L'attente est interminable, que vont-ils faire d'eux ? Les mères s'inquiètent pour leurs enfants dont le plus jeune est âgé de 8 jours. Ils assistent à une sorte de préparatifs qui ne leur dit rien de bon. Il y a juste deux heures, ils étaient tous ailleurs vivant chacun leur vie paisible. Puis, de jeunes soldats placent dans la nef, près du chœur, une caisse assez grande de laquelle dépassent des cordons qui traînent sur le sol. Ces cordons sont ensuite allumés par les SS. Quand le feu atteint la caisse, elle explose dans l'église et laisse s'échapper une fumée suffocante et âcre qui empêche les victimes de respirer (on pense qu'ils voulaient les gazer). Mais L'explosion fait sauter les vitraux, la fumée s'est échappée peu à peu.

Les soldats s'en aperçoivent et mitraillent dans l'église depuis toutes les ouvertures. Les femmes et les enfants s'asphyxient et hurlent d'effroi, ils se précipitent vers les endroits de l'église où l'air semble plus respirable.

La porte de la sacristie s'effondre sous le poids des gens apeurés. Les SS se rendent vite compte que cette pièce protège les suppliciés, ils abattent tous ceux qui sont là, les mères voyant de leurs yeux mourir leurs enfants et vice versa.

Une fusillade éclate dans l'église. Les SS apportent des fagots, de la paille et des chaises de l'église qu'ils placent sur les corps gisant sur les dalles. Ils y mettent le feu. Les SS entrent alors dans l'église et abattent les derniers survivants. Les cris des pauvres malheureux s'étouffent tout doucement. Ça n'est que plus tard dans l'après-midi qu'ils ont voulu faire sauter les voutes de l'église pour ensevelir les femmes et les enfants dans les décombres.

Oradour-sur-Glane, un jour de juin, des dizaines d'années plus tard

Pauline Couderc a pris les doigts de la main de Nikolaus dans la sienne. Il ne bronche pas. Il a besoin d'elle, il a besoin de réconfort. Ce qu'il vient d'entendre le submerge, il est comme un automate.

— C'est terrible, Nikolaus, lui souffle-t-elle en anglais.

Nikolaus ne répond pas, il lui sourit comme dans un rêve.

C'est alors que le traducteur explique comment une femme a réussi à s'échapper de ce piège infâme. Elle s'appelait Marguerite Rouffanche, elle était née à Oradour-sur-Glane le 8 décembre 1864.

— Marguerite Rouffanche a raconté son histoire et ce qu'elle a vécu au sein de l'église d'Oradour. Je vais vous la raconter encore. Aujourd'hui, tous les rescapés de massacre sont décédés, le dernier étant comme vous le savez Robert Hébras. Il faudra le dire vous aussi, et le redire encore pour la mémoire de la population de ce village qui reste à jamais le symbole de la barbarie nazie en France.

La voix de Patrick Chollet chancelle.

— Elle dira l'angoisse des femmes et des enfants enfermés, les asphyxies lors de l'explosion de la caisse, mais aussi comment elle s'est retrouvée dans la sacristie avec sa fille. Assise sur une marche d'escalier, sa fille est près d'elle et elle la voit mourir sous les balles des SS. « *Ma fille fut tuée devant moi par un coup de feu venant de l'extérieur, dira-t-elle. Je dus la vie à l'idée de fermer les yeux et de simuler la mort. Une fusillade éclata, puis les chaises, la paille, ils mettaient tout ce qu'ils pouvaient sur les corps déjà morts et d'autres agonisants. Ayant échappé à la tuerie et n'ayant aucune blessure, je profitai d'un nuage de fumée pour me glisser derrière le maître-autel. Il existe dans cette partie de l'église trois fenêtres, je me dirigeai vers la plus grande, celle du milieu, et à l'aide d'un escabeau qui servait à allumer les cierges, je tentai de l'atteindre. Je ne sais pas comment j'y suis arrivée, mes forces étaient décuplées. Je me suis hissée jusqu'à elle comme j'ai pu. Le vitrail était brisé, je me suis précipitée par l'ouverture qui s'offrait à moi. J'ai fait un saut de plus de trois mètres, puis je me suis dirigée vers le jardin du presbytère.*

Je m'aperçus alors que j'avais été suivie dans mon escalade par une femme qui du haut de la fenêtre me tendait son bébé. Elle se laissa tomber près de moi. Les Allemands, alertés par les cris de l'enfant, nous mitraillèrent. Ma compagne de cavale et son bébé furent tués. Je fus moi-même blessée en gagnant un jardin voisin et je m'écroulai entre deux rangées de petit-pois, et là, j'ai fait comme si j'étais morte ».

Le traducteur cesse de s'exprimer.

Les jeunes lycéens ne parlent pas, ils sont comme pétrifiés, et quand le professeur d'histoire leur demande s'ils ont des choses à dire, à formuler leur ressenti. Juste une jeune fille, habitante de Limoges, parvient à sortir quelques mots.

— Heureusement que cette dame a survécu, on sait vraiment ce qu'il s'est passé ici.

Elle ne trouve pour réponse qu'un hochement de tête de son professeur d'histoire.

— Marguerite Rouffanche fut retrouvée le lendemain soir, le dimanche et elle fut emmenée au château de Laplaud pour y recevoir les premiers soins. Elle a perdu lors du massacre d'Oradour, son mari, Simon Rouffanche, ses trois enfants, Jean, né en 1921, Amélie, née en 1923, Andrée, née en 1926 et son petit-fils Guy Peyroux. Je crois qu'on va arrêter pour ce matin.

Les lycéens ressortent de l'église, les yeux hagards, le regard triste, le cœur atteint.

15

Les lycéens retournent vers le bus et y déposent leurs notes. Beaucoup enregistrent les paroles du professeur, d'autres préfèrent écrire sur des carnets. L'exercice n'est pas facile, ils doivent noter des événements durs, cruels, vides de toute humanité. C'est pour cela que cet après-midi sera libre à Limoges. La visite de la nouvelle église attendra.

Le bus reprend la route du lycée Suzanne Valadon. Certaines discussions naissent par-ci par-là, alors que le bus sillonne la campagne limousine. Cette fois, Pauline est assise à côté de Nikolaus et quelquefois, ils se tiennent la main. Cette fille le réconforte, Nikolaus se sent si proche d'elle, elle a un truc à part, pense-t-il, quelque chose qui ne ressemble à rien d'autre qu'il ait connu, un magnétisme qui le percute de plein fouet.

Il sait que ce n'est pas physique, bien sûr, elle lui plaît beaucoup avec ses cheveux longs blond cendré, ses yeux noisette, son nez légèrement évasé, mais très joli et sa bouche gourmande. Pauline est grande, elle mesure un mètre 70, elle est mince et a le tient clair. Il ne l'a pas beaucoup vue en robe ou en jupe, les filles sont abonnées aux pantalons de toile ou aux jeans depuis les visites d'Oradour. Ce jour-là, elle porte un pantalon beige qui ne cache pas les longues jambes fines de l'adolescente. Toutes les filles, les garçons aussi d'ailleurs, portent des baskets, vous marcherez beaucoup, ce sera plus pratique, avaient conseillé leurs professeurs.

Une fois le déjeuner avalé, les lycéens sont libres de parcourir la ville de Limoges.

— On vous fait confiance, tout le monde est de retour pour 18 h dernier délai, assure le professeur principal de la classe française. On assiste alors à un inventaire des porte-monnaie, des sacs, pour savoir si on a bien pris les papiers, les cartes de crédit pour certains et de l'argent liquide pour d'autres. Enfin, ils vont pouvoir penser à autre chose et se faire plaisir.

C'est ainsi que Nikolaus, Harold, Gurt, Pauline, Jeanne et Estelle s'éloignent vers une brasserie pour boire un verre en attendant de faire quelques boutiques. La réputation de cette grande brasserie du centre de Limoges n'est plus à faire, on y consomme des bières artisanales, mais surtout la Barbotine. Biologique, multimédaillée et brassée en plusieurs gammes, on la retrouve d'ailleurs de la Haute-Vienne à la côte bretonne en passant par la région nantaise.

Les jeunes de la ville et de la région raffolent de cette bière. Ils s'installent autour de deux tables rondes de couleur beige.

— Alors, les jeunes, en vacances ! interpelle le serveur.

— Non, pas en vacances, on est au lycée pour huit jours, on visite Oradour.

— Ah, Oradour, répond le jeune serveur, comme sonné.

— Oui, c'est très triste ce qu'il s'est passé là-bas.

— Mon grand-père vit à Oradour, enfin le Oradour d'aujourd'hui, il y vit seul depuis dix ans. Ils habitaient

Limoges quand ma grand-mère est morte, et il a voulu partir à Oradour. Il avait un ami, Georges Moulins, qui habitait le nouveau village. Bref, je parle, je parle, mais que voulez-vous boire ?

— De la bière, s'écrièrent-ils.

— Alors, il y a…

Malgré un grand choix, les jeunes lycéens finissent par se décider, tous en boivent, même les filles. Les garçons ne semblent pas avoir très envie de faire les magasins. Il fait très chaud maintenant sur la ville. Soudain, Estelle se lève et se plante devant les tables.

— Qui m'aime me suive, on va faire les boutiques, les filles.

— OK, vous venez, lance Pauline à Nikolaus.

— Non, on va encore boire un peu et on se retrouve après.

— Bien, on fait ça, rétorque Pauline, et ne vous saoulez pas, on tient à vous ramener en forme au lycée.

Les garçons regardent les filles s'éloigner.

— Cette manie qu'ont les filles de vouloir toujours faire les magasins, ma mère c'est pareil, signale Harold en allemand, trop heureux de pouvoir enfin parler sa langue d'origine en sachant que tous autour de la table le comprennent.

La discussion tourne très vite sur Oradour et sur le père de Nikolaus.

— Il ne m'a pas téléphoné depuis mon départ ni même laissé un message. Heureusement que ma mère est moins conne.

— C'est dingue, ça, ce n'est pas comme s'il était venu en personne détruire Oradour. Il n'est pas SS, et même si ton grand-père l'était, ton père n'y est pour rien.

— Mon grand-père n'était pas SS, mais il défendait l'idéal du parti national-socialiste, c'est un peu la même chose, mais il n'a pas participé à des massacres ou autres.

Enfant, je me souviens même avoir vu des photos d'Hitler et des processions de son armée. Pour moi, c'est un peu comme s'il l'était. Et mon père, il a le cul entre deux chaises, s'il dénonce, il trahit la famille, s'il accepte, il trahit tous les autres. Il ne me pardonnera jamais d'être venu ici. Quelquefois, je ne voudrais pas qu'il soit mon père.

— Attends, il t'aime à sa façon, quand même, ne dis pas ça. Et puis, c'est le lycée qui nous a proposé ce voyage scolaire, rétorque Gurt.

— Mon père n'aime que ceux qui sont de son avis. Assez parlé de lui, je voulais lui faire comprendre tout ça, Oradour, Tulle, les Juifs, et tout le reste, il s'en moque ou alors il préfère le déni.

Plus tard dans la soirée, quand ils eurent pris le repas au réfectoire du lycée limougeaud, le directeur de l'établissement vint les voir pour les féliciter de leur bonne tenue pendant la visite des ruines d'Oradour.

— Vous vous êtes bien comportés, mais ça, je n'en doutais point, assure-t-il. Je voulais aussi vous dire comme je suis fier de mes élèves qui ont très bien accueilli leurs camarades berlinois. L'Allemagne et la France ne sont plus en guerre depuis des décennies, il faut laisser le temps au temps pour qu'enfin une réconciliation durable puisse aboutir entre les deux pays, mais surtout entre toutes les familles qui vivent avec leurs souvenirs propres et restent enfermées sur elles-mêmes.

Aussi je tiens à vous récompenser de votre assiduité aux explications des professeurs d'Histoire. Demain, nous devions revenir à Oradour le matin et faire une visite du nouvel Oradour avec en point de mire l'église du village plus contemporaine.

Les lycéens ne comprennent pas où veut en venir le directeur du lycée, mais ils supposent une issue agréable.

— Voilà où je veux en venir, nous ferons ces visites après-demain. Demain, les cuisiniers prépareront un pique-nique pour tous les lycéens et nous nous rendrons à l'île de Chaillac qui se trouve à une petite heure d'ici. Les habitants de la région, dont nos lycéens, connaissent bien cette île, ceux-là pourront entourer les autres pour la découverte du lieu. L'île de Chaillac s'étend sur plus de 2,3 km de longueur pour une largeur maximale de 300 mètres. Vous comprendrez bien que l'endroit est assez restreint. D'ailleurs, l'île ne comprend qu'une seule habitation, un gîte rural qui s'appelle « à la ferme » et elle est reliée par un pont à la rive droite de la Vienne. Ne vous inquiétez pas, nous n'allons pas partir dans tous les sens, sinon vous pourriez vous y perdre. C'est déjà arrivé à des visiteurs qui se sont aventurés hors du sentier de randonnée qui fait environ cinq kilomètres et permet d'en faire le tour.

Voilà, en espérant que cette initiative vous fait plaisir à tous.

Les lycéens applaudissent à tout rompre. Les cris et les hourras envahissent le réfectoire. Le directeur se retire et laisse les jeunes qui n'en finissent pas d'exprimer leur joie. Certains pensent que cette décision arrive au bon moment, les visites d'Oradour sont émotionnellement très pénibles pour des jeunes, et le trouble particulier des lycéens allemands est très palpable, ce sont des leurs qui ont perpétré ce massacre et tant d'autres autour.

Nikolaus ne pense qu'à ça, et ses pensées le minent, le rendent coupable. Il se sent souvent mal et doit rapidement attraper son inhalateur dans le sac à dos qu'il trimbale à longueur de journée pour retrouver quelques respirations normales.

Pauline a bien compris que ce garçon dont elle est maintenant amoureuse connaît un problème d'asthme, ce qui n'arrange en rien concernant les approches des visites d'Oradour qui font froid dans le dos et vont chercher des morceaux de son âme.

Quand l'effervescence retombe, des petits groupes se forment, certains jeunes discutent dans un coin, d'autres sortent les cartes, et d'autres montent directement au dortoir pour se reposer.

Pauline est restée dans le groupe de Nikolaus qui commence à progresser en français. Ses efforts portent leurs fruits. L'attirance qu'il éprouve pour Pauline explique en quelque sorte le plaisir de parler la langue de son crush (amourette en langage jeune). Les jeunes d'aujourd'hui se parlent entre eux avec des expressions que ceux qui ont plusieurs dizaines d'années ne peuvent pas connaître comme « avoir le seum » (déprimer), « daron, darone (père et mère), « le tieq » (pâté de maisons), « ça prend la vie » (ça prend du temps).

Ils sont comme tous les jeunes d'aujourd'hui et vivent avec leur temps. Leur professeur de français est là pour veiller aux grains et ne pas leur faire oublier les rudiments de la bonne langue française.

Pauline se rapproche de Nikolaus qui lui prend la main, il adore sentir contre ses doigts la peau de Pauline, juste ça, il ne pense pas à autre chose, il sait que cet amour est pur, pas banal, comme un petit miracle. Ils restent là à discuter comme ils le peuvent, tentant tous de se comprendre et déjà les yeux envahis de rêve devant la journée qui les attend le lendemain à l'île de Chaillac.

16

Il fait un temps splendide en ce matin de juin. Les jeunes gens entendent les oiseaux gazouiller dans les arbres alentour. Une bonne odeur de café chaud et de pain grillé monte dans les narines. Aujourd'hui, ils n'iront pas à Oradour, ils vont prendre un peu de recul à cette barbarie, un bol d'air pour leurs poumons, mais surtout pour leur cœur.

Le chemin est long jusqu'à l'île de Chaillac et certains se sont endormis dans le bus. Dans l'ensemble, ils sont calmes, les professeurs discutent entre eux. Ils s'attendent tous à passer une excellente journée au bord de la Vienne. Le bus arrive enfin aux abords d'un parking ombragé. L'accès à l'île se fait par un petit pont réservé uniquement aux piétons. Aujourd'hui, le temps est sec, mais par temps de pluie, le port de bottes est impératif. Vous ne devez pas vous écarter du chemin, ne serait-ce que pour éviter les serpents et autres surprises, avait précisé le professeur d'histoire.

Avant le début de la visite proprement dite, il s'adresse à nouveau aux lycéens en leur précisant certains détails.

— Il y a encore de l'activité agricole sur l'île, mais les exploitants ne logent plus ici. Une partie de la terre est utilisée en maraîcher, alors que les champs servent aux éleveurs de vaches laitières. Autrefois, certains ont essayé de vivre dans des yourtes, mais plus aujourd'hui. On recensait aussi une poterie, mais elle n'est plus là. Sur le chemin ombragé, des installations et panneaux explicatifs dynamisent la visite et incitent les promeneurs à découvrir la flore et la faune de l'île. Nous accèderons à l'île par une passerelle, le début du sentier d'interprétation sera sur votre gauche, là où se trouvait l'arrivée du bac qui était l'unique moyen d'atteindre l'île avant 1980.

Les lycéens semblent très attentifs, il continue.

— L'île de Chaillac a été rachetée en 2006 par la communauté des communes Porte Océane du Limousin. La maison des anciens propriétaires et les bâtiments en pierres ne demandent qu'à retrouver une activité. Juste une dernière précision et nous pourrons enfin commencer la visite, l'île coupe la Vienne en deux bras, il y a ce que l'on appelle « La grande eau » que l'on peut franchir grâce à la passerelle et « la petite eau ». Chaque bras de la rivière a ses propres courants, lents ou rapides, où vivent des poissons différents. Par exemple, les pêcheurs de carpes ou de brochets se placent sur la grande eau alors que les amateurs de truites pêchent dans la petite eau. Ah, encore une chose, nous pique-niquerons à la pointe de l'île où se trouve la roue à eau, nous vous en parlerons plus amplement au cours du déjeuner, car elle est primordiale pour abreuver la faune et la flore.

Depuis deux jours maintenant, le groupe de Pauline comme le nomment d'autres lycéens de Limoges ne se sépare plus. Pauline, Jeanne, Estelle, Nikolaus, Gurt et

Harold forment une véritable équipe, les uns parlent allemand, les autres parlent français et quand ils ne se comprennent pas du tout, ce qui est souvent le cas, l'anglais vient à leur secours.

L'ensemble des élèves s'embarquent sur la passerelle au-dessus de la Vienne. Ensuite, ils s'avancent tranquillement pour commencer la visite de l'île. Nikolaus s'aperçoit que son sac à dos est troué.

— Pauline, peux-tu me garder dans ton sac à dos mon inhalateur et mon portable ? Il ne faut pas que je les perde, sinon, pour mon inhalateur, ça peut être très grave surtout si je suis en stress. Une fois, je l'avais oublié et je ne sais pas si c'est le fait de savoir que je ne l'avais pas sur moi, j'ai fait une grosse crise d'asthme. Quelquefois, ce n'est qu'une gêne respiratoire aiguë, un essoufflement, même une respiration sifflante, c'est assez impressionnant, mais cette fois-là, je ne pouvais plus parler, j'étais pâle comme un cachet, avec des sueurs et mes bouts de doigts étaient bleutés.

Pauline le regarde avec un air ahuri.

— Mais c'est si grave que ça, je ne connais rien à l'asthme. Tu me donnes une drôle de responsabilité, et si je le perds.

— Mais tu ne peux pas le perdre, ton sac n'est pas troué.

— Non, mais je peux l'égarer en cherchant quelque chose, le tomber par terre.

— Bon, tant pis, je vais le garder.

— Non, non, donne-le-moi, maintenant c'est trop tard, si toi tu le perds, je ne m'en consolerai pas.

Nikolaus la regarde tendrement. Le sourire qu'il lui adresse est d'une douceur infinie.

Les voilà tous partis sur l'île, ils suivent le chemin qui longe l'eau d'un côté et les prairies de l'autre. Ils lisent les panneaux explicatifs, les lycéens français expliquent à leurs camarades allemands ce qu'ils lisent. Le traducteur ne peut être partout à la fois, car les groupes se détachent, certains s'arrêtent plus longuement, d'autres accélèrent le pas. Les accompagnateurs décident de ne pas les obliger à rester agglutinés de peur que la plupart des jeunes ne soient pas intéressés par la même chose au même moment.

Quand ils arrivent au barrage de la Roche, ils ne sont plus qu'un genre de peloton qui s'étire au bord de l'eau. Patrick Chollet s'inquiète et leur demande de ne pas aller trop vite et de rester groupés le plus possible.

— Ce ne sont pas des gamins, lui répond le traducteur. On sait où l'on va, on a tous rendez-vous à la roue à eau. Il ne faut pas penser au pire.

— Peut-être avez-vous raison, rétorque Patrick Chollet, je les vois toujours comme des enfants. Tenons-les à l'œil tout de même, ne serait-ce que pour qu'ils ne fassent pas de bêtises ou détruisent les lieux.

— Vous avez vu comment ils se comportent à Oradour, comme ils sont sérieux, attentifs et émus.

— Ici, justement, cela n'a rien à voir avec Oradour, ici, ils se détendent et un adolescent qui se détend peut faire des bêtises et encore je reste poli.

La troupe serpente dans le chemin, et celui-ci bifurque dans la forêt.

— Regardez, là-bas, c'est quoi ? demande Gurt.

— Des hérons, non ! avance Estelle.

— Oui, ce sont des hérons, mon père les appelle les potentilles des montagnes, lâche Jeanne fière d'apprendre quelque chose à ses camarades.

Ils s'éclaffèrent devant ce mot bizarre pour nommer un héron. Ils ont tous un carnet et notent tout ce qu'ils voient pour échanger au moment du déjeuner. Ils avaient déjà aperçu des loutres au bord de l'eau. Ils restèrent longtemps à les regarder avec leur petite tête adorable, nageant sur le dos en maintenant leurs pattes hors de l'eau. À ce moment précis, Oradour et ses ruines sont loin. Même Nikolaus semble plus joyeux.

Chemin faisant, les jeunes découvrent la faune, ici des pêcheurs, là une rampe réservée au passage des canoës, mais aussi des milieux boisés remarquables, et encore au bord de l'eau des plantes invasives comme la Renouée du Japon ou la Balsamine de l'Himalaya. Quand ils arrivent à la mare, ils commencent à sentir la fatigue et surtout la faim. Ils lisent sur les panneaux qu'au printemps, l'île compte d'importantes concentrations de fauvettes, de pouillots et d'hirondelles, mais en ce jour de juin, ils n'ont pas la chance de les admirer.

— Bon, celui qui en voit une le dit, parce que moi, je ne vois rien, souligne Pauline.

— Voir quoi ? demande Estelle intriguée.

— Le prof d'histoire nous a dit que l'île abritait une importante population d'une petite libellule rare en Europe, l'Agrion de Mercure, je crois, oui c'est ça.

— Oh, je veux la voir, s'écria Estelle, j'adore les libellules, c'est très beau, et leurs couleurs sont magnifiques.

— Cherchons donc, reprit Gurt en anglais.

— Au fait, Pauline, demande Estelle, j'ai vu que l'île s'appelait aussi île de Navière.

— Le prof a dit que c'était le nom des anciens propriétaires.

Ils arrivent à la rivière qui termine ici, à la mare, la partie limousine de son cours. L'influence du Massif central se distingue encore dans quelques substances de la flore, transportée jusque-là par les eaux depuis les hauteurs de la montagne limousine. Ils découvrent aussi quelques ruines, celles du pavillon de plaisance et la chapelle funéraire appartenant à la famille Chabodie-Dupérat, descendante des « de Navière du Treuil », propriétaires de l'île depuis le

XVIIe siècle, la chapelle et des parcelles leur appartiennent encore.

— C'est bien joli tout ça, mais moi j'ai la dalle, s'exprime enfin Jeanne qui se traîne à la suite des autres et qui se plaint des moustiques.

— Je sais que c'est pas ton truc tout ça, mais tu n'as pas le choix, rétorque avec aplomb Pauline qui en a un peu assez des jérémiades habituelles de Jeanne.

— Moi aussi, lâche Nikolaus, je commence à avoir faim, vivement que l'on arrive à cette roue à eau.

La roue à eau se montre enfin et tous sont à peu près réunis devant elle. Certains prennent les explications du professeur d'histoire en cours de route.

— Nous y voilà, dit-il enfin, nous allons déjeuner ici. Mais avant, une dernière petite chose à vous expliquer. Cette roue à eau appelée la noria permet d'irriguer les champs et abreuver les bêtes des deux fermes, car l'île est habitée par de nombreux animaux sauvages ou de la ferme.

Ils n'écoutent plus et certains élèves prennent d'assaut les tables de bois quand d'autres s'assoient carrément sur l'herbe. Chacun sort enfin son pique-nique et le professeur leur propose un verre de cidre en guise d'apéritif. Les lycéens sont heureux, et vont tenter de profiter de cette belle balade estivale avant de reprendre le chemin en sens inverse et rentrer à Limoges.

17

Un bruit furtif se fait entendre dans un bosquet près de l'eau. C'est un cincle plongeur, dit le professeur d'histoire, enfin un merle d'eau si vous préférez. Personne ne l'écoute, il sourit à son homologue allemand.

— Ils ont faim et à cet âge, quand on a faim, plus rien ne compte.

Helmut Weber ne répond pas et hoche simplement du chef pour approbation.

Une fois les ventres affamés remplis, il faut opérer un demi-tour et c'est là que certains élèves veulent prendre le chemin qui passe de l'autre côté de l'île, mais qui rejoint aussi la passerelle. Les responsables sont catégoriques, non, on ne se sépare pas.

— Comme à la maternelle, et nia nia nia, maugrée Pauline, contrariée à l'idée de ne pas être un peu seule avec Nikolaus pour l'embrasser, elle en a envie depuis le matin, mais dans cette foule, comment trouver un moment de complicité ?

Cela fait quelques minutes maintenant que les lycéens ont fait machine arrière pour rejoindre le pont de sortie, ils en ont encore pour une bonne heure avant de l'atteindre. Sur le chemin, chacun réagit à ce qui le touche personnellement, en rapport avec leurs souvenirs intimes, leurs expériences solitaires, en famille ou entre amis. À chaque trouvaille, tous sursautent d'un même élan et échangent un regard d'accointance. Pas besoin de traduction pour eux, les jeunes possèdent des rouages bien précis et se comprennent à demi-mot.

Lorsqu'ils quittent la roue à eau, il fait encore très chaud, le soleil de juin mitraille ses rayons sur la petite île. Les sacs à dos commencent à peser, la sueur perle sur les fronts, les cous et dans les dos. Ils s'arrêtent souvent pour plonger leurs mains dans les ruisseaux et s'asperger d'une eau fraîche inépuisable. Pauline sait qu'elle doit tenir et surtout ne pas perdre l'inhalateur de Nikolaus, cette responsabilité commence à lui peser, mais elle poursuit le sentier sans rien en dire.

— Nikolaus, appelle-t-elle. Le jeune Allemand et son ami Gurt sont toujours loin derrière et veulent assouvir une curiosité toujours plus grande. Les chemins tracés, cela ne les passionne pas, ils veulent de l'aventure, apercevoir des choses que personne ne voit, prendre des chemins que personne n'emprunte.

Malgré les appels de Pauline, les deux garçons profitent de l'étirement de la colonne des lycéens pour se permettre quelques incartades. Pauline est inquiète, pourquoi les garçons n'en font toujours qu'à leur tête ? se dit-elle en accélérant le pas pour rejoindre la file qui continue sa marche. Elle se retourne de temps en temps et soudain, elle ne les voit plus. Que faire ? Le dire aux professeurs, ou attendre, ils vont bien revenir, ils sont grands et sensés, pense-t-elle.

Elle rattrape Jeanne, qui elle, ne pense qu'à une seule chose, rentrer à Limoges.

— Je me suis fait piquer les jambes par je ne sais quoi, regarde, c'est en feu, je n'arrête pas de me gratter, vivement qu'on rentre.

— Attends, j'ai un répulsif pour les insectes dans mon sac.

En prononçant ces mots, Pauline pose son sac à dos au sol et trifouille à l'intérieur pour trouver le répulsif, elle le sort du sac, le donne à Jeanne et aperçoit le téléphone portable de Nikolaus.

— Mince, c'est vrai, dit-elle, j'espère qu'il va revenir vite, j'ai son téléphone.

— Le téléphone de Nikolaus ?

— Oui, il me l'a donné, car son sac est troué.

— Il a bien fait, lance Jeanne tout en se badigeonnant de répulsif.

— Pas sûr, il est à la traîne avec Gurt, je ne sais pas où ils veulent aller.

— T'inquiète, il faudra bien qu'ils rejoignent le groupe à la fin.

— On ne dit rien aux profs ?

— Non, ils vont se faire engueuler pour rien.

— OK, mais il faut les surveiller, avance, toi, moi, je vais ralentir pour les attendre.

— D'accord, mais sois prudente. Et si on me demande où vous êtes?

— Tu dis qu'on a voulu voir les poissons de plus près.

— Mais ils ne vont pas le croire, ça.

— Il faudra bien.

Pauline pousse Jeanne sur le chemin et lui ordonne carrément de retrouver les autres. Jeanne ne bronche pas, d'une part car elle a toujours suivi les ordres de Pauline et d'autre part, car elle a vraiment envie de partir d'ici.

Pauline la regarde s'éloigner. Elle hésite, revenir en arrière ou attendre ici. Elle décide d'attendre. Si dans dix minutes, ils ne sont pas là, elle rejoindra les autres et sera bien obligée de le dire aux responsables.

Gurt s'approche de Nikolaus.

— C'est quoi ?

— Sais pas, un serpent mort.

— Tu en es sûr ?

— Ben oui, il ne bouge pas. Regarde ses couleurs, vertes et jaunes, c'est beau ! Il faudra que je demande ce que c'est, mais ce n'est pas une vipère, c'est bien trop gros et trop coloré.

— Et, je te rappelle qu'un serpent, ça peut rester immobile un long moment et tout d'un coup, ça te pique.

— Mais je te dis qu'il est mort, regarde.

En disant ces mots, Nikolaus touche le serpent avec un long bâton.

— Tu vois, il ne bouge pas, il est mort.

— Bon, écoute, on s'en va d'ici, les autres vont s'apercevoir qu'on est parti, et ça va chauffer.

En remontant le talus vers le chemin, ils s'aperçoivent qu'ils ont dérivé nettement en s'approchant de la rivière. Plusieurs petits chemins s'ouvrent à eux et ils ne se souviennent plus de celui qu'ils ont laissé au départ.

— Scheisse (merde), on est pommé, constate Gurt.

— C'est par là, appuie Nikolaus, persuadé de reconnaître l'endroit.

— T'es sûr ?

— Oui, oui, sûr !

Le soleil commence à baisser doucement à l'horizon, et même s'il reste encore assez haut, les deux fuyards commencent à se demander s'ils ont suivi la bonne piste. Ils restent silencieux, se frayant un passage entre les ronces et les herbes hautes qu'ils n'ont pas vues à l'aller. Aucun n'ose parler, mais le silence est parfois plus bavard que la parole.

— Écoute, ne crains rien, nous sommes en été, donc nous ne mourrons pas de froid même si nous sommes perdus.

— Tu crois que nous sommes perdus, mein Gott (mon Dieu), se met à balbutier Gurt qui commence vraiment à paniquer.

— Mais non, arrête de me faire flipper ! Hure (putain), j'ai pas mon portable sur moi, c'est Pauline qui l'a. Tu l'as, toi, demande en déglutissant un Nikolaus affolé.

— Il est vide, depuis deux jours je n'arrive plus à le charger.

— Tu aurais pu le dire avant, je te l'aurais chargé.

Ils ne reconnaissent plus rien du tout, la forêt s'épaissit, il y fait sombre comme dans une caverne.

— Pauline va s'inquiéter, elle va le dire, elle sait que nous nous sommes retardés. Ils vont nous chercher, souligne Nikolaus.

Les mots se veulent rassurants, cependant les deux adolescents ne sont pas dupes, ils ont mal agi et cette faute peut leur porter un gros préjudice. Nikolaus pense à Oradour, lui qui s'était comporté d'une manière exemplaire dans les ruines du village martyr. Que vont dire les profs ? Il pense à son enfance, à ce temps où il s'échappait de chez lui le soir pour errer avec ses amis dans le quartier. Sa mère redoutait ces escapades nocturnes, elle craignait pour sa sécurité, mais surtout pour son asthme qui le contraignait à ne prendre aucun risque. Elle me tuerait si elle savait, il l'entend lui dire « mais avais-tu besoin de t'échapper encore une fois, à ton âge ». Les bruits de la forêt prennent le pas sur la voix de sa mère. Plus ils veulent sortir, plus ils s'enfoncent.

Quand le groupe se réunit enfin à la passerelle de sortie, Harold qui a bien vu l'absence de ses amis se dirige vers Helmut Weber et lui parle avec franchise.

— Gurt et Nikolaus ne sont pas là. Ils ont sûrement pris un autre chemin, plus long, ils devraient arriver d'un moment à l'autre.

Patrick Cholet s'était déjà aperçu de son côté de l'absence de Pauline Couderc.

— Mais où sont-ils donc, le bus nous attend ? Ce n'est pas raisonnable, cela ne ressemble pas à Pauline, intervient le professeur d'histoire français.

Les jeunes lycéens commencent à parler entre eux du retard de leurs camarades. Soudain, Pauline arrive en suffocant, elle est en sueur, ses cheveux collent à son front, elle semble exténuée.

— Nikolaus et Gurt ne sont pas là, j'ai voulu les attendre un peu, mais ils ne sont pas revenus par le chemin du départ. Ils se sont perdus, j'aurais dû les suivre, les empêcher.

— Ne vous inquiétez pas, Pauline, tente de calmer Patrick Chollet. Ce ne sont pas des gamins et puis ils ont leurs téléphones, on va les appeler.

— Oh la la, le téléphone de Nikolaus est dans mon sac, le sien était troué. Puis soudain, le visage de Pauline devient blême.

— Qu'avez-vous ?

— J'ai aussi dans mon sac l'inhalateur de Nikolaus, il peut mourir s'il ne l'a pas.

— Calmez-vous, personne ne va mourir.

— Hans, interpelle Helmut Weber, toi qui connais bien Gurt, appelle-le sur son portable.

— Mais monsieur, c'est ce que je fais depuis un bon quart d'heure et je tombe toujours sur la messagerie, il avait un problème avec son téléphone depuis hier, il n'arrivait pas à le charger.

— Nous voilà bien, souffle Helmut Weber.

Les professeurs se concertent pour voir comment agir, est-ce qu'on revient en arrière pour les chercher où prévient-on les gendarmes ?

— Je pense qu'avant de prévenir la gendarmerie, on peut tenter de les trouver. Nous avons tous des téléphones, on va se séparer en deux groupes et on va avancer en sens inverse. On devrait tomber sur eux, cette île n'est pas la Corse tout de même, ironise Patrick Chollet.

Une heure se passe, chacun s'égosille pour appeler les deux fugitifs. Ils sont introuvables. Patrick Chollet commence vraiment à s'inquiéter et imaginer le pire, ils sont blessés, tombés dans un trou, pire dans l'eau, pris par un tourbillon. Ce n'est qu'à 18 h que les espoirs de les retrouver s'amenuisent et que Patrick Chollet se décide à joindre la gendarmerie de Saint-Junien.

18

Quand les deux professeurs et le traducteur décident de joindre la gendarmerie, ils s'aperçoivent que Pauline Couderc n'est plus là.

— Elle est repartie les chercher toute seule, je savais qu'elle avait un fort caractère, mais à ce point-là, c'est de la bêtise. Elle va se perdre et on en aura trois à retrouver au lieu de deux.

— Allô, ici la gendarmerie de Saint-Junien.

— Allô, ici c'est Patrick Chollet, le professeur d'histoire du collège Suzanne Valadon de Limoges, deux élèves, non trois, se reprend le professeur, qui se sont égarés sur l'île de Chaillac.

— Encore, répondit l'adjudant Billon, la semaine dernière deux élèves se sont égarés, il faut les surveiller de plus près vos gosses.

— Désolé, mais ce ne sont plus des gosses, à 17 ans, ils ne sont pas si petits que ça.

— Bien, nous venons tout de suite, on va se séparer en trois équipes de deux pour ne pas les louper.

— Ils risquent beaucoup ?

— En général non, mais il y a des trous d'eau entre les grosses racines de certains arbres près de la Vienne, ils peuvent y tomber et se blesser.

— Ne parlons pas du pire, merci encore.

À deux kilomètres de là, près de la Vienne, Nikolaus est en effet en mauvaise posture, ayant voulu trouver un raccourci près de l'eau, il a glissé sur la pente sableuse et s'est coincé la jambe entre deux racines gigantesques. Il pleure de douleur et Gurt ne sait plus quoi faire. Il ne peut appeler personne, ne veut pas le laisser seul d'autant plus qu'il se sent complètement perdu et ne sait plus par quel endroit retrouver les autres.

— On est débiles, quand même, lance Gurt, les larmes aux yeux.

— Aïe aïe, hurle Nikolaus dont le pied est coincé et douloureux. Chaque fois que je tire pour le dégager ça me lance dans la cheville.

— On ne va pas rester là toute la nuit, pourvu que quelqu'un vienne.

— Oui, tente d'articuler Nikolaus, ils vont venir, on nous trouvera le plus vite possible. Je ne tiendrai pas longtemps comme ça.

— Pauline va leur dire dans quelle direction nous sommes partis, elle nous a vus, elle.

— Pauline, pourvu qu'elle ne soit pas égarée, elle aussi, souffle Nikolaus cherchant déjà sa respiration.

En disant ces mots, Nikolaus commence à suffoquer.

— Oh non, Nik, pas maintenant, je n'ai rien pour t'aider.

Le visage soudain blanchâtre de l'adolescent semble ne pas trop réagir. Gurt abandonne l'idée de dégager la jambe de son ami, il s'assoit à côté de lui pour l'aider à respirer. Nikolaus cherche l'air, sa gêne respiratoire est violente, il s'essouffle de plus en plus, Gurt pleure sur le visage de son copain. Il sait que Nikolaus peut mourir s'il se met à avoir une respiration sifflante.

— Nik, je suis là, respire, doucement, je suis là, ils vont arriver.

Nikolaus semble l'entendre, mais son esprit est rivé sur sa poitrine dans laquelle l'air doit pénétrer coûte que coûte. Il se tient le thorax comme s'il avait une oppression, comme si un étau serrait ses poumons.

Le soleil décline toujours. Gurt sait que si personne ne vient, Nikolaus risque sa vie, mais pourquoi ne pas avoir vérifié son téléphone ? Pourquoi s'être égarés comme des gamins sans cervelle ? Les questions fusent dans sa tête, il sent des larmes couler sur ses joues. Et puis soudain, un appel dans la forêt.

— Hou hou !

— On est là, hurle Gurt, ici ! venez vite.

— Nik ! crie Pauline qui pense avoir entendu un cri, ses jambes sont écorchées, elle s'accroche les cheveux dans les branches, mais avance comme si sa vie en dépendait.

— On est là, près de l'eau, hurle Gurt qui tient dans ses mains la tête de Nikolaus qui penche maintenant sévèrement du côté droit.

Quand Pauline apparait, Gurt sent tout le poids du monde le quitter, la boule qui occupe son estomac depuis une demi-heure vient de partir, d'un coup.

— Oh Pauline ! il s'étouffe.

— Je suis revenue seule, je savais qu'il aurait besoin de moi, l'inhalateur, vite.

L'adolescente fouille son sac à dos, ses mains tremblent, elle ne le trouve pas, ça y est, elle l'a. Elle se penche vers Nikolaus et lui pose l'inhalateur dans la bouche, car le jeune allemand n'est pas capable de le gérer. Elle envoie une pression dans la bouche de Nikolaus, celui-ci ne réagit pas, elle lui parle.

— C'est Pauline, Nik, allez, reviens à toi, elle l'embrasse sur la joue, lui caresse le front, tente de le rassurer.

Au bout d'un moment qui semble des lustres, Nikolaus ouvre les yeux, semble prendre un peu d'air, puis un peu plus. Il les voit comme des sauveteurs après une avalanche, une lumière au bout d'un tunnel dans une grotte. Gurt regarde Pauline, suit son regard quand elle le pose sur son ami et dans ces yeux-là, il discerne tout l'amour que cette jeune fille lui porte.

Non loin de là, trois gendarmes et les responsables de la sortie cherchent les trois lycéens, ils appellent, ils défrichent les hautes herbes, sans succès.

— Mais où sont-ils donc ? Ils vont m'entendre, ça je puis vous l'assurer, maugrée Patrick Chollet, tellement déçu de ces jeunes et surtout de Pauline qu'il connaît depuis sa sixième. Nikolaus Friedrich le déçoit aussi, ce garçon, si gentil, si assidu, si émotif devant les ruines d'Oradour, si impliqué dans cette visite. Que leur est-il passé par la tête ?

— Ils sont jeunes, on l'a tous été, répond un gendarme qui en a vu d'autres et bien plus graves. On va les trouver, cependant, je pense qu'il y a un blessé ou quelque chose de ce genre, car ils seraient déjà revenus à cette heure tardive.

— Vous croyez, demande Patrick Chollet.

— Oui, qu'ils aient voulu se rendre dans des endroits interdits, passe, mais qu'ils ne reviennent pas, ce n'est pas normal. Ne vous affolez pas, on va les trouver.

Le traducteur faisait part au fur et à mesure au professeur d'histoire allemand du déroulement des événements et des discussions. Helmut Weber en voulait à Nikolaus, tout se passait si bien jusque-là. Ils étaient fatigués, avec une journée au soleil, une grande distance de marche et la surveillance des lycéens. Ils n'avaient qu'une envie, revenir à Limoges pour se reposer un peu. De plus, demain matin était prévue une grasse matinée pour que les corps se requinquent. L'après-midi devait se dérouler à Oradour, le nouveau village où ils devaient visiter la nouvelle église. Mais avec toutes ces péripéties, qu'advenait-il du programme du lendemain ?

Ils étaient tous en réflexion et en inquiétude lorsque la sonnerie du téléphone de Patrick Chollet retentit.

— Allô, cria-t-il.

— Monsieur Chollet, c'est Pauline, je les ai retrouvés, nous sommes au bord de la Vienne, côté inverse du chemin emprunté au départ. Où êtes-vous ?

— Nous sommes à environ 500 mètres de la roue à eau, côté droit.

— Je pense que nous sommes de l'autre côté, je crois savoir où est la roue à eau d'ici, je suis déjà venue avec ma mère et mon père.

— Ah ! non, n'allez pas vous perdre vous aussi maintenant.

— Non, je vous rejoins à la roue à eau.

— Mais… Elle a raccroché, cette petite est d'un aplomb parfois, souligne Patrick Chollet.

— Cette petite, comme vous dites, répond un des gendarmes, elle les a retrouvés et peut-être il y en a un de blessé, on peut, je pense, lui tirer le chapeau.

— Hum…

Arrivés à la roue à eau, ils attendent quelques instants, se demandant si cette idée est la bonne quand ils voient Pauline Couderc déboucher d'un fourré, égratignée de partout.

— Pauline, ça va ? se précipite Patrick Chollet.

— Oui, moi, ça va, mais Nikolaus a le pied coincé sous une racine, on ne peut pas le dégager, car en voulant le faire, un tronc mort est venu s'appuyer sur la racine.

— Bon, assez tergiverser, lâche l'un des gendarmes, on y va.

— Vous avez désobéi, rappelle Patrick Chollet à Pauline.

— Oui, monsieur, je sais, mais heureusement sinon je n'aurais pas pu sauver Nik.

— Nik, comme vous dites, nous sommes là pour l'aider.

— Pour le pied, oui, mais pas pour le reste.

— Quel reste ?

— Je ne veux pas me vanter, mais il aurait pu mourir si je n'étais pas arrivée à temps avec l'inhalateur.

— Quel inhalateur ? demande Patrick Chollet, complètement hébété.

Le traducteur se penche alors vers lui et lui répète ce qu'Helmut Weber vient de lui glisser à l'oreille.

— Nikolaus Friedrich est asthmatique, il a besoin de son inhalateur.

— Je ne savais pas, répond humblement M. Chollet, mais que vient faire Pauline là-dedans ?

— C'est moi, monsieur, qui avait l'inhalateur de Nikolaus dans mon sac, même son téléphone d'ailleurs.

— Mais pourquoi donc ?

— Son sac à dos est troué, il me les a confiés.

— A-t-il eu une crise d'asthme ? demande le traducteur devant l'inquiétude d'Helmut Weber.

— Oui, et je crois bien, monsieur, dit-elle en se tournant vers le professeur d'histoire allemande, et pas une petite, j'ai bien cru qu'on allait le perdre, et je n'exagère pas, vous demanderez à Gurt.

Les six hommes suivent cette jeune fille dans le sentier parfois impraticable. Patrick Chollet ne sait plus quoi penser. Cette adolescente est très intelligente, très studieuse, parfois même trop bavarde, trop impliquée. Cependant, cette fois, elle l'a abasourdi, derrière cette petite se cache une véritable aventurière dotée d'un esprit héroïque. Malgré la désobéissance, il est fier d'elle.

19

Après que les gendarmes et les professeurs soient arrivés sur les lieux, ils découvrent Nikolaus et Gurt en panique, mais hors de danger. À la force de tous, ils peuvent enfin soulever l'arbre mort et sortir le pied coincé du jeune garçon. Le silence des deux adolescents est mélancolique, mais détendu. Il n'y a pas de réprimandes, juste un peu de morale.

— Que vous a-t-il pris tous les deux de partir ainsi, vous vous êtes mis en danger, mais aussi vous avez compromis Pauline ?

— Pauline est venue d'elle-même, monsieur, affirme Nikolaus à son professeur d'histoire alors que ce dernier l'interroge.

— Oui, monsieur, c'est la vérité, d'ailleurs je n'étais pas avec eux au départ, mais quand j'ai compris que Nik aurait peut-être besoin de son inhalateur, je n'ai pas hésité une seconde.

— Ça, c'est très bien, je vous en remercie mademoiselle, vous avez eu une bonne intuition, précise le traducteur à

Pauline qui ne comprend pas tout ce que lui dit Helmut Weber.

— Oui, Pauline, nous en reparlerons plus tard, vous avez été très courageuse et votre obstination a sûrement sauvé la vie de votre camarade, assure Patrick Chollet.

— Nik est plus qu'un camarade pour moi, susurre Pauline entre ses dents.

Patrick Chollet agit comme s'il n'avait rien entendu.

— Maintenant, il faut rejoindre les autres, on l'aide à marcher, affirme-t-il alors que Nikolaus tente de tenir debout. Il a mal, mais son pied ne semble pas cassé, pas plus que sa cheville qui était seulement coincée.

Il boite et s'appuie sur les bras des deux professeurs.

— Bon, je pense que nous allons partir, vous êtes certains que vous les avez tous, interpelle l'un des gendarmes.

— Oui, merci beaucoup d'être venus immédiatement sur les lieux.

— C'est notre travail et c'est parfait quand cela se termine ainsi.

Pauline serre Nikolaus dans ses bras, presque à lui faire mal.

— Merci, ma championne, lui glisse Nikolaus à l'oreille, c'est de l'allemand, mais elle a compris.

Ils reprennent tous le chemin en sens inverse pour retrouver les autres élèves que surveille un autre gendarme resté au bord de la passerelle.

Pauline téléphone à Jeanne.

— Jeanne, on arrive, j'ai bien fait de partir à leur recherche, Nik a eu besoin de son inhalateur, la peur de la réprimande, l'anxiété est très mauvaise pour un asthmatique, tu sais.

— Oui, c'est très bien tout ça, mais nous, ici, on en a assez de vos bêtises, on veut rentrer à Limoges.

Pauline raccroche en se disant qu'encore une fois Jeanne ne pense qu'à elle, mais elle est comme ça depuis l'enfance et Pauline l'aime bien malgré tout.

Le voyage en bus se fait dans le calme. La plupart des jeunes lycéens dorment, ils sont épuisés. Patrick Chollet en profite pour téléphoner à l'hôpital de Limoges afin de faire contrôler le pied de Nikolaus.

Après un contrôle et une radio, il s'avère qu'il n'y a aucune fracture, Nikolaus sort de l'hôpital avec une béquille.

— Je sens que je peux venir demain après-midi à Oradour, s'il vous plaît, monsieur, ne m'en privez pas. Je serai un peu à la traîne, mais laissez-moi venir.

Le ton implorant de Nikolaus émeut Patrick Chollet qui lui permet de se rendre à Oradour le lendemain, mais en gardant un pas assuré sans prendre de risque.

— J'ai une chose à vous dire, précise Helmut Weber en s'asseyant dans la voiture à côté de lui, j'ai été obligé de prévenir vos parents. Il est hors de question qu'ils l'apprennent autrement que de la part des responsables de ce voyage scolaire.

— Oh non ! Ils ne l'auraient jamais su.

— N'ayez crainte, je n'ai pas mentionné le fait que vous aviez un peu outragé les consignes, je leur ai dit que nous étions tous ensemble quand l'accident s'est produit.

— Ma mère a dû être bouleversée.

— Vos deux parents étaient anxieux.

— Ah, répond gauchement Nikolaus.

— Maintenant, vous pouvez remercier cette jeune fille qui a volé à votre secours, sans elle, je n'ose penser à ce qu'il se serait produit.

— Pauline est un amour, oh pardon.

Helmut Weber sourit et lui souhaite une bonne nuit. Dans le silence du dortoir endormi, un jeune adolescent s'endort, un inhalateur serré dans sa main droite.

Pauline n'est pas là ce soir, elle ne dort pas à Limoges. Ses parents, ayant appris la mésaventure du jeune Nikolaus, ont tenu à ce que leur fille rentre à la maison pour dormir, d'autant plus que le lendemain, les jeunes lycéens revenaient à Oradour pour visiter l'église du village reconstruite à quelques centaines de mètres du village martyr. Avant de dormir, Virginie Couderc se rend dans la chambre de sa fille qui tient un livre dans la main.

— Tu ne dors pas encore, il est minuit passé.

— Non, je lis.

— Que lis-tu ?

Pauline tourna la couverture en direction de sa mère qui vient s'assoir sur le lit.

— Nos étoiles contraires, ça parle de quoi ?

— C'est un garçon qui a un cancer, qui va rencontrer une fille qui a un cancer.

— Tu ne peux pas lire quelque chose de plus gai.

— Mais, ce n'est pas triste, maman, c'est un roman sur la vie, sur la mort, c'est même joyeux à des moments. C'est John Green qui l'a écrit. Ah, mais c'est vrai, tu ne le connais pas.

— Bon, je ne comprendrais jamais les lectures des ados.

— C'est normal, t'es plus ado.

Virginie se lève, dépitée, sa fille l'étonnerait toujours, comme aujourd'hui où elle avait secouru un jeune homme et lui avait probablement sauvé la vie. Elle descend dans la cuisine pour prendre une bouteille d'eau dans le placard et remonte sans faire de bruit dans sa chambre. Son mari Olivier se tourne dans le lit et lui demande d'où elle vient.

— Je suis allée chercher de l'eau, j'avais soif, d'autres questions ?

— Ne prends pas cet air narquois, répond-il, tu sais ce que je pense de l'héroïsme de ta fille aujourd'hui.

— Tu n'es pas fier d'elle, eh bien, moi oui.

— Fier d'elle, oui, je l'ai toujours été, mais pas quand elle risque de se blesser pour secourir un…

— Finis ta phrase, un Allemand, mais vas-tu enfin en finir avec cette vieille haine ?

— Non, jamais.

Virginie Couderc hausse les épaules, résignée.

— Que t'a-t-il fait ce jeune, rien ?

— Il est Allemand, ça me suffit.

— J'espère que tu changeras un jour, ce garçon ne mérite pas un tel mépris. Pauline m'a dit qu'il était bouleversé dans les ruines d'Oradour, qu'il se sentait si mal, si ému, parfois jusqu'aux larmes, m'a-t-elle confié.

— Il peut l'être ému.

Virginie décide d'arrêter la conversation, elle adore son mari, si serviable, si gentil avec la famille, mais le côté buté de son époux l'ennuie parfois.

— Et si c'était le contraire qui s'était passé, si c'est lui qui avait sauvé Pauline.

Olivier Couderc ne répond pas, il souffle.

— Laisse-moi dormir.

20

Quand le soleil se lève, Nikolaus ne le voit pas. Il dort à poings fermés. Helmut Weber s'étire dans son lit et regarde par la fenêtre le soleil darder ses rayons sur l'établissement encore endormi. Ce matin, c'est relâche pour les lycéens, ils l'ont tous mérité. La fatigue qui les submergeait avec toutes les péripéties de la veille, ces derniers jours à arpenter les rues fantômes d'Oradour avaient eu raison d'eux. Même s'il sent ses muscles douloureux, Helmut Weber veut se lever de bonne heure.

Quand il descend pour se rendre au réfectoire, personne n'est là. Il regarde la grande pendule en fer forgé qui affiche 6 h 30. Personne ne bouge avant 7 h. Il sait qu'il a un peu de temps avant le petit-déjeuner. Il pensait voir quelqu'un, mais devant le vide de l'immense pièce, il décide de remonter dans sa chambre minuscule, mais qui a au moins l'avantage de l'isoler des autres pensionnaires. En passant devant la chambre aussi restreinte que son collègue français occupe, il distingue de la lumière en dessous de la porte.

Il passe devant, se disant que Patrick Chollet doit être aussi réveillé. Il entend un bruit sourd, se retourne et aperçoit la tête du professeur d'histoire émerger de l'embrasure en bois beige. Patrick Chollet parle l'allemand, pas très correctement, mais suffisamment pour qu'ils se comprennent.

— Vous ne dormez pas non plus, demande Patrick Chollet, relevant une mèche de cheveux trop envahissante.

— Non, la journée d'hier m'a fatigué, mais mon corps ne se résout pas à profiter de cette matinée de repos.

— Les jeunes vont en profiter eux, il faut qu'ils soient en forme pour cet après-midi.

— Croyez-vous que Nikolaus puisse tenir, à mon avis, il va avoir plus mal qu'hier quand il va se réveiller, demande Helmut Weber.

— On verra bien, ils sont costauds à cet âge. Ce serait dommage pour lui, il semble si attentif et si concerné par ce voyage scolaire. Oradour-sur-Glane le terrifie, mais le transporte, j'ai comme l'impression qu'il vient chercher des forces ici, qu'il vient régler un compte.

— Mais de quoi parlez-vous ? Quel compte voudrait-il régler ? Il n'était pas là en 1944, souligne M. Weber.

— Certes non, mais quelqu'un d'autre y était peut-être, et cela l'effraie.

— Un de ces ancêtres ?

— Pourquoi pas.

— Vous avez peut-être raison, il agit trop différemment des autres élèves devant cet acte de barbarie, il est trop concerné et cela me dérange parfois.

— Vous l'aviez donc remarqué aussi ?

— Oui, quelque chose me revient maintenant que j'y pense. Mais habillons-nous d'abord et retrouvons-nous en bas pour le petit-déjeuner, ce sera plus simple de poursuivre notre discussion sans prendre le risque d'être entendus ou de réveiller quelqu'un.

Un bon quart d'heure après, les deux hommes se retrouvent au réfectoire et se préparent un café. Le cuisinier vient d'arriver, ils se saluent, mais ce dernier doit déjà réceptionner les légumes et les denrées pour les repas de la journée à l'arrière de la cour. Les deux professeurs sont assis l'un en face de l'autre.

— Bien, alors, vous vouliez me parler d'une chose à laquelle vous aviez pensé, interroge Patrick Chollet.

— Oui, je me souviens que Nikolaus m'avait dit peu avant le voyage que son père n'était pas d'accord pour qu'il vienne en France, surtout à Tulles et à Oradour.

— Mais pourquoi serait-il contre ?

— Le National-Socialisme était très imbriqué dans certaines familles, et l'omerta a été grande après la guerre.

— Et c'est cela qui le met dans cet état, le désaccord avec son père ?

— Oui, je crois.

— Permettez-moi de penser qu'il y a autre chose. Connaissez-vous son père ?

— Non, pas personnellement, c'est un homme d'affaires, un gros bonnet, quelqu'un de très influent. Il est entrepreneur dans la filière des aiguilles, je crois.

— Pourtant Nikolaus n'a pas un caractère bourgeois, ni même un tantinet orgueilleux.

— C'est vrai, ce garçon est très simple, très ouvert et sans prétention quant à sa classe sociale.

— Il y a quelque chose qui cloche dans son comportement, il est trop impliqué par ce qu'il s'est passé dans ce village d'Oradour qu'il ne connaît pas, qu'il n'a jamais vu auparavant et dont peut-être il n'avait jamais entendu parler avant ce voyage.

— S'il veut parler, il le fera de son plein gré. Laissons-le se remettre de son accident.

Leur discussion prend fin avec le brouhaha des lycéens qui s'installent pour le petit-déjeuner. Patrick Chollet voit apparaitre Nikolaus avec sa béquille, il semble ne pas trop souffrir. Avec Helmut Weber, ils se dirigent vers lui pour lui demander des nouvelles, mais le jeune adolescent s'isole avec son téléphone à l'oreille. Ils pensent qu'il est peut-être en discussion avec ses parents qui doivent s'inquiéter.

Nikolaus s'appuie sur le mur du réfectoire pour reposer son pied.

— Maman, ne t'inquiète pas, c'est bon, je marche, j'ai juste une béquille pour m'aider et d'ici deux trois jours, il n'y paraîtra plus rien.

— Je voulais te joindre hier soir, mais on m'a dit que tu avais besoin de repos, ton professeur m'a conseillé de t'appeler ce matin.

— Tu n'es pas en retard, je n'ai pas encore pris mon petit-déjeuner. Ce matin, c'est repos, cet après-midi, on va visiter l'église d'Oradour, celle du nouveau village.

— Mais tu ne peux pas y aller avec ton pied comme ça.

— Je te dis que oui, Pauline, Gurt et Harold vont m'aider, ils resteront près de moi.

— Tu remercieras cette Pauline que je ne connais pas, mais à qui je dois beaucoup, ton professeur m'a raconté ce qu'elle avait fait pour toi avec la ventoline.

— Si tu la connaissais, tu l'aimerais tout de suite, elle est si gentille, si douce, si…

— Tu ne seras pas en train de tomber amoureux, toi ?

— Je n'en sais rien, mais je n'ai jamais éprouvé pour une autre fille ce que je ressens pour elle.

— Bien, avec un ange gardien comme cela à tes côtés, je peux être tranquille.

— Tu peux, maman, je te raconterai ce soir.

— Je l'espère, répond Birgit Friedrich enfin réconfortée par les dires de son fils.

Un instant, Nikolaus imagina sa mère en train de poser son téléphone sur la table du salon. Puis s'assoir dans son fauteuil préféré, avec ses jambes pliées sur elle-même pour s'y enfoncer encore plus. Elle devait porter une de ses robes fleuries qu'elle affectionnait tant. Il réalisa à quel point il l'aimait. Elle n'avait pas évoqué son père et lui n'en avait pas parlé non plus. Il le savait au travail à cette heure, toujours le premier à l'usine. Il faudrait bien qu'un jour ils aient une conversation sérieuse sur le passé de ses ancêtres.

Nikolaus sait très bien qu'il ne peut rien changer du passé, il ne lui appartient pas de le faire. Ce qu'il veut, c'est que son père reconnaisse que ses ascendants n'étaient pas du bon côté. Ne pas savoir ce que son père pensait dans son for intérieur le paniquait. Et si Ludwig Friedrich était nazi dans sa tête, s'il approuvait tout ce qui avait été fait contre les Juifs, s'il ne condamnait pas les atrocités perpétrées par les nazis en Europe de l'Est, en France avec Oradour et bien d'autres faits avilissants et cruels. Il en eut des frissons et rejoignit les autres pour enfin se détendre et boire un bol de café chaud.

Personne à sa table ne parle de la mésaventure de la veille, bien que certains lui en veulent encore de cette attente de plus de deux heures qu'il leur a imposée. Il règne un silence mélancolique, presque dégagé.

— Tu vas tenir le coup ? demande Gurt en avalant sa dernière gorgée de café.

— Oui, ça ira, j'irai moins vite, les autres m'attendront, ils ont l'habitude, dit-il en riant, saute d'humeur que personne ne sembla apprécier autour de la table.

— Je resterai avec toi, on restera avec lui, hein, Harold ?

— Oui, et puis, il y aura Pauline, notre salvatrice, lance Harold pour décontracter l'atmosphère.

Pauline ne se décide pas à sortir du lit. Elle est bien dans la moiteur de ses draps, elle caresse d'une main sa peluche de poney mauve qu'elle a depuis l'enfance et qu'elle tient encore à avoir dans son lit. Je t'interdis de dire que j'ai un doudou, avait-elle averti sa mère.

Elle pense, elle repasse la journée d'hier dans sa tête, sa colère contre Nikolaus devant son entêtement à poursuivre un autre chemin, sa peur de ne pas le retrouver, sa joie de l'avoir aidé à s'en sortir, le bonheur qu'elle a lu dans le regard de ce garçon dont elle est aujourd'hui follement amoureuse.

Pauline est satisfaite de manger avec ses parents à midi, elle est trop fière de ce qu'elle a fait et elle espère que son père est aussi fier d'elle. Sa mère Virginie a préparé une salade de tomates, avec des oignons, du poivron et des rondelles de concombre. Pauline en raffole et sa mère lui en prépare souvent même si certains légumes ne viennent pas encore du jardin potager de la famille.

21

Quand elle arrive à la grande cuisine de la ferme, Pauline s'assied à la gauche de son père comme d'habitude. Il a un air détaché, comme s'il ne savait rien. Il coupe plusieurs tranches de pain. Il en tend une à sa femme et une à sa fille, la petite Zoé mange à la cantine. À dix ans, Zoé est très intelligente et fait la fierté de ses parents. Elle est aussi très belle, les traits plus fins que Pauline, elle vient du côté de son père. Le même nez, la même bouche.

Olivier Couderc ne dit mot. Pauline n'en peut plus et se lance dans une discussion sur l'église d'Oradour qu'ils vont visiter cet après-midi.

— Tu la connais par cœur cette église, souligne Olivier Couderc.

— Mais enfin, chéri, elle est obligée d'y aller, s'insurge Virginie, c'est son travail de lycéenne. Ils font un rapport sur toutes leurs activités.

Pauline sent la colère monter en elle. Elle adore son père, mais là, il dépasse les bornes.

— Et si ça avait été moi que Nikolaus sauve, que dirais-tu, c'est un boche qui a sauvé ma fille ?

Olivier Couderc se tourne vers sa fille, sidéré par la violence de ses propos.

— Tu ne me parles pas comme ça !

— Je te parle comme ça me plaît, j'en ai assez de ta haine pour les Allemands.

— Eh bien, il faudra t'y faire, assène Olivier Couderc, je n'ai pas l'intention de changer.

De dépit, Pauline se lève de table et monte dans sa chambre et claque la porte.

— Je commence à en avoir assez de toutes vos disputes, elle, c'est une ado, mais toi, tu es majeur, un adulte.

— Tu as vu comment elle m'a parlé.

— Tu la pousses à bout avec tes histoires. Je sais que ta famille a souffert de la guerre, mais ce n'est pas la seule, la mienne aussi, une vieille tante a perdu des membres de sa famille à Oradour. Je croyais que tu avais commencé à comprendre, tu me déçois beaucoup.

— Mon père n'a jamais oublié la douleur de mon grand-père qui a vu les pendus de Tulles.

— Olivier, cria Virginie en le regardant dans les yeux, il y a plus de 70 ans, laissons le passé au passé.

— C'est si dur pour moi, avoue-t-il, une larme au coin de l'œil. Pourquoi ma fille doit-elle ressasser tout cela, à cause de ce voyage scolaire, on ne se parle plus, on ne se comprend plus ?

Virginie se sert un café et en apporte un à son mari.

— Je voudrais que tu t'excuses avant qu'elle parte rejoindre les autres pour la visite de l'église.

Olivier Couderc ne répond pas, il porte sa tasse à ses lèvres et regarde par la fenêtre, derrière la vitre, le soleil assomme de ses rayons les tilleuls de la cour de la ferme.

Du côté de Limoges, le repas est pris de bonne heure, aux alentours de 13 h, il faut que tous aient mangé pour prendre le bus afin d'être vers 14 h 30 devant l'église d'Oradour. L'effervescence en cuisine se traduit par une hâte maîtrisée du service au réfectoire. C'est l'heure où les responsables du voyage scolaire veillent aux mesures, à l'équilibre et à l'euphonie de ce qui doit être fait. Patrick Chollet et Helmut Weber s'assurent que les élèves ont tous pris leurs blocs pour noter tout ce qu'ils vont voir. Les enregistrements avec le portable sont autorisés, mais les responsables préfèrent de loin l'ancienne méthode qui consiste à prendre des notes. Ceux qui le font verront une aménité des professeurs dans les notes du rapport final.

Quand le bus démarre enfin du Lycée Suzanne Valadon, une bonne moitié des jeunes bâillent déjà et vont profiter du trajet pour se reposer encore. De son côté, Patrick Chollet a du mal à tenir les yeux ouverts, cette journée à l'île de Chaillac les a, non seulement bouleversés, mais laissés dans un état de léthargie bien compréhensible.

Pauline descend de sa chambre, elle porte une petite robe jaune paille en broderie anglaise. Elle est grande et affiche une belle allure. Ses yeux couleur noisette ressortent de plus belle avec la couleur de sa robe. Aujourd'hui, on n'a pas obligé les jeunes à mettre des pantalons. Bien que timide, elle a osé cette tenue pour Nikolaus, c'est la première fois qu'il va la voir en robe et cela l'émoustille.

Pourvu qu'il aille bien et que son pied ne le fasse pas trop souffrir, se dit-elle avec compassion. Ils ne se sont pas parlé depuis la veille, juste un texto — je pense à toi, prends soin de toi — de Pauline auquel le jeune Allemand a répondu — merci Pauline, je pense à toi aussi — . La nature de cet échange montre la timidité de Pauline et la retenue de Nikolaus. Le monde adolescent a ses propres règles.

Olivier Couderc est parti sortir la remorque de la grange pour ramasser les foins du pré des Charrier. Deux amis viennent l'aider. Pourtant, quand il voit Pauline sortir de la ferme, il remonte le petit sentier et s'adresse à elle plutôt gentiment.

— Ne m'en veux pas, tu sais comment je suis, je suis têtu, ça me porte préjudice parfois, mais aujourd'hui, ça atteint ma fille, et je ne le veux pas.

— Papa, je ne souhaite pas que tu changes, ton avis, c'est ton avis, c'est ce qui fait que tu es toi et que je t'aime. Mais tu pourrais au moins tenter de comprendre les autres. La guerre, c'est loin pour nous, on est presque dans un autre monde aujourd'hui avec le numérique et le progrès.

— Je te promets d'essayer, allez, file, va voir l'église et passe un bon moment.

— Merci, papa, je m'excuse pour t'avoir mal parlé, je me suis emportée.

— Non, c'est moi qui m'excuse, je ne suis qu'un vieux cabot.

Olivier Couderc regarde partir Pauline, il la trouve si belle, c'est une journée magnifique, sa fille lui a dit qu'elle l'aimait. En remontant vers la voiture de sa mère qui l'emmène à Oradour, la ferme étant à plusieurs kilomètres, même si elle fait partie de la commune limousine, Pauline se prend à sourire comme ça, pour rien, comme on s'adresse aux anges.

Il existe au temps de l'adolescence un moment où la vie se place entre celle des parents qui nous surveillent, nous consolent, subviennent à nos besoins et cet autre état de primo-liberté où nous nous échappons lentement dans notre jardin secret, nos premiers émois, nos premiers rêves d'avenir. Ce nuage flottant où l'on se trouve alors est assurément un moment de pur délice.

Pauline et sa mère discutent tranquillement à bord de la 208 vert foncé alors qu'elles arrivent au niveau de la place de l'église du village d'Oradour. Le bus n'est pas encore là. Pauline sort de la voiture et regarde de tous les côtés.

— Ils ne sont pas arrivés.

— Je vais te laisser, je ne veux pas que tu sois mal à l'aise.

— Mais non, au contraire, je voudrais te présenter Nikolaus.

— Tu as bien changé, au collège, il fallait que je te pose cent mètres avant le portail de l'école.

— On a tous fait ça, j'ai grandi, maman, et je n'ai plus honte de toi.

Virginie fait une moue, comme ravie d'apprendre qu'elle faisait honte à sa fille. Un bruit de moteur se fit entendre et le bus gris et vert apparut. Virginie Couderc se sent tout à coup empruntée, elle ne connaît pas ces gens, sauf le professeur d'histoire de sa fille et son amie Jeanne. Elle allait dire à sa fille qu'elle partait, qu'elle était en retard à son travail quand Pauline la tira par le bras vers le bus. Patrick Chollet sort en premier et aperçoit Pauline et sa mère.

— Bonjour, madame Couderc, vous pouvez être fière de votre fille, certes, elle a désobéi, mais ce fut pour la bonne cause.

— C'est ce qu'elle m'a dit oui. Elle veut devenir infirmière, c'est dans son tempérament d'aider les autres.

À son tour, Nikolaus descend du bus appuyé sur sa béquille. Il porte un jean noir et un tee-shirt blanc. Il est magnifique, se dit Pauline, presque gênée de ressentir tant d'émotion devant sa mère et son professeur.

— Nikolaus, je te présente ma mère, Virginie.

— Bonjour madame, tente le jeune Allemand en français.

— Bonjour, ravie de voir que vous n'allez pas plus mal.

Nikolaus sourit à Virginie, il a à peu près compris ce qu'elle vient de lui dire. Virginie Couderc est frappée par la gentillesse du jeune homme, ses yeux d'un bleu intense forcent le regard. Il est grand, pense-t-elle, au moins 1,85 m, elle le trouve beau et comprend soudain l'attrait que peut avoir une jeune fille de 17 ans pour un tel garçon.

Virginie remonte dans sa voiture qui s'engage ensuite vers la route de Limoges. Elle est épanouie, son travail la comble, l'aide qu'elle donne à son mari à la ferme lui permet de respirer le bon air de la campagne. Ses deux filles sont adorables, Zoé est beaucoup moins timide que sa sœur, elle ne doute de rien. Pauline est plus calme, elle aime jouer aux échecs avec son oncle Cyrille, le frère d'Olivier, elle peut aussi passer des heures en randonnée avec ses amies de l'association des marcheurs du secteur.

Le groupe est maintenant réuni devant la nouvelle église construite dans la deuxième moitié du XXe siècle. Elle est plus moderne que celle du village martyr, bâtie dans un style plus austère et monumental, en béton et en granit.

22

Comme lors des visites au village martyr, le traducteur tient bien sa place entre les deux professeurs d'histoire. Des photos de l'édifice religieux sont prises, car il faut aussi des clichés dans le rapport des lycéens. L'église qui se trouve devant eux est inscrite au titre des monuments historiques.

Patrick Chollet, comme il l'avait fait devant les ruines d'Oradour-sur-Glane, commence un récit qui va durer une bonne heure.

— Tout d'abord, je voudrais remercier les autorités religieuses qui nous ont ouvert leurs portes aujourd'hui. Avant de rentrer à l'intérieur, nous allons nous déplacer du côté est pour voir la statue d'Appel.les Fenosa dédiée aux martyrs d'Oradour. Appel.les Fenosa est un sculpteur espagnol né à Barcelone en 1899 et mort à Paris en 1988. Il a sculpté cette œuvre en 1944 à la suite du massacre. Il était réfugié en France, poussé à quitter l'Espagne de Franco. Fenosa s'est rendu ici à Oradour-sur-Glane en septembre et octobre 1944 pour s'imprégner de cette douleur indicible. En effet, il a reçu une commande du comité départemental de Libération pour une sculpture retraçant le calvaire d'Oradour. C'est dans son atelier du boulevard Saint-Jacques à Paris qu'il réalise le modelé en terre de la sculpture. La pièce est par la suite fondue en bronze par le sculpteur Rudier.

Patrick Chollet s'arrête un instant pour boire. Il demande avant de continuer s'il y a des questions.

— Monsieur, demande Estelle, cette sculpture est très impressionnante, mais je pense que l'artiste l'a voulue ainsi.

— Tout à fait, d'ailleurs, l'accueil de la critique dans son ensemble fut positif. En revanche, l'évêque de Limoges protesta contre le projet d'installer cette sculpture comme monument commémoratif du massacre d'Oradour. Il engagea une polémique qui, associée au fait qu'elle ne correspondait pas aux critères des monuments commémoratifs types ni aux objectifs de l'association Nationale des Familles des Martyrs d'Oradour, mettra à mal l'avenir de l'œuvre. Elle restera reléguée dans les réserves de la ville de Limoges.

— Mais alors, avance Pauline, pourquoi est-elle là aujourd'hui ?

— Ah ça, c'est une belle histoire finalement. En 1948, la sculpture entre dans les collections du Musée national d'art moderne dont le conservateur était Jean Cassou. Elle perdra pour quelque temps son origine et sera nommée « *aux martyrs* ».

Patrick Chollet retourne sa feuille, il préfère s'appuyer sur des documents écrits de peur de se tromper dans les dates et les événements.

— Dans les années 60, la sculpture est placée à nouveau dans les réserves. Elle n'en sortira qu'en 1980 pour être mise en dépôt à Oradour sur arrêté du ministre de la Culture.

Les lycéens sont passionnés et ne quittent pas des yeux le professeur et le traducteur.

— En 1995, la maquette de la sculpture prêtée par Nicole Fenosa est exposée à Oradour. C'est une exposition temporaire qui correspond à la période de préfiguration du Centre de la mémoire. Toutes les parties étant d'accord, la sculpture est transportée, restaurée puis installée entre le village martyr et le Centre de la mémoire en juin 1999 : le musée d'Art moderne, le conseil général de la Haute-Vienne, le ministère de la Culture apportent leur soutien financier.

— Il y a une phrase écrite dessus, précise Nikolaus en allemand.

— Oui, vous pouvez aller la voir et le nom du philosophe qui l'a écrite ne vous sera pas inconnu, du moins pour certains d'entre vous.

Pauline, Jeanne, Estelle et tous les autres se rapprochent de la statue. Ils sont subjugués par ce qu'ils voient, un long socle en hauteur et dessus, cette femme, promise à la maternité, proie des flammes, mais aussi phénix renaissant. Ses mains sont disproportionnées au corps, comme implorant une offrande vers le ciel.

Les mots sont de Paul Eluard « « *Ici, des hommes firent à leurs mères et à toutes les femmes la plus grave des injures : ils n'épargnèrent pas les enfants.* »

Secoués par ce qu'ils voient et ce qu'ils entendent, les jeunes lycéens sortent leurs bouteilles d'eau et quelques friandises pour se restaurer. Nikolaus ne quitte plus Pauline et vice versa. Je ne vais pas pouvoir continuer comme ça, se dit Nikolaus, je n'y arriverai pas. C'est trop court tous ces jours qu'il me reste avec elle, à tenter de s'apprivoiser l'un l'autre, se faire le moins de mal possible au moment de la séparation, car il viendra bien l'instant de la déchirure.

Depuis Pauline, tout surgit en lui, l'appétit d'elle, l'éblouissement. Il est trop jeune, elle est trop jeune, ils sont voués à se détacher l'un de l'autre pour encore de nombreuses années. Arriveront-ils à rester en relation, à s'aimer loin des yeux ?

Tout à son questionnement, Nikolaus sent la main de Pauline lui prendre le bras pour l'entraîner dans l'église.

— Viens, on rentre.

Celui qui pénètre dans cette église ne peut éviter le transfert avec l'église ancienne, théâtre du massacre des femmes et des enfants. Comme le rappelle Patrick Chollet, la première pierre du nouveau bourg fut posée le 10 juin 1947 par le président de la République, Vincent Auriol, soit trois ans, jour pour jour après la tuerie. L'église, quant à elle, verra le jour cinq ans plus tard avec la première pierre posée le 10 juin 1952. En 1953, son achèvement marque la fin de sa reconstruction. Ce nouveau lieu de culte est bien sûr hautement symbolique, tenant compte des femmes et des enfants qui ont péri brûlés vifs dans l'église de l'ancien bourg le 10 juin 1944. Le monument s'élève à l'entrée du village au-dessus des ruines de l'ancien village et du Centre de la mémoire qui rend aujourd'hui hommage aux 643 martyrs.

Les lycéens se dispersent quelques minutes pour contempler les vitraux, les bancs et l'intérieur de cette église qui résonne en eux comme une renaissance.

— Dans les années 2000, intervient Patrick Chollet en les faisant se réunir à nouveau, la municipalité constate que la nouvelle église, conçue avec des matériaux d'après-guerre, a besoin d'être restaurée. En effet, des fissures apparaissent au niveau du plafond, les vitraux se sont crassés et perdent leur éclat. Même les fresques que vous avez aperçues à l'extérieur, réalisées par Jean Burhalter, se sont détériorées.

— Mais elle a été refaite, ils sont beaux aujourd'hui les vitraux ! s'exclame Lauren.

— Oui, aujourd'hui, tout cela a été restauré. Alors, que je ne vous dise pas de bêtises, revoyons mes fiches. En 2014, une souscription de la restauration de cet édifice à la fois contemporain et mémoriel a lieu, l'élan de solidarité qui en résulte rend possible le financement du projet de réparation. L'Allemagne a donné 390 000 pour ce projet, c'était la moitié de la somme restant à la charge de la commune.

Lors de la cérémonie d'inauguration, le maire a prononcé ces mots « *Cet élan est symbolique de la réconciliation, d'amitié, de renaissance, en deux mots d'unité et de paix* », et vous savez pourquoi il dit cela ce jour-là précisément.

— Non, répondirent presque à l'unisson les élèves attentionnés.

— Parce que ce jour-là est présent l'ambassadeur d'Allemagne en France…

Soudain, Patrick Chollet stoppe net son récit. Il y a un petit silence. Puis, il reprend, il vient juste de s'apercevoir qu'il est écrit sur sa feuille le nom de l'ambassadeur. Il cherche des yeux Nikolaus dont le regard d'adolescent le fixe curieusement.

— L'ambassadeur se nomme Nikolaus Mayer-Landrut.

Un silence s'abat dans l'église et tous se tournent vers Nikolaus.

— Mais je ne le connais pas moi ce Nikolaus, lance le jeune ado.

— Non, mais je trouve incroyable que cet homme porte le même prénom que vous. Vous que l'on connaît comme un défenseur de la paix entre l'Allemagne et la France.

Ému aux larmes, Nikolaus se presse contre Pauline qui ne le lâche pas.

— C'est un signe, lui souffle-t-elle à l'oreille.

Ce moment de forte émotion clos, Patrick Chollet par le biais du traducteur précise aussi que le jour de l'inauguration fut vraiment rempli d'émotion, peut-être était-ce aussi par la présence de Robert Hébras, le dernier rescapé, dont ils connaissaient maintenant tout le parcours terrible en ce jour de juin 1944. Il a fait visiter le village martyr aux élus, il s'est arrêté sur le Champ de foire où les habitants ont été réunis par les nazis, puis devant la grange Laudy où il aurait dû périr.

— Cela a dû être très poignant, ajoute Patrick Chollet.

Personne n'ajoute un mot et tous se recueillent en s'asseyant sur les bancs de bois.

23

Les cloches de l'ancienne église ont fondu dans l'incendie. Trois nouvelles cloches sont réalisées pour le nouvel édifice par l'atelier Louis Bollée et fils, fondeurs à Orléans.

Devant la curiosité de certains, Patrick Chollet se plaît à dire qu'en guise de dédicace, elles portent le prénom respectif de leurs parrains et marraines. Marie Marguerite, Louise Eugénie et Camille Narcisse sont consacrées par l'évêque de Limoges.

— Parmi ces prénoms, l'un devrait vous parler, non ? demande le traducteur, rapportant la question d'Helmut Weber.

Personne ne répond. Pauline qui le sait ne veut pas se faire remarquer et fait semblant de l'ignorer.

— Allons, réfléchissez un peu, regardez vos notes, quand nous étions dans l'église du village martyr.

Les lycéens se penchent sur leur bloc ou sur leur téléphone. Au bout d'un moment, Pauline n'y tient plus et interpelle le professeur d'histoire allemand.

— Moi, je sais, lance Pauline, c'est Marguerite qui a pour marraine Marguerite Rouffanche, la seule rescapée de l'église.

— Ah oui, reprirent en chœur certains jeunes.

— Bien, maintenant que nous savons cela, nous allons parler des vitraux.

— Ils sont magnifiques, intervient Jeanne, qui adore peindre et dessiner et qui n'a remarqué presque que cela en pénétrant dans l'église. Elle n'y vient jamais, car ses parents sont protestants.

— Ces vitraux, voyez-vous, ils ont été réalisés par Pierre Parot de l'atelier Chigot à Limoges, ils apportent à la fois délicatesse et dignité à l'église. Ce n'est pas par hasard si les deux artistes ont choisi les passages de l'Évangile où il est question d'amour entre les hommes : le sermon sur la Montagne et le discours des béatitudes.

— Et cela, c'est très joli aussi, apostrophe Estelle en montrant de petites représentations miniatures incrustées dans un tableau couleur acier.

— Venez voir, tous, ce sont des émaux, attendez, je regarde mes notes, les émaux, voilà, je les tiens. La « maître émailleur » de Limoges, Christiane Dujardin, s'est inspirée des maîtres anciens du Moyen Âge pour les confectionner, ils représentent plusieurs passages du Nouveau Testament.

À ce moment-là, Patrick Chollet sent une légère inattention au niveau du groupe. Il est vrai, pense-t-il que pour de jeunes gens de 17 ans, on aspire à autre chose par cette belle journée de juin. Il sait qu'ils ne reviendront pas dans l'église avant le départ des lycéens allemands. Alors, il leur demande de se rafraîchir et de l'écouter pour un dernier petit récit, le plus émouvant, leur précise-t-il, car il s'agit d'objets qui étaient présents le jour du massacre dans l'ancienne église Saint-Martin. Ces mots touchent certains élèves, comme Nikolaus, qui vient de prendre un cachet pour calmer la douleur à son pied. Il s'approche avec sa béquille, soutenu par Pauline.

— Les statues qui ont survécu à l'incendie dans l'église ont pris place ici, et c'était bien naturel. Comme cette Sainte-Bernadette en plâtre qui a été restaurée en décembre 2000 et cette statue de Saint-Victurien en chêne peint du 15e siècle, classée monument historique.

De plus, certains objets ont été offerts à la ville d'Oradour comme l'archange Saint-Michel terrassant le dragon qui provient de la cathédrale de Strasbourg et qui a pris place ici le 10 juin 2009. Quant à la restauration de l'église, elle a été financée en partie par l'Allemagne.

— C'était pour se racheter de ce qu'avaient fait les nazis.

— Oui, mais c'est beaucoup plus subtil que cela, c'est aussi un signe de paix entre les deux pays.

Comme les professeurs commencent à parler entre eux et que la sortie de l'église semble imminente, une voix s'élève dans l'église.

— Vous ne parlez pas des calices ? s'exclame Pauline, comme sidérée.

— Je crois, Pauline, que nos lycéens en ont un peu assez pour aujourd'hui.

— C'est quoi cette histoire de calices ? demande discrètement Nikolaus à Pauline.

Pauline ne répond pas à Nikolaus, mais s'adresse directement à Patrick Chollet.

— Monsieur, nous, nous savons, moi je sais, car je suis née ici, on m'en a parlé, mais eux, les Allemands, ils devraient savoir tout ce que l'Allemagne a fait pour racheter les crimes des nazis.

— Voulez-vous nous en parler vous-même ? demande M. Chollet qui pense que si cela vient d'une lycéenne, l'information passera peut-être mieux en cet après-midi studieux.

— Mais, je n'ai pas toutes les informations.

Patrick Chollet s'approche de la jeune fille et lui tend un fascicule.

— Tout est là, moi je ne l'aurais pas dit, car je vois que certains sont au bout de leur force, dit-il en ironisant. Mais si cela est évoqué par vous, ils vont peut-être s'y intéresser un peu plus, non, demande-t-il en regardant le groupe.

— Oui, raconte-nous, Pauline, ajoute Estelle.

Après avoir reçu la brochure, Pauline se lance.

— Heu… Voilà, vous ne les verrez pas, car ils sont à l'abri, mais deux calices ont été offerts par les Allemands. Les femmes de la communauté allemande du mouvement Pax Christi ont fait fondre leurs bijoux en or pour réaliser un calice qui est offert à l'occasion d'un congrès à Lourdes en 1955.

Tous boivent les paroles de Pauline. Tant que les professeurs chuchotent entre eux « elle a un talent d'orateur cette petite ! ».

— Le second, poursuit Pauline Couderc, est offert par un prêtre allemand. Il y a fait transcrire en latin l'inscription suivante : « *ce calice qui est mien… j'en fais don à la paroisse d'Oradour-sur-Glane, en gage d'expiation. De cette manière, je veux porter témoignage que je n'ignore pas, accablé de honte le crime qui a été commis le 10 juin 1944 par les SS au nom du peuple d'Allemagne.* ».

Dehors, Le soleil encore haut est aveuglant. Les professeurs ont encore une glacière remplie de bouteilles d'eau. Ils font la distribution et décident de revenir à Limoges. Le bus prend le chemin du retour avec des jeunes à moitié endormis et amorphes. Pauline est restée chez ses parents, car pour la dernière journée avant le départ des jeunes Allemands pour Berlin, les responsables du voyage scolaire ont décidé de se rendre au château de Laplaud, où avait été emmenée Marguerite Rouffanche après s'être dissimulée dans une rangée de petits pois derrière le presbytère de l'ancienne église Saint-Martin. Comme ce n'était pas très loin de la ferme des Couderc, Virginie avait proposé d'emmener sa fille au château elle-même.

Calant sa nuque contre l'appuie-tête du siège, Nikolaus pense à tout ce qu'il a appris aujourd'hui, l'église, les vitraux, les statues, les calices, il sourit en pensant à la façon dont Pauline avait insisté pour raconter cette anecdote. Il lui est reconnaissant maintenant, car cela lui a ouvert les yeux sur le remords des Allemands qui n'avaient pu accepter que les leurs aient perpétré de si abominables carnages.

Nikolaus pense à son père, il faut qu'il sache, peut-être le sait-il déjà ? Peut-être veut-il ignorer le repentir du peuple allemand ? Quoi qu'il en soit, Nikolaus est décidé à lui téléphoner le soir même. Il faudra bien qu'il réponde, qu'il sorte enfin de ce mutisme aussi idiot qu'insupportable. Plus question qu'il se cache derrière des idéologies familiales et politiques. Nikolaus veut savoir qui est son père, quelles sont aujourd'hui ses idées sur la Shoah, sur le martyre d'Oradour, de Tulles et sur tous les autres faits ignobles des SS ?

En regardant le paysage défiler derrière la vitre du bus, il se demande pour la énième fois s'il a eu tort ou raison de venir ici et pour la première fois, il sait qu'il a bien fait, il connaît, il comprend tout, preuves à l'appui, il a vu l'impensable, l'inimaginable, il a senti avec ses tripes l'odeur de la mort.

Les professeurs d'histoire respectifs ont parlé du procès qui s'est déroulé en 1953, qui fut un procès manqué, un camouflet pour Oradour dont certains bourreaux furent réhabilités au nom d'une incompréhensible union nationale par les parlementaires. Ce fut une coupure nette entre l'Alsace et Oradour dont les représentants ne seront plus invités aux commémorations.

Ce fait n'est pas inconnu de Nikolaus, il en a entendu parler par son père pour minimiser ce qu'il s'est passé en France. Cette fois, il faudra qu'il reconnaisse. Plus rien n'arrêtera Nikolaus, il va se renseigner partout où il le peut, avec son professeur, sur Internet, dans les bibliothèques, chez les historiens, mais il donnera la preuve à son père que ce procès était tronqué et que pendant 45 ans, les habitants et élus du Limousin ne voulurent pas d'Alsaciens chez eux.

Et si Nikolaus était devenu un homme ici, à Oradour, et si après-demain quand il se lèverait pour prendre l'avion, direction Berlin, il ne fut plus jamais le même. Il reverrait Pauline, ça ne faisait plus aucun doute.

Il sourit, cette idée lui plut.

24

Ce matin, le temps est plus frais. La faune et la flore respirent enfin. Pauline a passé un gilet gris clair sur son tee-shirt blanc et enfilé un jean troué aux genoux. Virginie ne comprend pas cette mode de porter des vêtements troués, de son temps, elle se serait fait montrer du doigt. Comme pour ses lectures, Pauline est une jeune fille de son temps et puis, à 17 ans, tout n'est-il pas permis ?

La voiture de Virginie roule vers le château de Laplaud, seulement à quelques minutes de la ferme. Il faudra plus de temps aux jeunes lycéens demeurant à Limoges pour rejoindre le château. Elles décident de s'arrêter dans un petit bistrot sur la route pour boire un café, encore un pour Virginie, le premier pour Pauline qui ne parvient pas à manger et boire quoi que ce soit au lever.

— C'est dommage qu'on ne puisse pas le visiter ce château, je me demande pourquoi on y va.

— Ton prof a dit que c'était plutôt une dernière journée de détente qu'un jour de découverte historique, bien que ce château soit magnifique, j'y allais souvent avec ma sœur.

Elles atteignent le château avant le bus des lycéens. Comme chaque fois qu'elle le voit, Virginie Couderc est impressionnée par la majestuosité de cette bâtisse. Elle connaît son histoire, son constructeur, et beaucoup d'autres détails, mais elle ne dit rien à Pauline, elle le découvrira avec les autres, se dit-elle.

— Tu sais, Pauline, ils organisent de belles réceptions, peut-être qu'un jour ou l'autre, on en organisera une dans cet endroit merveilleux. Ah, au fait, rien à voir, je veux te prévenir que je n'admettrai aucune incartade de ta part, aujourd'hui, tu ne joues pas les « Zorro », promis !

— Promis, maman, mais je pense que personne dans le groupe ne va faire d'imprudence, ça nous a servi de leçons.

— C'est un endroit très chic, tiens-toi bien et profite pour admirer le paysage. Regarde dans la cour du château, là-bas, ces voitures anciennes de luxe, je pense qu'elles sont prêtées aux clients.

Le bus fait son apparition dans l'allée centrale, qui va vers le château, mais dévie de son chemin pour ne pas approcher trop près du lieu, celui-ci est une propriété privée et ne se visite pas. Les professeurs ont prévu un pique-nique pour tous, et cette fois, pas question de déambuler dans tous les sens, nous restons groupés, ont-ils spécifié le matin au petit-déjeuner. Pauline embrasse sa mère et descend de la voiture. Elle rejoint le groupe avec son pique-nique dans son sac à dos. Elle se jette littéralement dans les bras de Nikolaus qui ne tient pas encore d'aplomb sur ses jambes.

— Eh bien, je t'ai manqué à ce point, avoue-t-il, très fier.

— Oui, mais c'est surtout que tu pars demain et qu'on ne se reverra pas d'un long moment, je ne sais comment je vais être, mais je serai contrariée, avoue-t-elle de son côté, avec un ton d'immense tristesse. Les parents ne se rendent pas compte, mais être proche de quelqu'un à 17 ans ou à 30 ans, c'est la même chose, c'est la même déchirure quand arrive la séparation, le même chagrin, les mêmes larmes.

Nikolaus prend Pauline par l'épaule.

— On se reverra, je te le promets, mais c'est vrai qu'à nos âges, nous ne décidons pas de tout. On dépend encore de nos parents et c'est bien ainsi, car je ne sais pas ce que l'on ferait sans eux, il faut en être conscients, non !

— Oui, bien sûr que j'en suis consciente, ma mère vient encore de me conduire ici.

— J'ai téléphoné à mon père hier.

— Il t'a parlé, demande Pauline, intriguée et curieuse.

— Oui, mais je te raconte tout à l'heure, ils expliquent.

En effet, les professeurs prennent la parole pour leur dernier jour de voyage. Ils sont émus, ils vont tous se séparer, mais ils espèrent que ces jours passés ici resteront marqués dans leur mémoire et qu'ils auront appris beaucoup sur la terrible histoire de ce village d'Oradour.

Patrick Chollet leur a précisé hier soir qu'il y avait encore beaucoup de choses à dire sur Oradour. Chacun pourrait, s'il le souhaite, lire des documents sur le sujet et les partager, pourquoi pas ! comme le procès de 1953 et bien d'autres événements.

— Vous savez, il y a une petite subtilité entre le mot rescapé et le mot survivant. Les rescapés sont ceux qui ont survécu au massacre proprement dit comme Robert Hébras ou Marguerite Rouffanche, mais il y a eu aussi des survivants avant et pendant le massacre. Vous pourrez le lire sur Internet ou autres, chez les historiens, par exemple, ceux qui ont réussi à se cacher dans les maisons et qui se sont sauvés. Ceux qui rentraient de Limoges en tramway. On en reparlera en classe pour ce qui est de mes élèves, si cela vous intéresse bien entendu.

Ils avaient tous répondu unanimement qu'ils étaient d'accord.

Ancienne demeure noble rurale, le château de Laplaud édifié à la fin du 18e siècle domine un parc arboré de seize hectares. Construit dans un style classique par l'entrepreneur et maître-charpentier Mathurin Brousseaud, il avait englobé des parties subsistantes d'un bâtiment de la première moitié du 17e siècle.

— Ma mère l'a visité quand elle était petite, elle m'a dit qu'il y avait une grande salle de réception et un grand escalier central en pierre, mais ça a peut-être changé depuis. En revanche, d'ici, on peut voir une partie du bois, le parc et surtout l'étang qui se trouve à une cinquantaine de mètres de l'entrée. Mon Dieu que c'est beau, ils organisent des mariages, j'aimerais me marier ici, c'est si romantique, souligne Pauline sur un nuage.

Nikolaus la regarde, troublé. Même s'il n'est pas question de mariage entre eux, finalement, ils ne se connaissent pas vraiment ni au quotidien ni sexuellement. Ils sont beaucoup trop jeunes et ils le savent, mais le regard clignant face au soleil, il répond à Pauline gentiment.

— C'est sûr que si je devais me marier, l'endroit me plairait beaucoup, dit-il en envoyant un clin d'œil à Pauline.

Patrick Chollet qui a entendu la conversation des deux ados se permet de donner un petit renseignement supplémentaire.

— Je ne sais si l'un de vous deux connaît l'écrivain George Sand. Mais elle aurait fait plusieurs séjours dans ce château en son temps.

— Moi je le connais. On a le livre « La petite fadette » dans la bibliothèque à la maison, il était à ma grand-mère.

— C'est un écrivain français ? demande Nikolaus, très curieux.

— Oui, répond Patrick Chollet, enfin plutôt une femme de lettres.

— Georges, une femme de lettres ! s'exclame Nikolaus.

— Oui, sourit Patrick Chollet, en vérité, elle se faisait appeler George sans « s » qui à l'époque était le féminin de Georges et elle avait ajouté Sand, car c'était le diminutif de son amant Jules Sandeau. Comme le « s » de Georges ne se prononce pas, elle passait pour un homme chez les éditeurs et cela lui facilitait la vie, car les femmes n'étaient pas acceptées dans le monde littéraire du 19e siècle.

Pauline pense, au vu de ce détail, que le château est encore plus romantique. Elle se voit enveloppée dans une belle robe blanche, époustouflante, une longue traîne de plusieurs mètres tenue par de petites filles habillées tout en blanc elles aussi. Elle regarde son promis et il ressemble à Nikolaus, grand, mince, ses cheveux blonds ondulant autour de sa tête, son nez légèrement aquilin, mais racé et ses lèvres pulpeuses qui lui sourient.

— Oh, tu dors ! s'écrie Jeanne qui vient d'arriver à leur hauteur.

— Mais non, je ne dors pas, je rêve, insiste-t-elle avec une révérence de la tête.

Le moment de rêve passé, Pauline rejoint les autres, ils se promènent dans le parc, se tiennent loin du château, car il y a des clients de l'hôtel de luxe qu'est devenu le monument, il ne faut pas les déranger. Malgré cela, les jeunes sont heureux et chanceux d'avoir vu cette magnifique demeure, même de loin. C'est un lieu emblématique où un jour de juin 1944, une pauvre femme blessée est arrivée ici pour y être soignée et soulagée.

— Alors, c'est dans ce château qu'ils ont emmené Marguerite Rouffanche quand ils l'ont trouvée dans le jardin de l'église, demande Nikolaus à son professeur d'histoire Helmut Weber.

— Oui, c'est ici, et cela a dû être un choc pour la propriétaire de l'époque, Mme la vicomtesse de Saint-Venant de voir arriver la seule rescapée de l'église d'Oradour. Elle a été choyée, la pauvre, elle avait quand même perdu une grande partie de sa famille dans l'incendie de l'église. La douleur et le chagrin, quelle horreur, on a peine à se l'imaginer, on ne peut pas d'ailleurs, c'est trop de souffrance.

Patrick Chollet qui a du mal à sortir vraiment de tous ces malheurs dont il parle depuis plusieurs jours avec les jeunes lycéens explique.

— Tout cela m'a troublé, et pourtant j'étais au courant, mais quand on se trouve sur les lieux, quand on explique aux jeunes comment se sont déroulés les faits, ça vous marque, ça chiffonne comme un couteau qu'on plante dans le cœur et qu'on agite.

25

Il est plus de 22 h, le vent est tombé, mais le silence du soir pèse comme une enclume sur Berlin. C'est du sérieux, cette fois, pense Ludwig Friedrich. Je ne sais même pas ce qui a mis le feu aux poudres, tente de se remémorer le père de Nikolaus, couché dans son lit, les bras au-dessous de sa tête. Comment a pu s'installer cette animosité montante entre lui et son fils à propos de la guerre ?

Il se lève, se sert un grand verre d'eau, pieds nus sur le carrelage de la cuisine. Il se sent coupable de s'être opposé à son fils, sans chercher à le comprendre et surtout sans vouloir se remettre en question lui-même. Je n'étais pas très emballé par ce voyage scolaire, c'est vrai, se dit-il en finissant son verre d'eau.

Dehors, il y a le clair de lune, la ville scintille et il se trouve lamentable. Il n'aime pas quand ils se disputent ainsi. Il décide de changer, mais pourra-t-il tirer un trait sur les valeurs de sa famille, les valeurs, ce mot s'étiole, il tinte faux, que lui a fait-on croire depuis des années, l'aurait-on manipulé ?

Il se penche sur le balcon de la salle à manger, quelques voitures passent dans la rue, des gens se promènent, c'est l'été, des jeunes discutent, se chamaillent. Plus loin, du restaurant Landhausperle émanent des cris, des rires, une ambiance à laquelle Ludwig Friedrich n'adhère pas ce soir. Quand Birgit lui a dit être très fatiguée et s'est dirigée vers la chambre, il a emboité son pas, résolu à se reposer un peu et à méditer sur les mots de son fils au téléphone.

Il s'assoit sur un fauteuil du salon, il traîne dans ce grand appartement, ne pouvant se résoudre à dormir. L'émotion qu'il a ressentie ce soir dans la voix de son fils le traque, le dévore. Ludwig Friedrich était presque fier d'avoir un ancêtre proche des idéaux nazis. Il s'en vantait partout comme un con, pense-t-il, qu'ont dû penser les Allemands contre tout cela, quelle image doit-il avoir auprès de ses employés à l'usine d'aiguilles au commerce européen ?

Lui, le roi de l'aiguille en tous genres, n'est en fait qu'un petit m'as-tu-vu, plein d'orgueil pour son travail et de fierté pour ses idées. Pourquoi son fils a-t-il fait voler en éclats ses préjugés refaits sur l'implication de nazis dans les crimes atroces dont ils furent accusés ? Ce gamin qui lui devait le respect avait-il le droit de tout chambouler dans sa vie ?

La voix chancelante de Nikolaus parle d'Oradour, de Tulle, des pendus, des hommes massacrés, des femmes et des enfants brûlés et exécutés par les SS. Ces mêmes SS que lui, Ludwig Friedrich aurait pu saluer encore hier s'il avait été là en 1944.

Il prend sa tête dans ses mains, il pleure sur sa famille, il pleure sur son grand-père qui avait gardé jusqu'à sa mort la photo d'Hitler sur un mur de sa chambre. Pour la première fois, il vomit cette photo que son père a décrochée de ce mur à la mort de son père pour la mettre dans une petite valise en carton où sont amassées des photos de famille. Il se souvient quand il était enfant, il avait regardé cette photo et avait demandé à sa mère, mais qui est-ce ? Sa mère lui avait répondu, c'est un copain à ton grand-père. Comment sa mère aujourd'hui disparue avait-elle pu lui mentir à ce point ? Aurait-il compris quelque chose si elle lui avait dit, lui, c'est un dictateur, il a fait assassiner des millions de Juifs, juste parce qu'ils étaient Juifs ? Il avait une armée rapprochée, les SS, qui balayaient tout sur leur passage. Est-ce que l'enfant qu'il était aurait compris pourquoi la photo de ce personnage se trouvait parmi les photos de famille ?

Cette petite valise, il sait où elle est, dans la maison de ses parents dans la campagne berlinoise. Il veut y aller maintenant, brûler cette photo comme les SS ont brûlé à Oradour. Gonflé à bloc, il pense à s'habiller, puis, il renonce, que va penser Birgit s'il n'est plus dans l'appartement ? Il ne veut pas avouer, non, pas maintenant, qu'il a enfin compris, qu'il a irrémédiablement abdiqué.

Il se recouche, il va lui falloir mettre son orgueil au panier, renoncer à ses idées devant celles de son fils de 17 ans. Tourmenté encore, il finit par s'endormir enfin auprès de Birgit qui elle, avait compris depuis si longtemps.

La soirée qui s'annonce à Limoges sera festive. C'est le dernier soir que le groupe va passer ensemble avant le départ des jeunes Allemands pour Berlin. Il y a ceux qui n'oublieront jamais ce qu'ils ont vu et ce qu'ils ont appris. Il y a ceux qui ont été touchés, mais qui n'y pensent plus vraiment. La nature humaine est ainsi. Comme le disait Robert Hébras, rescapé de la grange Laudy, alors qu'un journaliste lui posait la question « mais pourquoi faites-vous cela, de raconter encore et encore cette histoire aux jeunes des écoles ? Il avait répondu pour la mémoire, bien sûr, mais aussi, il avait précisé que si un seul, rien qu'un seul se souvenait et en parlait autour de lui, alors il avait gagné ». Il s'est battu pour cela, pour la réminiscence.

Nikolaus et Pauline se sont éloignés du réfectoire où ils viennent de prendre le dernier repas tous ensemble. Pauline est rentrée à Limoges après la promenade au château de Laclaud. Elle voulait être présente pour le départ de Nikolaus, même si elle savait déjà la tristesse que ce départ allait produire dans son cœur.

— Pauline, je ne veux pas que tu sois triste. Nous avons vécu tant de choses ensemble et nous avons ressenti une même union pour le massacre d'Oradour. Regarde comme je parle mieux français aujourd'hui et cela, c'est grâce à toi. Jamais je n'oublierai le village, jamais je n'oublierai Tulle, jamais je n'oublierai cette église éventrée. Je te laisse un peu de mon cœur ici.

Les larmes tant retenues glissent délicatement sur les joues claires de Pauline. Elle ne peut rien dire, elle le regarde tendrement et pose sa tête au creux de son épaule.

— Si je te dis que je t'aime, tu vas rire ? questionne Pauline.

— Non, pourquoi veux-tu que je rie ?

— Parce qu'on ne peut pas aimer en quelques jours, et pourtant si tu savais l'importance que tu as prise pour moi. Toi tu m'aimes bien, ce n'est pas la même chose.

— Tu as raison, on est trop jeunes et on se connaît encore trop peu pour dire que l'on s'aime, mais si je peux te dire quelque chose que je pense fortement, c'est que je ne t'aime pas comme une amie, c'est beaucoup plus que ça. Et c'est toi qui m'as donné le courage de contrer mon père.

— Tu l'as eu au téléphone, c'est vrai, on n'a pas le temps d'en parler.

— Je crois que j'ai gagné et ça, c'est grâce à toi, ton investissement dans tout ce parcours si difficile et ton audace quand tu es venue me secourir.

Pauline sourit.

— Ah, je préfère ça, remarque-t-il en l'embrassant sur la joue.

Pauline, en sentant son souffle chaud sur son visage, ne peut s'empêcher de l'embrasser sur la bouche, un baiser plus timide que passionné, elle ne veut pas faire d'erreurs. Nikolaus est séduit, il devine le corps svelte de Pauline sous sa robe de toile beige comme une silhouette tentatrice. Il la prend par la taille et l'invite à s'assoir sur un banc. Il pose délicatement une main sur le visage de Pauline et l'embrasse à son tour, un baiser doux, mais profond, où leurs langues humides se mélangent comme pour ne jamais oublier qu'ils ont commencé à s'aimer ici, dans le Limousin. Pauline a l'audace de passer sa main sous la chemise bleu ciel de Nikolaus, sentant sous ses doigts le torse du jeune homme, juste musclé comme il faut.

Nikolaus se ressaisit, l'empoigne et la regarde avec tendresse mêlée de désir. Il sait qu'ils ont tort, qu'ils peuvent souiller ce qui doit rester savoureux, magique. Pauline comprend, lui saisit la main et la dépose sur son visage où quelques larmes traînent encore.

— Nous nous reverrons au plus vite. Mon père a compris, je pense, cette fois. Il ne peut fermer les yeux à vie sur l'erreur de ses ancêtres. Tu sais quoi ? s'exclame-t-il, je vais le faire venir pour les vacances ici en France au mois d'août, d'habitude, ils voyagent dans les îles, mais pour cette fois, je vais tout faire pour l'amener ici avec ma mère.

— Quelle belle idée, nous pourrons nous voir, se ravit Pauline, juste avant de faire une moue loquace.

— Oui, nous pourrons nous voir, je te le présenterai, je sais qu'il va t'adorer, et puis tu m'as sauvé la vie, oui ou non ?

— Oui, enfin je ne sais pas ce qui aurait pu se passer près de la Vienne.

— J'aurais pu y rester, j'en suis sûr. Et il le sait, ils le savent tous les deux.

— Mes parents n'aiment pas les Allemands, surtout mon père.

— On verra bien, nous avons vraiment deux pères très spéciaux.

Cette réflexion a le mérite de faire sourire à nouveau Pauline. Ils restent enlacés longuement sur le banc de pierres grises. Pauline sait qu'elle verra ce banc tous les jours, cela va lui déchirer le cœur, mais ce soir, Nikolaus est toujours là et elle veut en profiter. La lumière pâle traverse les nuages baignant de mystère les jardins alentour. Les arbres s'agitent doucement sous la brise comme de grands oiseaux de proie.

26

Le départ des jeunes Allemands est silencieux, mais empli d'une saveur particulière, comme si tous avaient vécu une aventure aussi merveilleuse qu'accablante, aussi unanime que personnelle, et par certains côtés, un sentiment de communion immortel.

La nuit qui suit est presque blanche pour Pauline qui pleure son premier amour. Le chagrin est si fort qu'elle en suffoque entre les draps. Elle tient son doudou d'enfant qui ne le quitte jamais la nuit. Elle le regarde en se disant que tant qu'elle aurait cette peluche dans les bras, elle ne serait pas une femme, elle ne pouvait pas aimer comme une vraie femme. Elle la serre très fort en se disant qu'un jour, elle pourra regarder Nikolaus dans les yeux, et lui la désirera tant qu'ils seront enfin unis. Elle finit par s'endormir au matin, un samedi ensoleillé.

Elle se réveille, laisse sa tête poser sur son l'oreiller. Une nausée l'envahit comme si elle avait bu, elle ne veut pas se lever, ne peut pas faire face à ce jour qui se lève sans lui.

Elle ne dira jamais à personne la saveur de son rêve. « *J'ai rêvé la nuit dernière de son corps sur le mien, j'ai rêvé de ses lèvres, de mordre sa peau, j'ai rêvé sans perversité. Il embrasse mon visage, mes yeux et mon cou, j'embrasse son ventre, son nombril, je lui dis de me prendre, envie et amour confondus. Je tombe disloquée par un t'aime, une exigence, une tendresse, une certitude et par la férocité de notre séparation* ».

L'avion atterrit sur le tarmac de l'aéroport de Berlin. Birgit est comme une petite fourmi près du terminal, elle lève les bras en signe de bonjour vers cette masse d'aluminium et de fibre de carbone.

— Tu sais qu'il ne te voit pas d'ici.

— Je suis si heureuse de revoir mon fils, il aura tant à me raconter, à nous raconter, insiste Birgit affichant un visage rouge de plaisir.

— Oui, il va tout nous raconter et nous l'écouterons.

— Tiens, tu changes d'avis, tu veux parler avec ton fils maintenant, tu sais qu'il va parler de choses qui te gênent.

— Non, ça m'est égal aujourd'hui, je suis resté fidèle pendant des années à des personnes de ma famille que je ne connais presque pas ou même pas du tout. J'ai un fils et il m'a ouvert les yeux.

— Tu as enfin compris, je n'y crois pas, je suis si fière de toi.

— Je n'y suis pour rien, enfin pas pour grand-chose, c'est lui qui m'a convaincu, il est si sensible, si vrai, si différent du jeune homme entêté que j'étais.

— Et que tu es encore, souligne Birgit en cherchant son regard.

— Oui, c'est vrai, et tu peux reconnaître que pour mon travail, cela m'a plutôt servi.

— Tu as toujours été plus doué pour ton travail que pour les sentiments.

— Tu ne vas pas t'en plaindre.

— Oh non, nous avons une vie sans soucis d'un côté financier, mais il n'y a pas que ça et tu le sais bien.

— Oui, reconnaît Ludwig Friedrich en fixant le couloir d'où arrivent les voyageurs.

Traînant sa valise à roulettes sur le sol qu'il vient de récupérer au carrousel à bagages, Nikolaus suit la masse des voyageurs qui le précèdent. Un concert de roulettes embrase l'arrivée du terminal B. Le jeune homme traque les abords de la grande salle d'enregistrement, il devrait bientôt voir sa mère. Elle, elle sera là, il en est sûr. Un voyageur le heurte, il lâche sa valise, se baisse pour la ramasser, il se relève et regarde devant lui. Ses parents sont là, tout sourire, qui l'attendent.

Il ne voit que son père. Son cœur se met à battre très fort et rapidement, comme une douleur après une course folle, un point de côté qui ne veut pas capituler. S'il est là, c'est que Ludwig Friedrich a changé, son fils lui importe, les pensées de son fils le concernent. Sa vision de Nikolaus a basculé sans qu'il le désire, mais avec une raison palpable, presque de chair, les crimes de la SS. Nikolaus est bouleversé.

Son père le serre dans ses bras, comme s'il ne l'avait pas vu depuis des mois alors que l'absence de son fils se compte en jours. Existe-t-il sur cette terre, un sociologue, un homme d'Église, un moine tibétain, un psychanalyste, quelqu'un qui sache comment rendre les siens heureux ? Chacun y va de son intuition, de ses expériences, de son passé. Pourquoi aime-t-on autant nos parents, même s'ils sont bizarres, pas à la hauteur, égoïstes, différents de leurs progénitures ? Les liens du sang, voilà un argument fragile, non, il y a autre chose, mais quoi ? Freud, Yung, personne n'a la véritable formule ni la moindre explication.

— Je suis fier de toi, admet Ludwig Friedrich à son fils.

— Merci, papa, je crois que l'on s'est enfin compris, mais que s'est-il passé pour que tu conçoives tout d'un coup ce que j'essaie de te dire depuis des mois ?

— Ce ne sont pas les idéaux de mes ancêtres sur le nazisme dont j'ai compris soudainement le délire. Mais j'ai surtout réalisé combien je t'aime, que ton opinion à toi me convient plus que tous les avis réunis de ceux qui m'ont précédé.

Birgit dévisage son fils et son mari et ne peut dissimuler le brouillard qui fait virer la couleur marron foncé de ses yeux à celle du miel de montagne.

— Je suis ravie que vous vous retrouviez tous les deux.

— J'ai été très perturbé par tout ça. Son voyage, le fait qu'il se rende à Oradour-sur-Glane, à Tulle, je ne réalisais pas ce qui s'était déroulé là-bas, en France. Bien sûr, j'en avais entendu parler, mais dans la famille, le sujet était tabou. Un jour que je voulais en discuter avec mon père pour lui demander des renseignements, il m'avait répondu que les Français en faisaient toute une histoire alors qu'en définitive, il s'agissait de faits de guerre tout à fait ordinaires et courants.

— Papa, quand je te raconterai tout, tu comprendras encore plus.

Ludwig, Birgit et Nikolaus quittent l'aéroport après avoir dit au revoir aux amis de Nikolaus, Gurt et Harold, qui ont aussi retrouvé leurs parents. Dans la voiture qui les ramène, le silence règne, le bonheur se lit dans les yeux, dans les gestes. Ce soir, Birgit et Ludwig ont décidé d'emmener leur fils au restaurant pour fêter son retour, ils auront tout le temps de discuter.

En entrant dans l'immense appartement, Nikolaus est frappé par l'odeur de cire. Birgit règne ici en maîtresse de maison efficace et fait cirer les meubles régulièrement par sa femme de ménage. Il pose son sac sur le coffre à jouets qui sert de fourre-tout à l'entrée, il emprunte l'escalier de droite dans le vestibule, celui qui mène à sa chambre. Il a besoin de faire le vide, d'être un peu seul, de penser à son voyage, de respirer l'odeur de ses objets, de s'étendre sur son grand lit. Au lycée, il avait dormi dans un lit une place et il n'en avait plus l'habitude depuis longtemps.

Que c'est bon, pense-t-il de rentrer chez soi ! Les moindres détails le ravissent, la poignée de la porte de sa chambre qui pend du côté droit et qu'on doit arranger depuis il ne sait plus, son grand ours brun sur le meuble où se cache une télévision, pour laquelle il a dû batailler dur avec son père qui ne voulait pas de télévision dans la chambre. Une chambre, c'est fait pour dormir ! disait-il toujours et puis, sous l'appui de Birgit, il avait cédé. La petite table d'échec toute raillée qui avait vu passer tous les membres de la famille se battant avec les fous, les chevaux et les tours comme si leur vie en dépendait. Le bureau Louis XV que sa mère avait déniché dans une brocante et qui pesait un âne mort.

La soirée se présente sous les meilleurs auspices. Le soleil baisse à l'horizon et une petite brise se lève sur la ville. Ludwig a fait la surprise à sa femme et à son fils de dîner dans un restaurant spécialisé dans la cuisine française. C'est à la brasserie Colette de Tim Raue que le chef de famille emmène sa famille ce soir pour fêter le retour du jeune lycéen et aussi une nouvelle relation qui s'instaure entre le fils et le père.

Ils arrivent vers 20 h dans la Passauer Strasse. Le jeune prodige et chef de cuisine allemand Tim Raue s'essaie ici à la cuisine française, c'est osé. Le restaurant est raffiné et très plébiscité par la clientèle. De vieux sièges de train s'intègrent parfaitement dans un mobilier boisé et typique. Les murs sont garnis de meubles où s'amassent des verres de toutes sortes et des bouteilles installées dans des écrins de bois. C'est un cadre idéal pour un repas en famille.

Une fois assis à leur table, Ludwig attend la venue du serveur et commande trois coupes de champagne.

— Du champagne, s'exclame Birgit, très à son avantage dans un tailleur-jupe beige et marron.

— Oui, ce soir, j'ai plusieurs choses à fêter. Tout d'abord, le retour de notre fils à la maison et une nouvelle vie qui commence entre nous deux. De plus, j'ai une surprise pour lui que je lui révèlerai en fin de repas. Ce soir, profitez bien, je vous aime.

— Mais maman, que lui as-tu donné à manger durant mon voyage scolaire ? Je quitte un homme têtu, sourd et désagréable, et je retrouve un homme...

— Un homme comment ? demande intéressé Ludwig Friedrich.

— Un homme... dont je suis fier qu'il soit mon père, avoue Nikolaus ému presque aux larmes. Quand je vais le dire à Gurt et Harold, ils ne vont pas me croire.

— Tu parles souvent de moi avec tes copains ?

— Pas spécialement, se rétracte Nikolaus qui ne voulait pas que son père crût être dans toutes les conversations, qui selon lui, n'allaient pas toujours dans son sens.

La conversation s'arrête et chacun se plonge dans le menu. Nikolaus regarde l'homme en face de lui par-dessus la carte et une vague de bonheur l'envahit. Il a retrouvé un père.

27

Le manque de discernement peut être une culture. Nikolaus a fait à son père un cadeau empoisonné, celui de réveiller en lui une pensée émotionnelle qu'il s'acharnait à éteindre pour ne plus endurer ce passé douloureux. Ludwig Friedrich sait que son fils lui demande beaucoup, il lui offre comme une fiole d'arsenic enveloppée de feuilles d'or.

Mais comme on se jette à l'eau pour sauver un être que l'on aime et qui se noie, il va avaler cette potion, il va saisir cette perche pour en finir avec ce fardeau qui lui pèse depuis trop longtemps. L'omerta de cette famille qui n'a qu'un héros, le monstre du Berghof, celui qui a commandité par le biais de ces apôtres du mal la mort de millions d'êtres humains à travers l'Europe.

Ils dégustent tous les trois la bouillabaisse qu'ils ont choisie d'un seul élan. Ils se sont accordés sur tout le menu ce soir, cette soupe de poisson, suivie de poulet en pâte feuilletée et d'une crème brûlée avec sorbet de citron.

Ludwig Friedrich commande à nouveau trois coupes de champagne pour accompagner le dessert.

— Eh bien, je ne savais pas que j'étais aussi attendu que ça, s'exclame Nikolaus, surpris de voir son père si jovial, même après une bonne bouteille de Bourgogne, un aligoté 2019.

— Si je suis si heureux ce soir, c'est que j'ai une surprise pour toi, mais je ne peux te la donner maintenant, ce n'est pas un cadeau que l'on met sous une serviette où que l'on cache dans un tiroir.

— Mais alors c'est quoi ? demande Nikolaus de plus en plus curieux.

Birgit n'est pas dans la confidence, elle regarde ses deux hommes d'un air consterné.

— Mais que vas-tu lui offrir, un voyage ?

— Un voyage, oui, mais pas comme tu crois, un petit voyage d'une cinquantaine de kilomètres.

— Où m'emmèneras-tu, papa ?

— Chez moi, là où j'ai grandi.

— Tu veux lui offrir la maison de tes parents, demande Birgit de plus en plus désappointée.

— Non, la maison est en vente et elle le reste. Mais j'ai encore la clé et il y reste des choses que je ne voulais pas, mais que je vais aller chercher.

— Et tu as besoin de ton fils pour aller chercher un meuble.

— Non, ce n'est pas un meuble.

— Bon, arrête les devinettes et dis-lui ce que tu veux lui offrir.

— Rien, répond Ludwig, de plus en plus énigmatique.

— Rien, répète Nikolaus, mais pourquoi dis-tu cela ?

— Tu verras, nous irons demain matin, tiens-toi prêt à 9 h, c'est dimanche et nous allons faire une chose dont tu seras fier.

Malgré les tentatives employées par Nikolaus et Birgit, aucun ne sut ce que Ludwig mijotait de faire le lendemain.

Le temps est beau en ce dimanche matin à Berlin. Quand Nikolaus ouvre les yeux, il se sent fourbu, le voyage de retour et la soirée au restaurant l'ont quelque peu secoué. Mais à 17 ans, on n'a pas le droit d'être fatigué lui dit toujours son père. Il regarde son portable, 8 h. Il se lève d'un bond et file sous la douche de sa salle de bain privée. La vie aisée que lui permet la situation de Ludwig lui remonte aujourd'hui comme un oubli, il ne la voyait plus, tous ces avantages, ces séjours dans les beaux hôtels, ces courses de chevaux auxquelles il se rend souvent avec son père à Hoppegarten. C'est la ville natale du chef de famille, à une vingtaine de kilomètres de Berlin. Il y a là-bas un des plus beaux hippodromes d'Europe.

C'est là qu'ils vont se rendre tous les deux, Ludwig ayant demandé à Birgit de les laisser seuls pour ce petit retour aux sources dans le Land de Brandebourg.

Dans la belle berline bleu marine de son père, Nikolaus continue à réaliser à quel point il a de la chance aujourd'hui. Il n'a pas de problèmes d'argent, bien que ses parents lui aient appris la valeur des choses et du travail. Il regarde le magnifique tableau de bord, son père porte des lunettes de soleil, le parfait chef d'entreprise se dit Nikolaus.

Cette différence sociale avec les parents d'Harold dont la mère est femme au foyer et le père travaille dans les chemins de fer, il ne l'avait jamais autant ressentie qu'aujourd'hui. Ses parents l'avaient toujours encouragé à se faire des amis, et peu leur importait qu'ils soient riches ou pauvres. Ils voulaient qu'ils aient de vraies valeurs, qu'ils soient bien éduqués, et une bonne éducation n'avait pas besoin de millions pour la satisfaire.

Il pense soudain aux victimes d'Oradour, il ne sait pas pourquoi. Ce faisant, ce qu'il sait et dont il est certain aujourd'hui, c'est que tous ces gens massacrés resteront dans sa mémoire, il fera honneur à ses professeurs, aux derniers rescapés dont certains se sont battus toute leur vie, comme Robert Hébras, pour que l'oubli ne vienne jamais.

— Tu as compris où nous allons, tu connais bien ce chemin.

— Oui, nous allons chez mamie et papi à Hoppegarten, mais pourquoi ? Tu as pris tout ce que tu voulais dans la maison, elle est en vente et tu ne voulais plus y retourner, car le souvenir de ta mère te faisait trop souffrir dans les lieux où tu as grandi et où elle est morte.

— C'est vrai, je ne voulais plus y revenir, sauf le jour de la vente.

— Elle est vendue ?

— Non, malheureusement, pas encore. Quel intérêt aurais-je de t'y emmener si elle était vendue ?

— Je n'en sais rien, la voir une dernière fois.

— Non, ce sera assurément la dernière fois que toi tu y viendras, et tu t'en souviendras toujours, enfin, je l'espère.

— Mais qu'est-ce que tu manigances, je ne te connaissais pas aussi calculateur ?

— Me connais-tu seulement, mon fils ?

— On ne connaît jamais personne finalement.

— Ça, c'est vrai.

Nikolaus comprend que son père ne parlera pas avant d'atteindre Hoppegarten. Il leur reste encore quelques minutes de route. Nikolaus dirige tout doucement sa pensée vers la France, où il a laissé Pauline, qui lui manque tant. Il a une idée derrière la tête qu'il commencera à exposer à sa mère, partir en France en famille pour les vacances d'août et revoir Pauline.

La famille de la jeune fille ne part pas en vacances à cause des bêtes. Nikolaus sait qu'ils seront là pour une éventuelle rencontre avec ses parents. Et aussi son vœu le plus cher est d'emmener son père dans les ruines d'Oradour. Il veut qu'il sache, qu'il voie de ses yeux toute l'horreur de la guerre et toute l'ignominie dont ont fait preuve les SS dans ce petit village de Haute-Vienne.

L'idée même de ne plus revoir Pauline lui est intolérable, même si le destin doit les garder en tant qu'amis, jamais, il ne pourra l'oublier. Il est aussi persuadé de lui devoir la vie. Il pense qu'il faudra qu'ils en parlent avec ses parents, car il doute que ces derniers aient vraiment réalisé dans l'état où il se trouvait quand Pauline est arrivée avec l'inhalateur sur les bords de la Vienne.

Ludwig Friedrich gare sa voiture dans le parc de la maison de ses parents. Comme chaque fois qu'il vient ici et surtout depuis la mort de sa mère, des tas de souvenirs enfouis ressurgissent comme des petits feux d'artifice dissimulés derrière chaque bosquet, chaque escalier, chaque pièce.

— Nous y voilà.

— Oui, et maintenant qu'allons-nous faire, papa ?

— Tu sais, je ne changerai pas à mon âge, du moins pas totalement, les racines sont bien ancrées. Je ne veux rien transformer de mes fondations, de ma personnalité, comme celles de la maison qui seront là bien après nous. Vois-tu, je sais que ça prendrait des années, des siècles même pour me changer vraiment, de plus, comme je te l'ai déjà dit, je ne le veux pas.

— Mais je ne veux pas que tu changes, juste que tu améliores certaines choses, que tu mettes un peu d'ordre dans tes préjugés.

— Oh ça, c'est fait, et grâce à toi. Je cherche seulement une réponse à ma question, qui suis-je ? Je veux trancher dans le vif, ne plus avoir de la poudre aux yeux, me laver de ces injures.

Ils sortent de la voiture et Ludwig cherche la clé de la maison dans la poche de son jean. Il regarde Nikolaus dans les yeux.

— Allez, viens, on y va.

Nicolaus le suit, toujours très intrigué par tout le mystère qui entoure cette visite à la maison de ses grands-parents paternels. Ludwig ouvre la porte, fait signe à son fils de passer devant.

— Monte à la chambre de ton grand-père, lance-t-il à Nikolaus.

Les deux hommes montent l'escalier de bois de chêne qui donne son véritable cachet à cette maison cossue. Le grand couloir au parquet bien ciré qui mène aux chambres fait surgir chez Ludwig des souvenirs. Il jouait enfant avec sa cousine Lela et ses montagnes de nombreux jouets en bois, il n'y avait que cela dans la famille Friedrich, des jouets de bois. Des petits trains dont les wagons étaient peints de toutes les couleurs, orange, bleu, rouge, jaune, vert, ils devaient être encore au grenier, pense Ludwig en levant le loquet de la porte du galetas. Des toiles d'araignées accompagnent leur avancée vers un vieux meuble métallique, sûrement l'un des seuls objets en fer de la maison. Son père y rangeait les papiers concernant ses affaires.

— Voilà, nous y sommes.

— C'est la vieille armoire de Papi !

— Oui, tu t'en souviens, il voulait que personne n'y touche, c'est confidentiel, disait-il, même pour moi, son fils qui était déjà dans les affaires.

— Il l'a ouverte un jour pour toi ?

— Bien sûr, quand j'ai commencé à prendre les rênes de la société, il m'a tout expliqué. Et c'est là qu'un soir alors que je cherchais des documents personnels, j'ai trouvé la petite valise.

— Quelle valise ?

— Celle-là, répondit Ludwig en sortant une valisette en carton.

Ludwig s'en saisit et l'ouvre devant son fils.

28

Le soleil tente une percée au travers du vasistas poussiéreux. Des milliers de grains de poussière tourbillonnent comme en apesanteur à l'intérieur du rayon lumineux qui s'achève sur un vieux tabouret de bois. Le fils et le père n'ont jamais été si proches.

— Alors, tu l'ouvres cette valise ?

— Oui, c'est le moment désormais.

Ludwig Friedrich ouvre la valise de carton et là, des dizaines de photos, en noir et blanc pour la plupart, font face au jour, comme libérées depuis des années. Elles ont l'air de petits morceaux de vie qui soudain sont happés par l'instant présent.

— Des photos, tu m'as fait venir ici pour me montrer des photos, tu pouvais apporter la valise à la maison et on les aurait regardées avec maman.

— Non, je souhaitais que tu viennes ici, car ce que je vais faire, je voulais le faire ici, dans la maison de mon grand-père, celui-là même qui conservait cette photo chez lui.

— Mais quelle photo ? demande Nikolaus de plus en plus surpris par les dires de son père. Ludwig fouille dans le tas de photos, certaines lui rappellent au passage sa jeunesse, les jeux dans le parc avec ses cousins, les repas champêtres organisés par sa grand-mère dans la cour décorée de mille feux pour ces occasions de retrouvailles familiales.

— La voilà !

Nikolaus n'en croit pas ses yeux, son père sort de la valise une photo d'Hitler, un portrait du führer.

— Tu vois ce portait, mon grand-père le conservait dans son portefeuille de son vivant. Personne n'aurait pu le lui arracher, le lui voler, il lui était plus précieux que la photo de ses propres enfants, mon père et sa sœur.

— Il vous aimait, ton grand-père, il aimait papi et sa famille.

— Oui, bien sûr, il nous aimait comme on aime ses enfants et petits-enfants, mais il ne nous portait pas contre son cœur comme celui-là, maugrée-t-il en montrant du menton le portrait d'Adolf Hitler.

— Tu savais qu'elle était là ?

— Oui, bien sûr, et ça me minait depuis quelques jours, depuis que tu m'as ouvert les yeux, non sur la barbarie hitlérienne, ça, je le savais, je ne vis pas sur la lune. J'ai vu plus clair concernant ma propre identité. Je ne peux pas vivre en sachant que cette photo est là dans une armoire appartenant à ma famille.

— Ça ne te gênait pas jusque-là.

— C'est vrai, il faut dire que je n'y pensais pas spécialement, c'était ainsi et la vie prend le dessus, mon travail et tout le reste.

— Tu veux faire quoi de cette photo ?

— Ça, répondit Ludwig en déchirant la photo.

Nikolaus regarde son père dépecer la photo d'Hitler en plusieurs morceaux qui tombent telles des feuilles mortes sur le parquet cendreux.

— Je voulais détruire ce portrait ici, avec toi, sous son toit, pour me libérer à jamais de cette chape de plomb qui me pèse depuis tant d'années.

— Je suis fier de toi, papa, fier que tu aies voulu le faire à mes côtés.

Ludwig se baisse pour ramasser les morceaux.

— Il n'y a qu'une place pour ces bouts de papier, la poubelle ou le feu.

— Tout à fait d'accord avec toi, papa, nous les jetterons à la poubelle dès que nous en trouverons une, dehors.

— C'est ça, oui, on va faire ça. Attends, s'exclame Ludwig, maintenant que j'y pense, il y en a une autre, oui, une autre photo encore plus compromettante pour mon grand-père, aide-moi à la chercher.

— Qu'y a-t-il sur cette photo ?

— C'est dans une rue de Berlin lors d'une parade des nazis avec Hitler en première ligne, sur la droite, on voit la foule qui l'acclame, et au premier plan, on voit ton arrière-grand-père, il en était fier, si tu savais.

— Tu veux la déchirer aussi celle-là ?

— Oui, et plutôt deux fois qu'une.

À force de manipuler toutes les photos de famille, Nikolaus tombe enfin sur le fameux cliché.

— Regarde, celle-là, je le reconnais.

— Voilà, oui, donne-la-moi que je la détruise enfin, c'est presque une jouissance pour moi.

— Tu es un autre homme aujourd'hui, je t'aime énormément, susurre Nikolaus, qui n'a pas dit je t'aime à son père depuis si longtemps.

Ludwig regarde son fils, deux larmes coulent le long de sa joue.

— Je t'aime aussi, mon fils, tellement, je n'ai que toi, mon seul enfant, murmure Ludwig Friedrich en enlaçant son fils.

— J'ai la légère sensation de trahir ma famille, mais il fallait le faire, tu as eu raison, papa, de m'emmener ici, je te suis reconnaissant, car tu aurais très bien pu le faire seul. Que tu m'aies embarqué dans ce processus d'oubli et de mise au point, c'est un beau cadeau que tu me fais là.

— Je te l'avais bien dit hier soir au restaurant, j'espérais que tu apprécierais et je vois que oui.

— Tu vas garder la valisette de photos ?

— Oui, les autres sont des photos « normales », je dirai entre guillemets et elles représentent notre passé, notre vie, nous ne pouvons pas faire table rase de tous nos souvenirs, surtout que ma grand-mère et ma mère n'ont jamais suivi leurs hommes sur ce terrain.

Ludwig glisse la valise en carton sous son bras et ils descendent ensemble du grenier pour reprendre la route de Berlin. Ils s'arrêtent devant une brasserie et jettent ensemble les morceaux des photos à la poubelle. Ils boivent un café et discutent enfin comme deux hommes libres de pouvoir s'exprimer et unis dans le même élan.

Nikolaus ne lui dit pas ce jour-là qu'il désire revenir en France pour les vacances et visiter Oradour-sur-Glane avec lui, en lui expliquant chaque fait, tout ce que les professeurs leur ont montré. Il fera sa demande plus tard, pense-t-il, en observant son père avec respect.

En fin d'après-midi, alors que Nikolaus est calé sur Internet pour lire et relire tout ce que l'on peut savoir sur Oradour-sur-Glane, il reçoit un SMS de Pauline.

— Je pense à toi, tu me manques, que fais-tu ? Il empoigne son portable et débute une petite discussion virtuelle avec sa jeune amie française.

— Tu me manques aussi, j'ai tant de choses à te dire. Il allait marquer ma chérie et se rétracte au dernier moment, non, ce n'est pas sa chérie, il ne la connaît pas suffisamment, il l'aime comme on aime une fille avec qui on est bien, avec qui on partage, même si c'est un baiser. Elle lui plaît, mais envoyer du « ma chérie » à tout va lui paraît ridicule. Et comment le prendrait-elle, le croirait-elle, ne trouverait-elle pas que c'est trop rapide ? Ils n'avaient que 17 ans et si un jour ils devaient sortir officiellement ensemble, ce serait bien réfléchi et mature. Aujourd'hui, ils n'étaient que deux ados qui s'étaient trouvés, qui s'aimaient tendrement.

— Moi aussi, ici, c'est les vacances et fin juin début juillet, j'aide mes parents à la ferme. Nous n'avons pas d'employés, tu sais ces gens qui viennent dans les fermes pour aider aux travaux, alors nous avons Joe, l'homme à tout faire, mais cela ne suffit pas. Aussi je mets la main à la pâte pour finir les foins, j'adore monter sur le tracteur de mon père. En cette saison, il faut travailler le sol pour les pommes de terre entre autres. À la fin de l'été, il y a aussi la fête de la moisson, de gros bras viennent aider mon père pour entasser les bottes de foin dans la grange. Je t'enverrai des photos du grand repas, nous l'appelons « la passée d'août ».

Nikolaus lit le message à rallonge de Pauline. Comme sa vie est différente ici à Berlin, pas de champs à faucher, pas de balles de paille à rentrer, Pauline pourrait-elle vivre ici, en ville, non, il ne le pensait pas, ce n'était pas une citadine, elle avait cet air des filles de la campagne, le sourire de la terre ? Il décide de l'appeler, car ils ont trop de choses à se dire et les SMS ne vont pas assez vite.

— C'est merveilleux, que cela me plairait d'être là-bas avec toi pour cette fête des moissons.

— Oh, ce serait merveilleux, mais je n'y vois pas tes parents, ton père est riche et ne se mélangera jamais avec des petits fermiers du Limousin.

— Ahah, rit Nikolaus, ah ça, non, je ne le vois pas soulever de la paille toute la journée ! Mais cela n'a rien à voir avec le fait qu'il soit riche, c'est un vrai urbain, il lui faut le trafic des voitures, les bars, les restos ouverts la nuit, habiter à deux pas de son bureau et se rendre à son usine de piqures tous les jours. Et puis, ne le répète surtout pas, il a peur des vaches.

Le rire de Pauline semble provenir de la chambre de Nikolaus tant il trouve le passage à travers le téléphone.

— Ton père a peur des vaches ! mais c'est normal, il n'en voit jamais à Berlin.

— C'est sûr, ici, il y a des chiens et des pigeons, ironise Nikolaus.

— Ça se passe bien avec ton père ?

— Tu ne peux pas imaginer, oh, non, même en rêve, je n'aurais pu croire une chose pareille, il faudra que je te raconte, mais là, je dois descendre, on va dîner, il y a le contremaître de mon père, ça va être d'un ennuie, mais bon, avec le bonheur qu'il m'a donné aujourd'hui, je peux bien lui faire plaisir et être gentil avec son collaborateur.

— Tu m'appelles demain ?

— Oui, je t'appellerai, car je préfère t'expliquer en détail le miracle qui s'est produit ici, tu n'en reviendras pas, ma…

Une ambiguïté se sent de l'autre côté du téléphone.

— Ma Pauline, finit par dire Nikolaus.

29

Pauline s'agenouille pour caresser la tête du petit veau né la veille à la ferme. Elle reste assise, les avant-bras appuyés contre le rebord d'une basse fenêtre. Dehors s'étalent les branches du vieux saule pleureur. Il fait très chaud aujourd'hui, juillet s'annonce vraiment torride. Pauline se traîne, de l'étable aux mangeoires pour les remplir de foin. Elle regarde les poules livrées à elles-mêmes picorer dans la cour. Celles-là sont élevées en plein air, se dit-elle, ça plaît aux consommateurs d'œufs. Les lapins sont dans des clapiers à l'ombre, mais elle passe régulièrement pour vérifier s'ils ont de l'eau.

Elle rêve toute la journée à son beau lycéen allemand parti si loin d'elle. Une idée a germé dans sa tête, elle n'en a pas encore parlé à Nikolaus, mais elle sait qu'il veut revenir pour les vacances d'août.

Elle rejoint sa mère qui prépare un cake dans la cuisine. Elle s'assoit sur une chaise en face d'elle.

— Tu t'ennuies.

— Oui, c'est long.
— Lis un peu, révise.
— Non, il fait trop chaud, je n'ai envie de rien faire.
— J'irai faire des courses tout à l'heure, viens-tu avec moi ?
— Bof… pourquoi pas.
— Eh bien, toi tu as besoin de vitamines.
— Maman…
— Oui, ma chérie.
— Non rien.
— Tu crois que je ne connais pas ma fille, tu penses à Nikolaus.
— Oui, c'est normal, non, de penser au garçon que l'on aime.
— Quel bien grand mot, il faut plus longtemps que ça pour savoir si on aime.
— Tu parles comme lui.
— J'en suis ravie, cela prouve que ce garçon a la tête sur les épaules.
— Je ne veux pas l'épouser, que ce soit clair, mais entre épouser quelqu'un et le voir.
— Mais tu peux le voir, enfin, s'il revient ici, car ton père n'ira jamais en Allemagne.
— Ça aussi, sa haine des Allemands m'énerve au plus haut point.
— Elle énerve tout le monde si tu veux le savoir.
Zoé déboule, telle une furie, dans la cuisine.
— Maman regarde, j'ai trouvé une salamandre, elle est magnifique, avec ses couleurs noires et jaunes. La petite fille tient dans sa main le batracien gluant.
— Jette ça, s'exclame Pauline, la forçant à retourner dehors et à lâcher l'animal.

— Mais pourquoi tu fais ça ? Elle est si belle, regarde, elle part maintenant, tu n'es vraiment pas intéressante. Je te déteste.

— Et toi tu ne fais que des bêtises, j'en ai assez de toi. Et va te laver les mains, c'est dégueulasse ces bestioles.

Zoé, très fâchée, se réfugie dans sa tanière, une petite cabane tout près de la marre aux canards. Quand Pauline revient dans la cuisine, sa mère met le cake dans le four.

— Voilà, on va se régaler, sourit-elle, fière de sa pâtisserie salée.

— Cette petite, elle me fait tourner en bourrique, mets-la dans un centre aéré, je ne sais, s'écrie Pauline en se tenant la tête.

— Est-ce que tu te souviens de ce que tu faisais petite où il faut que je fasse un dessin. Quand tu ramassais tous les œufs et les cachais partout dans la maison.

— Ça, c'était pour Pâques, les cloches, tu te souviens.

— Oh, ne fais pas la maligne, tu le faisais souvent, et puis aussi…

— Bon, on ne va pas y passer la journée, à quelle heure part-on ?

— Vers 16 h, j'ai les comptes à faire.

— Super, je vais me reposer après déjeuner, je lirai, puisque c'est ce que tu veux.

Virginie Couderc reste bouche bée devant les élucubrations de son adolescente de fille. Vivement qu'elle grandisse un peu, pense-t-elle. Pauline ressort dans la cour, elle veut penser à autre chose qu'à sa sœur ou à la chasse aux œufs. Elle décide de profiter du moment où elle sera dans la voiture avec sa mère pour lui parler des vacances d'août et lui proposer de recevoir Nikolaus chez eux. Elle sait que son père va tempêter, mais si elle ne demande pas, elle n'aura rien.

Elle réalise aussitôt que cette demande est stupide, pourquoi un chef d'entreprise viendrait se perdre dans une ferme, de plus, cela donnerait trop de travail à sa mère.

Le soleil est toujours aussi fort en cette fin d'après-midi. Les doigts crispés sur son téléphone, Pauline se laisse entraîner par l'allure de la voiture de sa mère. Elle essaie de faire le point, d'imaginer comment elle peut présenter son projet d'été. Elle regarde sa mère qui se cache derrière ses lunettes de soleil, Virginie Couderc s'est mariée jeune, à seulement 23 ans. Elle aurait cet âge-là dans six ans. Elle avait eu Pauline à 28 ans.

— Tu sembles dans la lune.

— Non, je compte.

— Tu comptes, toi ?

— Oui, je calcule l'âge que tu avais quand tu m'as eue.

-28 ans.

— Oui, je sais.

— Pourquoi penses-tu à ça maintenant, tu ne veux pas te marier et avoir des enfants, déjà ?

— Mais non, cette manie que tu as de voir tout en noir.

— Je me méfie avec toi.

— Je ne veux pas me marier, je te le répète pour la « je ne sais pas combien de fois ».

Avec la joie de vivre, la gentillesse était l'une des principales qualités de Virginie Couderc. Elle voyait toujours le bon côté des choses, et c'est pour cette raison que Pauline voulait lui parler des parents de Nikolaus en premier. Malgré leurs différends peu sérieux, les deux femmes s'entendaient bien. Elles piquaient souvent des fous rires, adoraient transformer de vieux objets et leur donner une seconde vie. L'arrivée de l'été les avait rapprochées encore plus, car Pauline était constamment à la maison.

— Et si on allait à Limoges plutôt qu'à Oradour, on fera un peu les boutiques. Le repas du soir est prêt et Zoé est partie chez la voisine pour jouer.

— Oh, oui, maman, faisons ça.

Dans le silence de l'habitacle, Pauline décide enfin à aborder le sujet avec sa mère.

— Maman, je peux te poser une question ?

— Mais oui. Je vois bien que quelque chose te tourmente depuis plusieurs jours.

— Tu me connais bien.

— Je t'ai faite, mon bébé.

— Je...

— Je sais, tu n'aimes pas que je t'appelle comme ça, mais là on n'est que toutes les deux, je te promets que je ne le ferai pas devant d'autres personnes.

— Voilà, tu sais que les parents de Nikolaus n'aiment pas les souvenirs de guerre qui touchent les Allemands, surtout les atrocités comme le massacre d'Oradour. Enfin, surtout son père d'après ce que je sais. S'ils venaient ici cet été, on pourrait les recevoir à la maison, au moins pour un repas, pas pour dormir, je ne peux pas t'imposer des gens que tu ne connais pas à coucher chez nous.

— Mais tu n'y penses pas, enfin, moi, je m'en moque un peu, un repas pour faire connaissance, je ne suis pas contre, bien que nous ne parlions pas la même langue, mais ton père !

— C'est justement parce que je sais qu'il refusera d'entrée sans y réfléchir vraiment que je t'en parle à toi d'abord. Tu peux le travailler, tu vois, amener le sujet avec des gants.

Virginie Couderc se mit à rire à gorge déployée.

— Je peux essayer, mais je ne te promets rien.

Pauline se penche vers sa mère et l'embrasse sur la joue.

— Tu es trop gentille, je t'aime.

— Quand tu veux quelque chose, toi, tu sais parler aux gens.

— Mais tu n'es pas les gens, tu es ma mère et je compte sur toi, tu vas réussir, il ne peut rien te refuser.

— Ah, tu crois ça, détrompe-toi, si ton père prononce une non définitive, il faudra t'y plier.

— S'il me fait ça, je pars en Allemagne.

— Ah, carrément, et où iras-tu, chez eux ? Salut, c'est moi Pauline Couderc, je viens passer quelques jours avec vous et votre fils, car je crois que je l'aime.

— Je ne crois pas que je l'aime, hurle soudain Pauline, j'en suis sûre.

— On arrive en centre-ville, il faut que je trouve une place, je n'ai pas envie d'aller dans le parking souterrain.

— C'est ça, change de sujets.

— Tu es pénible quand tu t'y mets.

— Ils seront très contents de me voir arriver.

— Ah, bon, c'est vrai qu'ils n'attendent que toi.

— De toute façon, ils ne peuvent rien me refuser, j'ai sauvé leur fils d'une mort certaine.

Virginie Couderc ôte ses lunettes de soleil et regarde Pauline. Ce que l'amour peut faire ! se dit-elle, alors que ma fille craint de se rendre seule à la grange la nuit.

30

Berlin, Allemagne, la veille

Birgit ne cesse de regarder par la fenêtre afin de voir apparaitre son fils et son mari. Elle tire le rideau, reste plantée derrière la vitre, la frottant de temps en temps pour faire partir la buée. On dirait que j'attends mon amoureux, se dit-elle en souriant.

Elle se souvient quand ils se sont connus, comme elle s'impatientait quand il devait l'emmener dîner et sortir le soir. C'est grâce à lui qu'elle avait découvert le théâtre comme cette fois où en plein hiver il l'emmena voir Faust, une pièce de Goethe. Elle se souvient de ce dieu qui décide avec le démon Méphistophélès de faire un petit jeu. Méphisto parie qu'il est capable de sortir n'importe quel être humain du droit chemin, y compris l'homme de Dieu, le docteur Faust.

C'est à partir de ce soir-là qu'elle est vraiment tombée amoureuse de lui et du théâtre par la même occasion.

Elle peine encore aujourd'hui à y emmener son fils, qui ne s'intéresse pas du tout à l'art théâtral auquel il préfère nettement le cinéma ou même l'histoire et la géographie.

Birgit entend son téléphone vibrer sur la table du salon. C'est Ludwig.

— Allô ! Birgit. Ne nous attends pas pour déjeuner, j'espère qu'Edda n'a rien préparé, sinon on le mangera ce soir. J'emmène Nikolaus au restaurant, on a encore des choses à se dire et à partager.

— Mais, je vous attends, je veux savoir ce qu'il s'est passé dans la maison de tes parents.

— Tu le sauras tout à l'heure, n'aie crainte, ce ne sont que de belles choses, de belles résolutions et j'ai retrouvé mon fils.

— Profitez bien, alors.

Birgit raccroche avec un petit pincement au cœur, elle aurait bien voulu y participer à ce déjeuner et même au petit pèlerinage que les deux hommes avaient fait le matin. Puis, elle se sert un verre de muscat en guise d'apéritif et considère que c'est peut-être mieux que le fils et le père déjeunent en tête-à-tête, une situation qui ne s'était pas produite depuis très longtemps.

Oradour-sur-Glane, deux jours plus tard.

Le soleil brille à pleins feux en cette fin juillet. Pauline descend de sa chambre pour se remettre à la céramique dont elle a décidé de recouvrir une vieille table usée que sa mère allait jeter. Pourtant, ce n'est pas tant la céramique qui l'intéresse vraiment, c'est plutôt la réponse de son père, enfin, si sa mère lui a déjà demandé son accord pour recevoir les parents de Nikolaus au mois d'août. Elle a soudain une grosse frayeur, ce voyage, ils en ont parlé que tous les deux, la première fois alors que les lycéens étaient encore à Limoges, mais elle n'a aucune réponse concrète de Nikolaus sur le maintien de ce projet.

Sa mère est assise sur un fauteuil de bambou dans le patio qui sert aussi de véranda et de terrasse où ils mangent parfois. Un coin paisible que chacun aime dans la famille, l'un y lit, l'autre y fait des mots croisés, y prend le thé, bref, un endroit convivial.

— Ah, maman, tu es là.

— Pauline, c'est bien que tu sois descendue, il faut que tu m'aides à plier les draps, avec ce soleil, la lessive de ce matin est déjà sèche.

— Oui, je vais t'aider, mais…

— Non, je n'en ai pas encore parlé à ton père, il est en colère derrière le tracteur qui ne veut pas démarrer.

— C'est bien ma veine, si le monde se met contre moi.

— Sois raisonnable, il faut qu'il se calme un peu pour que je puisse lui parler, peut-être ce soir si son humeur s'est améliorée.

— Je sais ce que je vais faire, je vais l'aider et il sera plus apte à discuter, si je vois que tout s'arrange, je lui demanderai et si ça ne fonctionne pas, tu essaieras, d'accord.

— Toi et ton d'accord, depuis que tu es petite, tu fais des plans et tu dis toujours d'accord après sans que personne ne t'ait donné son avis. Et tu penses que tu sais réparer un tracteur qui ne démarre pas.

— Je vais le soutenir, il va être si content que je m'intéresse à ses problèmes mécaniques qu'il sera obligé de dire oui.

Virginie observe sa fille gagner l'immense grange sur le talus du haut de la ferme. Quand Pauline arrive à la hauteur de son père, il discute avec Joe, le garçon de ferme, qui se trouve en dessous du tracteur.

— Ah, Pauline, tu arrives bien, tu peux aller nous chercher deux bières.

Pauline allait répondre qu'elle n'était pas descendue de sa chambre pour plier des draps ou servir des bières, mais se retient, n'oubliant pas la raison de sa venue et sa bonne idée d'aider son père.

— Tout de suite, je vous apporte ça.

Olivier Couderc fixe sa fille qui retourne à la maison sans aucune objection. Elle est dans un bon jour, pense-t-il en frottant ses mains pleines de cambouis avec un vieux torchon.

— De bonne humeur la petite aujourd'hui.

— Oui, bizarre, ça ne lui ressemble pas en ce moment.

Pauline rapporte deux bières, Olivier et Joe se calent contre le mur de la grange.

— Ah, ça, il n'y a rien de meilleur quand tu as une bonne soif.

— Oui, acquiesce Joe en buvant sa première gorgée fraîche et salutaire.

— Vous allez bien, mademoiselle Pauline ?

— Oui, ça va, Joe, il fait très chaud. Et alors cette panne, c'est grave ?

— On ne sait pas encore, répond Olivier Couderc. Si c'est ce que je pense, ça risque de me coûter bonbon.

— On n'en est pas sûr encore, reprend Joe, à mon avis, ce n'est pas le démarreur, il est en bon état, le mal doit venir des contacteurs de sécurité ou alors de la batterie.

— J'espère, souffle Olivier, mais tu t'y entends plus que moi en mécanique agricole.

— Oh, je ne suis pas non plus un vrai mécano, mais je touche un peu à ce genre de problème.

— Mais oui, s'exclame soudain Pauline, ce ne doit pas être grave.

— Il a l'air de bien te captiver ce tracteur.

— Oui, parce que quand tu as un problème, tu n'es pas content et moi, je n'aime pas quand tu n'es pas content.

Pauline s'assoit sur une grosse pierre en attendant que les deux hommes se mettent à chercher la panne. Une demi-heure après, le tracteur peut avancer enfin, ce n'était pas le démarreur. Pauline profite d'un moment où Joe est parti, pris d'un besoin pressant, pour parler à son père.

— Papa, depuis quand ne sommes-nous pas partis en vacances tous les quatre ?

— Depuis longtemps, c'est vrai, mais avec la ferme, nous sommes un peu en esclavage. Les champs, les bêtes, on ne peut pas les laisser très longtemps, même pas, en fait, on doit même être toujours présent. Tu veux partir en vacances, je croyais que tu aimais bien rester ici l'été, voir des amis, sortir pour quelques soirées. Sinon, tu peux partir quelques jours avec maman.

— Tu as raison, papa, je suis de ton avis, la ferme ne peut tolérer une quelconque absence, on doit être tous là pour veiller aux grains.

— C'est gentil de ta part de penser ça.

— Mais… tu sais, nous, si on reste ici, d'autres peuvent venir à la ferme nous voir.

— Mais bien, sûr, je n'ai jamais empêché tes amis de venir ici. Tu peux faire venir qui tu veux, si on les connaît bien entendu.

— Ah…

— Mais qu'y a-t-il à la fin ? depuis une heure, je ne te reconnais pas, en temps normal, tu m'aurais envoyé balader quand je t'ai demandé deux bières, et voilà que tu t'intéresses aussi à une panne de tracteur.

— Est-ce que tu serais d'accord pour que des amis étrangers viennent un jour pour dîner à la maison ? se lance Pauline.

— Des amis étrangers, s'étonne Olivier Couderc, de plus en plus interloqué par l'attitude de sa fille.

— Oui, des jeunes que j'ai rencontrés à Limoges quand ils sont venus, tu sais, pour visiter Oradour.

— Si ce ne sont pas des boches, alors oui, tu peux les inviter bien sûr.

Pauline devient écarlate.

— Eh bien, si, ce sont des boches, comme tu dis, et j'aimerais inviter Nikolaus et ses parents pour dîner à la maison et pour visiter le coin.

— Ne me parle pas sur ce ton, s'il te plaît.

— Pourquoi es-tu aussi obstiné ? Ce que je pense ou peux ressentir, tu t'en moques, il n'y a que toi, tu n'es qu'un égoïste qui ne pense qu'à sa vie, ses vaches, ses poules et son tracteur.

— C'est bon, c'est fini, tu sais ce que je pense des bo..., des Allemands et toi, on dirait que tu le fais exprès, les inviter chez moi, dans ma ferme, à Oradour, en plus.

Pauline sanglote soudain, elle s'assoit sur le vieux banc de fer rouillé qui est là depuis qu'ils ont aménagé dans cette ferme. Joe regarde Olivier qui semble très troublé, désolé de voir sa fille aussi malheureuse. Il s'approche d'elle et lui relève la tête.

— J'ai été élevé comme cela, avec cette haine, tu ne l'as pas vécu toi Oradour, moi non plus, c'est vrai, mais je ne peux oublier les mots de mes aïeuls, la souffrance de voir leur village réduit en cendre et en poussière. Sans les Allemands, le village d'Oradour serait resté tranquille comme il l'était avant la guerre. Tu peux comprendre ça, demande-t-il calmement à sa fille.

— Papa, je le comprends et tu le sais, ce n'est pas mon propos, Nikolaus et ses parents n'étaient pas là eux aussi et ils devraient être haïs pour des faits perpétrés en France alors qu'ils n'étaient même pas nés. J'avais qu'à le laisser mourir sur l'île de Chaillac, j'aurais dû me dire, c'est un Allemand, qu'il crève.

— Mais non, je suis fière ce que tu as fait ce jour-là, comme tes professeurs.

— Cela ne me regarde pas, insinue Joe, mais c'est de l'histoire ancienne, la petite veut juste inviter un ami et ses parents. Elle est toujours toute seule ici à errer, à s'ennuyer.

— En effet, Joe, cela ne te regarde pas.

Olivier Couderc se tourne vers sa fille.

— On verra, laisse-moi le temps de m'y faire. Je n'ai pas dit oui.

Pauline saute sur son père, entoure de ses bras son cou en sueur.

— Merci, papa.

31

Jamais Nikolaus ne s'est senti aussi bien. Il est rempli d'énergie, d'ardeur et de gaîté. Son existence s'est épanouie en France, pour lui, il y a un avant et un après Oradour. Il sent la chaleur étouffante de cette fin juillet dans ces pièces confinées de Berlin où il préserve avec son père un nouveau duo.

Il décide d'écrire un texto à Pauline en français, il veut le parler, l'écrire et le maîtriser complètement pour pouvoir échanger avec elle et sa famille si un jour il la rencontrait.

Il se souvient de ce soir-là où sous un arbre, peut-être un acacia, dans un crépuscule orangé, il sentit son regard admiratif posé sur lui, son corps dur pressé contre le sien et qu'il s'était permis ce baiser.

Il tapote, il efface, il écrit à nouveau. Il faut qu'elle sache, qu'il lui raconte la virée avec son père à Hoppegarten et ce qu'il a vécu là-bas. Elle en sera toute retournée, il en est sûr. Il décide de lui dire de vive voix, ce serait trop long par textos. « Bonsoir Pauline, puis-je t'appeler, es-tu libre en ce moment, j'ai un truc très important à te dire ? », elle ne tarde pas à répondre « oui, tu peux, j'ai aussi à te parler ».

Sur son portable, il regarde dans ses favoris et appelle Pauline.

— Allô ! Nik, ça me fait plaisir que tu m'appelles, moi, je n'ose pas.

— Mais pourquoi ?

— Je ne veux pas que tu croies que je te cours après.

— Ah, bon, tu ne me cours pas après, je suis déçu, s'exclame Nikolaus en riant.

— Bon, je vois que tu as l'air en forme, alors raconte, avec ton père.

— Toi d'abord.

— J'ai demandé à mes parents s'ils voulaient bien te recevoir avec tes parents à dîner à la maison, enfin à la ferme.

— Mais, je ne sais pas si on va venir, on en avait discuté comme ça, en l'air.

— Ben, moi, je l'ai pris au sérieux, tu voulais à tout prix que ton père visite Oradour.

— Oui, je le veux, oh ça oui, mais est-il prêt, je ne sais ? Avant-hier, nous sommes allés au restaurant, mon père, ma mère et moi et à la fin du repas, il me dit que le lendemain, il veut me faire une surprise, que je sois près à 9 h. De là, il m'emmène à Hoppegarten, là où il a grandi, dans la grande banlieue de Berlin où la maison de mes grands-parents est toujours en vente. Tu me suis ?

— Oui, oui, je t'écoute.

— On monte au grenier, et là, il sort d'un meuble une petite valise en carton où se trouvent des photos de famille. Il cherche et il trouve une photo d'Hitler.

— Dans les photos de famille, interpelle Pauline.

— Oui, c'est incroyable une chose pareille, la photo de ce monstre à côté des photos de mon père enfant, de mes grands-parents en vacances, bref, il prend la photo et la déchiquète devant moi. Il savait qu'elle était là et ne le supportait plus, je crois que j'ai gagné, Pauline, il a compris ce qu'on fait les nazis. Il le savait, même s'il ne connaissait pas tout, mais là, il a pris une option sur l'avenir, il a contré ses ancêtres, il ne veut plus vivre avec ça. Ensuite, il a trouvé une autre photo avec son grand-père dans la foule devant le passage d'Hitler à Berlin. Il l'a déchirée aussi et quand on est partis, on les a jetées à la poubelle.

— Le seul endroit où elles méritent d'être, appuie Pauline de l'autre côté du téléphone.

— Comme tu dis. Maintenant à moi de les convaincre de venir en France. Venir en France, ce ne sera pas difficile, ma mère en rêve, voir Paris, la tour Eiffel, l'Arc de Triomphe, l'opéra Garnier, enfin tout ce que les gens viennent voir à Paris. Mais lui dire de venir à Oradour.

— Et dîner avec des fermiers, ironise Pauline.

— Et toi, qu'avais-tu à me dire ?

— Eh bien, tu sais que mon père hait les Allemands. Je crois que j'ai commencé à le faire changer d'avis, je ne suis qu'au début, il est sur le point d'accepter que vous veniez chez moi, juste une fois, pour dîner.

— Ton père déteste les Allemands et il veut voir mon père.

— Non, il ne veut pas voir ton père, n'exagérons rien. Mais la porte est ouverte pour une rencontre. Maintenant, ce sont les tiens qu'il va falloir convaincre.

— Ce sera plus facile, j'ai un atout dans mon jeu, tu m'as sauvé la vie. Quels parents peuvent être insensibles à la personne qui a sauvé la vie de leur propre enfant ? Tu as vu les progrès que j'ai faits en français, j'y travaille tous les jours et demain matin, je me mets sur internet pour chercher tout ce que je peux trouver sur le massacre d'Oradour afin d'étoffer mon rapport que je dois rendre en septembre.

— Ah oui, nous aussi, il faut le rendre en septembre, mais il est presque fini, on nous a tout dit lors de la visite, ils sont vraiment entrés dans les détails. Mon prof a dit qu'on ferait des débats-questions.

— Non, j'ai jeté un œil et je me suis aperçu que le prof avait raison, vous avez encore tant de choses à apprendre sur les survivants, ce qu'il s'est passé après le massacre.

— Je crois que tu prends tout ça trop à cœur.

— Non, je ne me suis jamais senti aussi vivant, aussi impliqué qu'aujourd'hui, j'aimerais être professeur d'histoire plus tard, ils m'ont donné envie de me plonger dans le passé et surtout de le raconter, le faire découvrir à des jeunes, à d'autres générations.

Sa décision est prise, Nikolaus va demander à ses parents de faire un petit voyage en France dans le Limousin pour visiter Oradour-sur-Glane. Il sait que cette demande reste prématurée pour son père vu les circonstances, mais devant l'action mettant un trait définitif sur les opinions de ses ancêtres sur le nazisme, le jeune garçon pense que ce sera aujourd'hui plus facile de le diriger vers ce projet. Il ne sait pas encore quand il va le faire, mais le temps presse, demain, c'est le 1er août et son père prend les vacances le 14 août. Il décide de le lui demander le lendemain, son père sera à la maison presque toute la journée. Fier de voir que ses projets avancent, il pense à Pauline qu'il va sûrement revoir, à leurs parents respectifs qu'ils vont peut-être réunir enfin sans que cela soit gagné d'avance.

Alors qu'il pense à commencer ses recherches sur le soir du 10 juin 1944, son père tape à la porte de sa chambre.

— C'est moi, papa.

— Entre.

— Je viens voir comment tu vas, savoir si tu as compris vraiment ma démarche, enfin la nôtre, celle que nous avons faite à Hoppegarten.

— Oui, j'ai compris, je suis si fier de toi. Mais puisque tu es là, il faudrait que je te parle d'une chose qui me tient à cœur et que j'aimerais faire avec toi, et maman.

— Que veux-tu faire, si c'est possible, je n'y vois pas d'inconvénients ?

— C'est un peu délicat comme question.

— Pose-la, tu verras bien.

— Tu t'es déjà rendu en France par le passé, il me semble.

— Oui, pour les affaires et même pour le plaisir avec mes parents, nous avons visité la tour Eiffel, je me souviens que j'étais si petit à côté de ce mastodonte d'acier, elle me faisait peur. Quand je l'ai revue plus tard, elle ne m'a pas effrayé, mais je suis toujours impressionné par ce monument qui illustre si bien la France. Si tu veux aller à Paris, on peut voir ça avec ta mère.

— Non, je ne veux pas aller à Paris.

— Tu as tort, c'est très beau.

— Je n'en doute pas, j'irai un jour, mais je voudrais me rendre dans le Limousin.

Ludwig Friedrich lève les yeux au plafond.

— J'aurais dû m'en douter. Tu veux revoir cette fille, comment s'appelle-t-elle déjà ?

— Pauline ?

— Oui, Pauline, elle t'a marqué, cette fille.

— Elle est adorable, intelligente, drôle, fantasque même et si sensible.

— Tu as 17 ans, tu en trouveras d'autres d'aussi belles, sensibles et drôles, crois-moi.

— On n'y resterait pas longtemps, deux ou trois jours. Ses parents nous recevraient pour se rencontrer.

— Mais Nik, tu ne veux pas l'épouser, qu'irions-nous faire dans cette campagne où il n'y a justement rien à faire ? Tu peux y aller seul si tu te le sens.

— Qu'elle m'ait sauvé la vie ne veut rien dire pour toi.

— Bien sûr que oui, mais je ne vois pas pourquoi la revoir, et de plus visiter ses parents.

— Tu n'as pas envie de les voir pour leur dire tout le bien que tu penses de leur fille.

— Je leur enverrai un carton si tu veux.

— Mais, non, ce n'est pas ce que je veux, s'emporte Nikolaus.

— Bon, on verra, nous en reparlerons.

— Oh génial, papa, je savais que tu dirais oui.

— Je n'ai pas encore dit oui, et que ferons-nous là-bas ?

Ludwig Friedrich regarde Nikolaus en dodelinant la tête.

— Ah, je commence à comprendre, ce n'est pas que la fille que tu veux revoir. Écoute, fiston, j'ai fait un geste symbolique avec toi il y quelques jours à Hoppegarten, mais tu ne peux pas me demander d'aller visiter le village d'Oradour-sur-Glane.

— Si, je veux et nous irons, et tu percevras la tristesse de ce lieu, tu pourras ainsi tourner définitivement cette page de ton passé.

— Tu ne peux pas obliger ton père à quoi que ce soit.

— Que crains-tu ?

— Rien, je ne crains rien, seulement je n'en ai pas envie, c'est tout.

— J'en ai parlé à maman, elle est d'accord, nous irons à Paris aussi, pour elle.

Ludwig Friedrich souffle, se dirige vers la fenêtre de la chambre de son fils. Sa famille complote contre lui. Pourquoi pas Paris ? se dit-il.

— Bien, nous irons en France, j'organise tout ça pour la semaine prochaine.

Nikolaus se jette sur son père et le serre contre lui. Que s'est-il passé dans sa tête pour qu'il change ainsi ? apprécie Nikolaus plus heureux que jamais.

32

Nikolaus saisit le dossier où se trouve son rapport sur la visite en France, l'ouvre et regarde où il s'est arrêté. Il allume son ordinateur et commence à chercher tous les renseignements possibles et inimaginables sur le massacre d'Oradour. Il est conscient que ce qu'il a marqué dans son rapport ne concerne que le massacre proprement dit, mais comme le lui a spécifié son professeur d'histoire, il y a un après. Le soir du 10 juin 1944 où certains SS étaient toujours dans le village et où des habitants vinrent voir ce qu'il s'était passé. Il y en a encore des choses à voir, à étudier, à écrire. Il va découvrir une autre face de la barbarie humaine, l'insensibilité des bourreaux, le charnier, l'indicible et l'inracontable.

Avant de se lancer dans sa terrible quête, Nikolaus téléphone à Pauline.

— Allô, Pauline.

— Oui, ah, c'est toi, je suis ravie de t'entendre, j'ai parlé à mon père, ça n'a pas été facile, mais je crois qu'il sera d'accord pour que vous veniez à la maison.

— Je ne veux pas que mon père soit vu comme un nazi, ce serait dur pour lui, et surtout pour moi. Assure-toi que ton père soit prêt dans sa tête.

— Ne t'inquiète pas, il fait machine arrière, comme ton père, je crois que nous faisons partie des générations du renouveau, de ceux qui amènent la paix.

— C'est vrai, cependant, mon père prend des dispositions pour la semaine prochaine, nous devrions arriver à Limoges samedi qui vient.

— Waouh déjà, bon, je prépare mes parents, vous ne venez pas ici à Oradour ?

— Non, nous avons tranché pour Limoges, ce n'est pas loin et je pense que c'est mieux pour eux.

— OK, c'est bon, je te tiens au courant, j'ai hâte de te revoir, se risque Pauline en espérant une réponse identique.

— Moi aussi, il était temps, tu me manques beaucoup.

— C'est gentil.

Ils raccrochèrent, cette discussion leur laissant un goût d'enchantement. Nikolaus fixe son ordinateur, maintenant à nous deux, se dit-il. Il commence à taper « *massacre d'Oradour-sur-Glane* » sur son clavier, puis il se met à lire, les yeux exorbités, comme la première fois qu'il avait entendu le récit de la bouche du traducteur aux abords de l'église. Il lit. Pour la première fois, il découvre le point de vue des participants au massacre. D'abord une caisse pour gazer les femmes et les enfants, puis la fusillade, puis faire sauter les voutes… mais tout ça était prévu, puisque pour l'explosion des charges sur les voutes, il est dit que les SS furent mis au garde à vous sur la place de l'église.

Les récits des exécuteurs décrivent quelque chose proche d'un délire du champ de bataille, lorsque des hommes libèrent toute leur violence, avec l'autorisation de leur hiérarchie. Mais il n'y a pas eu de bataille. Toujours selon les dépositions des assassins, après l'explosion de la charge, des SS « *entrent à l'intérieur de l'église où ils ont tiré des rafales de mitraillettes, tandis que d'autres SS ont lancé des grenades à main à l'intérieur du même édifice, sans aucun doute pour achever la population* » ; « *au moment où le feu a été mis à l'église, on entendait toujours des cris à l'intérieur, mais moins qu'au début, ce qui prouve que, lorsqu'on y a mis le feu, des personnes étaient encore vivantes ou agonisantes* ».

Nikolaus s'arrête. Il rumine encore et encore le massacre de l'église. Il veut savoir, il veut en parler, sinon comme un témoignage, car il n'y était pas heureusement, mais au moins comme passeur d'histoire, dire pour la mémoire. Puis, il s'intéresse à la suite, que s'est-il passé après le massacre ?

Oradour-sur-Glane, Limousin, France, 10 juin 1944, 17 h.

Dissimulée parmi des rangs de petits pois, Marguerite Rouffanche, la seule rescapée de l'église, entend tout. Blessée, elle sait qu'il ne faut pas crier, pas encore, les SS sont toujours là. Elle se trouve dans un état entre la réalité et l'inconscience en raison de ses blessures. Il lui semblera entendre dans la nuit un jeune Allemand SS faire le tour du village avec une mobylette jusqu'à que celle-ci tombe en panne d'essence. Elle a 47 ans et vient de perdre son mari, ses deux filles et son petit-fils seulement âgé de sept mois. Sur le moment, aucun cerveau humain n'est capable de digérer un tel drame.

Les SS inspectent de nouveau les maisons du bourg ; ils y tuent tous les habitants qui avaient pu échapper à leurs premières recherches, en particulier ceux que leur état physique avait empêché de se rendre sur le lieu du rassemblement. C'est ainsi que les équipes de secours trouveront dans diverses habitations les corps brûlés de quelques vieillards impotents. Un envoyé spécial des FFI, présent à Oradour dans les premiers jours, indique qu'on aurait recueilli dans le four d'un boulanger les restes calcinés de cinq personnes : le père, la mère et leurs trois enfants. Un puits renfermant de nombreux cadavres est découvert dans une ferme : trop enchevêtrés pour être identifiés, ils seront laissés sur place. Au total, 643 personnes ont été massacrées lors de cette journée.

Dans le village en feu, même jour, 18 h

Un ingénieur des chemins de fer, Jean Pallier, arrive en camion en vue du village. Il raconte : « *Au sommet d'une côte, nous avons pu apercevoir le bourg qui n'était plus qu'un immense brasier* ». Il est arrêté avec ses compagnons de voyage à trois cents mètres de l'entrée du village et autorisé à rester sur place après une fouille. Il est ensuite rejoint par les passagers du tramway parti de Limoges habitant Oradour ou s'y rendant. En tentant de rejoindre le bourg à travers champs, Jean Pallier constate que la localité est complètement cernée par un cordon de troupes en armes. Le groupe du tramway, une quinzaine de personnes, est arrêté vers 20 h et, après plusieurs vérifications d'identité et plusieurs heures d'attente, relâché avec ordre de s'éloigner du village ; un sous-officier parlant correctement le français déclare aux membres de la petite troupe : « *Vous pouvez dire que vous avez de la chance, le massacre est terminé* ».

Oradour-sur-Glane, même jour, 21 h

À l'exception d'une section de garde, les SS quittent Oradour entre 21 h et 22 h 30. Les SS passent la nuit dans la maison Dupic, dans laquelle seront retrouvées plusieurs dizaines de bouteilles de vins vieux et de champagne récemment vidées. Selon un témoin qui voit passer les Allemands, « *dans cette colonne allemande, j'ai remarqué plusieurs automobiles conduite intérieure. [...] Parmi les camions militaires se trouvait l'auto appartenant à M. Dupic, marchand et négociant en tissus à Oradour. Il y avait la camionnette du marchand de vin et sur l'un des camions, un Allemand jouait de l'accordéon. Il était juché sur le haut du véhicule qui était très chargé. Il y avait des sacs, des ballots* ».

Nikolaus s'arrête de lire, il est complètement défait. Comment des humains ont-ils pu faire une chose pareille et surtout comment ont-ils pu après leur action diabolique s'abreuver, s'enivrer toute la nuit avec du champagne ? Quel humain peut fêter un acte semblable ? Envahi de questions et d'émotion, Nikolaus se demande s'il ne devrait pas stopper sa lecture. Mais non, il note, il écrit sur un bloc, il tape sur son ordinateur jusque tard dans la soirée. À la question de sa mère, que fais-tu à cette heure ? Il répond, je travaille.

Le jeune garçon lève les yeux pour échapper à toutes ces immondices. Sa chambre est moins lumineuse, le soleil s'est retiré. Il regarde sa bibliothèque où se trouvent des livres allemands lus dans son enfance, mais qui restent là pour lui tenir compagnie et pour lui rappeler qu'il a été enfant. Sur sa tablette de nuit, un galet peint en grenat avec son nom écrit dessus qu'il avait confectionné à l'école. Tous ces objets le rassurent. Sur un mur, un tableau représentant une femme avec une ombrelle blanche qui se promène le long d'une allée entourée d'arbres immenses. Une toile exécutée par une amie de sa mère et qui lui avait tant plu.

Il se demande s'il va continuer, non, il a assez fouillé le passé d'Oradour pour ce soir. Dans le texte qu'il est en train de lire arrivent certains témoignages de personnes qui sont arrivées le lendemain matin. Il verra demain, cela peut attendre, la mort peut bien attendre.

Il tente d'écouter un peu de musique pour s'enfuir loin d'Oradour. Il se couche et fixe le plafond blanc de sa chambre. Il aime être là, dans son royaume, il s'y cachait enfant pour rêver, pour vivre des tas d'aventures avec ses héros favoris. Ce soir, il n'arrive pas à se concentrer sur ses chanteurs préférés. Il lance quelques coups d'œil à son téléphone. Non, c'est trop tard, je ne peux pas l'appeler maintenant. Il regarde l'écran de son portable, une photo de lui et de Pauline prise en arrivant dans l'île de Chaillac, alors qu'ils ne savaient pas ce qui allait se passer ce jour-là. Ce qui aurait pu être un grave accident les avait rapprochés pour toujours. Nikolaus est certain qu'il n'oubliera jamais Pauline Couderc, même si l'avenir les sépare, ils sont si jeunes, ce qui s'est passé au bord de la Vienne restera à jamais imprégné dans sa mémoire.

Il se tourne et se retourne dans son lit. Pauline doit sûrement dormir, et peut-être a-t-elle déjà parlé à son père pour se rassurer sur son envie de voir les parents de Nikolaus. Des vagues entières de pensées le submergent, son cerveau grouille d'images et de sons. Il voit des SS pénétrer dans des maisons, il voit le joli visage de Pauline le premier jour de leur rencontre, son sourire se mélange à la nuit. Il a peur. La perdre serait se perdre lui-même.

33

Quand Nikolaus rejoint ses parents pour le petit-déjeuner ce matin d'août, il sait qu'il fera lire son rapport à son père, il faut qu'il sache tout avant de se trouver au milieu des ruines. Son père est au courant depuis longtemps du massacre de ce petit village de Haute-Vienne, mais ce sont les détails qu'il ne connaît pas et ce sont ces détails que Nikolaus veut que son père découvre.

Nikolaus saisit un œuf dur que sa mère prépare tous les matins depuis les vacances. Il se sert une tasse de café et fixe son père qui lit le journal.

— Papa, se lance Nikolaus, tu sais que nous avons à rendre un rapport pour la rentrée.

— Oui, tu m'en avais vaguement parlé. Veux-tu que je t'aide ou ta mère ?

— Non, je suis en train de l'étoffer avec l'après Oradour, le soir, le lendemain, les témoignages, le procès, enfin ça va me prendre du temps. J'aurais voulu que tu le lises même si je ne l'ai pas terminé, ce serait une opportunité pour toi de te renseigner au maximum avant de partir en France.

— Si tu y tiens, je le lirai. Au point où j'en suis. Ah au fait, j'ai réservé trois places dans un avion pour Paris.

— Mais on va à Limoges ! s'exclame Nikolaus.

— Oui, mais j'ai promis à ta mère de passer deux jours à Paris pour voir la tour Eiffel et l'opéra Garnier qu'elle rêve de voir depuis toujours. On a le droit de prendre du plaisir aussi un peu, non, tu ne penses pas.

— Oui, c'est vrai, excuse-moi, papa. On part quand ?

— Dans trois jours, on restera deux jours à Paris puis on prendra l'avion pour Limoges où j'ai réservé un hôtel pour quatre jours.

— C'est super, papa, tu me fais tant plaisir.

Nikolaus se lève et embrasse son père sur la joue. Il n'avait pas fait cela depuis si longtemps. Nikolaus ne réalise pas encore le changement opéré par son père face à l'idéologie nazie et à sa barbarie envers tant de peuples, que ce soit pour des raisons raciales et aussi pour des raisons de représailles comme Oradour où ils se sont attaqués à des civils qui n'avaient rien demandé et rien fait contre eux.

L'adolescent termine son café et décide de rejoindre sa chambre pour commencer à préparer sa valise et aussi avancer sur son rapport. Il le fera lire à Pauline. Ah, Pauline, il faut l'appeler, lui communiquer les dates pour qu'elle prépare le terrain à Oradour.

Il ouvre son armoire. Un jean noir et un jean bleu, ça ira, il les jette sur son lit. Une chemise bleu ciel au cas où il ne ferait pas toujours beau. Quatre chemisettes, dont l'une est blanche à fleurs bleu marine, celle-là, il l'adore, un peu style hawaïen. Plusieurs tee-shirts, quatre shorts, un beige, un en jean, un autre grenat et encore un autre noir. Deux bermudas, des chaussettes de tennis, des caleçons, et hop, le tour est presque joué, pense-t-il. Il prend le paquet et le dépose sur une chaise, il les mettra dans une valise plus tard.

Avant d'aller s'assoir à son bureau et reprendre ses recherches, il aperçoit sur sa table de chevet son inhalateur et tout lui revient. Le manque d'air, la peur, l'angoisse, l'eau qui coule tout à côté, les oiseaux qui gazouillent dans les arbres, le halètement inquiet de Gurt à ses côtés, les mots qu'il lui glisse à l'oreille, on va s'en sortir, quelqu'un va venir, je suis là. Et puis Pauline, qui lui insère dans la bouche l'objet tant convoité, tant attendu, son sourire, son encouragement, ses yeux brillants, son haleine de chewing-gum. Ses yeux se mouillent, il les frotte très rapidement, non, ne pas se lamenter, il va la revoir enfin.

Où en étais-je ? se dit-il à voix haute. Il retrouve le passage où il est question de la soirée du 10 juin 1944 et du lendemain. Il tombe sur un passage qu'il n'avait pas vu et il lit toujours avec des yeux si étonnés, si impliqués.

Mathieu Borie, diffuseur des journaux clandestins du Mouvement de Libération Nationale, constate que « *au fur et à mesure de leur avance, ils ont ramassé tous les habitants d'Oradour, grands et petits, jeunes et vieux, pour les conduire place du Champ de foire. Ils pénétraient dans chaque immeuble se trouvant dans le quartier de leur passage, défonçant portes et fenêtres si c'était nécessaire* ». La rafle inclut également les quatre écoles de la commune, soit 191 enfants, 2 instituteurs et 5 institutrices : bien que l'on soit un samedi après-midi, les enfants sont rassemblés dans les écoles, en raison d'une visite médicale ; la rafle concerne également les habitants des fermes et maisons situées à l'extérieur du bourg. D'après Marcel Darthout, « *des camionnettes apportaient sans cesse des gens des villages environnants qui avaient été appréhendés à domicile. C'est ainsi qu'il y avait là des agriculteurs des Brandes et de Bellevue* ».

Selon un autre témoin, Clément Boussardier, « *les gens continuaient d'arriver de partout. Des coups de feu isolés ont été tirés aux alentours. Les automitrailleuses faisaient le va-et-vient dans le bourg. Une autochenille qui passait dans le champ ramenait de temps à autre les paysans qu'ils y avaient ramassés. Au bout d'une heure sont arrivés les écoliers avec les instituteurs et institutrices* ». Mme Binet, la directrice de l'école de filles [en congé de maladie] poussée à coups de crosse, arrive en pyjama et revêtue de son manteau. Les fuyards ou ceux qui ne peuvent se déplacer sont immédiatement abattus. Lors de son procès à Berlin-Est, en 1983, Heinz Barth reconnaît qu'il a personnellement donné l'ordre à l'un de ses subordonnés d'abattre, conformément aux instructions, une personne âgée incapable de se rendre sur le lieu du rassemblement général. Le rassemblement n'a pas été violent la plupart du temps, sans trop de casse, même si tout le monde n'a pas obéi et si certains habitants réussissent à passer au travers des mailles du filet, la majorité de la population est rassemblée aux abords du Champ de foire.

Nikolaus pense que ça ne finira jamais, que son rapport va prendre bientôt l'allure d'un livre tant il en rajoute, tant il sort des informations de partout des dizaines d'années après les événements tragiques de ce petit coin tranquille de Haute-Vienne un jour de juin si paisible.

Oradour-sur-Glane, Limousin, 11 juin 1944.

Des groupes de SS reviennent à Oradour pour enterrer les cadavres et rendre leur identification impossible, reproduisant une pratique usuelle sur le front de l'Est. Le sergent Georges René Boos explique faire partie du groupe qui déblaye l'église. Il dit : « *je portais des gants pour cette besogne. Je prenais les cadavres et les restes, les sortais de l'église et les mettais dans une fosse creusée à cet effet. Pendant ce travail, une ligne de sentinelles était en position et tirait sur les civils qui s'approchaient de la forêt* ».

Un autre SS est là aussi pour ensevelir les morts et tenter de rendre leur identification impossible pour rendre le deuil encore plus irréalisable. Il est dans l'église et sort les cadavres en nombre inconnu ce jour-là, les corps sont brûlés, les cadavres de femmes et d'enfants emmêlés. Après leur sale besogne, les SS repartent et laissent derrière eux le chaos, l'horreur.

Georges René Boos est un Mosellan engagé volontaire dans la Waffen-SS dès avril 1941. Il est incarcéré à Bordeaux de 1947 à 1948. Lors du procès de1953, il est condamné à mort. Il est libéré et gracié en 1958 et part vivre en Allemagne où il meurt le 25 septembre 2015 à Volklingen.

Nikolaus continue de lire, il ne peut plus s'arrêter. Il est pris dans une spirale de savoir, de honte et d'émotion si forte qu'il ne peut s'empêcher d'aller rendre dans les toilettes de l'étage. Il se demande pourquoi il s'inflige cela, et la raison ressort, toujours la même, imperturbable, faire savoir à ceux qui ignorent. Plus que jamais, il sait qu'il sera professeur d'histoire ou historien.

Il regarde l'heure sur son portable, déjà 11 h, il va falloir descendre, ses parents vont se demander ce qu'il fait. Ils doivent discuter du voyage au déjeuner. Il a écrit quatre pages de plus sur son ordinateur, son rapport ne cesse de se rallonger.

Dehors, il y a du mouvement, la fenêtre ouverte donne sur la rue où règne un trafic important de départ en week-end. Il ferme la fenêtre et jette un coup d'œil sur les habits qu'il a posés sur le lit. Ses chemises bien repassées, les tee-shirts triés par couleur comme les pulls qui sont restés dans l'armoire, les piles de caleçons été et hiver.

Sa mère passe derrière la femme de ménage, c'est effrayant, comment peut-on passer son temps à aligner des tee-shirts sans se préoccuper de tout le reste, ce qui vit autour de soi ? Sa mère est maniaque et il espère ne pas tomber sur une femme comme ça. Il pense à Pauline, il sourit. Il a mal au dos, il s'étire et décide de descendre.

Quand il arrive au bas de l'escalier, sa mère l'aperçoit et lui annonce l'imminence du déjeuner.

— Nik, aujourd'hui, j'ai préparé un plat typiquement français, la daube de bœuf.

— C'est toi qui as cuisiné ? demande Nikolaus, surpris de cet effort culinaire.

— Oui, et ton père va adorer, j'en suis certaine.

— La daube, c'est une sauce avec du vin, non.

— Ils en mangent beaucoup en France, c'est un des plats les plus dégustés comme les cassoulets, la tête de veau, la choucroute alsacienne.

— Ne me parle pas de la choucroute alsacienne.

— Tu ne l'aimes pas. Il me semble que si.

— Ce n'est pas ça, mais je n'ai pas envie de manger alsacien.

— Écoute, Nik, il faut te sortir de tout ça, tu commences à devenir pesant avec cette histoire. De plus, on va en France et on va en entendre parler donc si tu peux te lâcher un peu sur ton rapport.

— Je sais, il faut que je me calme, mais c'est plus fort que moi, je me sens obligé, comme si tous ces gens venaient dans mes rêves pour me dire de parler d'eux.

— Je ne veux pas que ça te rende malade.

— Non, je gère.

— Ton père arrive, il revient de l'aéroport. On part lundi, tu le sais, as-tu fait ta valise ? s'il te manque quelque chose, tu me le dis aujourd'hui, pas au dernier moment comme tu en as l'habitude.

— J'ai tout trouvé, maman, tu ranges très bien, ironise-t-il. C'est chouette.

— Chouette, c'est le mot.

34

Maintenant que Pauline connaît les jours précis où la famille Friedrich vient à Oradour, elle en fait part à ses parents qui abdiquent en sa faveur.

— Oliver, ça ne va pas nous tuer de recevoir ces gens, le seul problème pour moi est que je ne comprends rien à la langue allemande, se désole Virginie.

— Ne t'inquiète pas, ta fille le parle, enfin, elle le comprend un peu, on s'en sortira, réplique Olivier Couderc qui lui est plutôt gêné par la nationalité des visiteurs.

— Tiens, Pauline arrive pour déjeuner, Pauline, demande-t-elle à sa fille, est-ce que tu sais parler l'allemand, juste un peu ?

— Pas trop, mais je ne m'en fais pas, Nik parle le français, du moins, on le comprend, il y travaille beaucoup et je pense que c'est aussi pour vous faire plaisir.

— Un garçon que je ne connais pas apprend le français pour moi, il est unique ton ami.

— Oh oui, il l'est, vous l'aimerez quand vous le connaîtrez. Et je veux que tu viennes avec nous, papa, quand on fera visiter Oradour à ses parents.

— Quoi, je veux bien les recevoir pour faire plaisir à ma fille, mais le village d'Oradour, je le connais, j'y traînais quand j'étais enfant.

— Il ne s'agit pas d'y traîner comme tu dis, mais de t'imprégner de tout ce qui a eu lieu là-bas, nous devons montrer l'exemple, appuyer là où ça fait mal pour qu'ils n'oublient jamais cette visite.

— Il faut vraiment que je t'aime pour supporter tous tes caprices.

— Oui, nous irons ensemble, lâche Virginie, décidée elle aussi à apaiser toutes les tensions autour du village martyr.

Virginie a préparé une chambre d'amis, bien qu'elle soit très pudique et n'aime pas recevoir des étrangers chez elle, et que Pauline ait précisé que les Friedrich descendraient dans un hôtel de Limoges. On ne sait jamais, une fois qu'ils devraient rester sur place, avait-elle répondu. Sa chambre d'amis ne sert jamais, pourquoi pas si cela devient une nécessité.

Pour le repas, Virginie a prévu des spécialités limousines comme le boudin aux pommes et en dessert un clafoutis aux cerises. C'est Olivier qui s'occupe du vin, il a déjà choisi un bon Bordeaux. Recevoir des gens inconnus n'est pas une mince affaire pour les Couderc, surtout des gens plus aisés socialement. De son côté, Virginie sent cette attirance qui unit les deux adolescents. Sa fille a agi en héros pour lui, elle flaire que cette amitié peut aller très loin, et même beaucoup plus encore.

Quel bonheur de pouvoir rester là durant des heures, dans la lumière voilée de sa chambre et le silence de Berlin au mois d'août ! Nikolaus tape et tape encore sur cet ordinateur le rapport qu'il est en train d'écrire et qui s'allonge de jour en jour, il veut tout écrire, ne rien oublier. Si on lui avait dit il y a un an à peine qu'il passerait tout ce temps à travailler sur un rapport scolaire, jamais il ne l'aurait cru. En temps normal, il traînerait avec ses amis dans les bistrots, il accompagnerait Harold à la salle de musculation, son passe-temps favori, obnubilé par ses muscles pour plaire aux filles. Il jouerait aux échecs avec Gurt, et le battrait à plate couture comme d'habitude.

Devant son clavier, il ose s'affronter à ses peurs, ses angoisses. Son mal-être n'est plus le même depuis Oradour, il fait la différence entre la vraie souffrance et les enfantillages d'adolescents. Il a grandi. Assis au chevet du passé impuissant, il n'a que son temps à lui donner. Il voudrait refaire l'histoire, changer la donne, que les SS ne soient jamais entrés dans Tulle et dans Oradour et tant d'autres villages, il voudrait que ces êtres qui n'ont rien d'humain n'aient jamais existé. Comme il ne peut pas changer le passé aujourd'hui du haut de ses 17 ans, il communique, il dit au monde les choses, c'est devenu un sacerdoce, une voie à suivre.

Il décide de se pencher plus tard sur le procès de 1953 et le maquis. Avant de partir pour Oradour, il veut recenser les témoignages de ceux qui ont survécu. Il se souvient de ce que lui avait dit son professeur, à Oradour, il y a eu les rescapés du massacre et il y a eu les survivants dans un sens plus large de cette journée. En effet, il réalise que ce ne sont pas les mêmes, les rescapés, comme Robert Hébras, ont échappé au massacre même, les survivants ont pu s'évader ou se cacher avant ou pendant le massacre.

Oradour-sur-Glane, Limousin, dimanche 11 juin 1944, dans la matinée.

Jean Pallier est l'une des premières personnes à entrer à Oradour dans la matinée du 11 juin, en compagnie de quelques hommes : « *Tous les bâtiments y compris l'église, les écoles, la mairie, la poste, l'hôtel que ma famille habitait, n'étaient plus que ruines fumantes. En tout et pour tout, nous n'avions aperçu que trois cadavres carbonisés en face d'une boucherie et un cadavre de femme non carbonisé, mais abattu d'une balle dans la nuque.* ».

C'est lors d'un deuxième passage qu'il découvre les charniers :

« *Au milieu d'un amas de décombres, on voyait émerger des ossements humains calcinés, surtout des os de bassin. Dans une dépendance de la propriété du docteur du village, j'ai trouvé le corps calciné d'un enfant, je vis plusieurs charniers. Bien que les ossements fussent aux trois quarts consumés, le nombre de victimes paraissait très élevé.* »

Il pénètre ensuite dans l'église :

« *Il n'est pas de mots pour décrire pareille abomination. Bien que la charpente supérieure de l'église et le clocher soient entièrement brûlés, les voutes de la nef avaient résisté à l'incendie. La plupart des corps étaient carbonisés. Mais certains, quoique calcinés au point d'être réduits en cendres, avaient conservé figure humaine. Dans la sacristie, deux petits garçons de douze ou treize ans se tenaient enlacés, unis dans un dernier sursaut de compassion. Dans le confessionnal, un garçonnet était assis, la tête penchée en avant. Dans une voiture d'enfant reposaient les restes d'un bébé de huit ou dix mois. Je ne pus en supporter davantage et c'est en marchant comme un homme ivre que je regagnai le hameau des Bordes.* »

Tous les témoins sont bouleversés par le degré auquel nombre de corps des quelque 350 femmes et enfants avaient été mis en pièces : « *Çà et là des morceaux de crânes, de jambes, de bras, de thorax, un pied dans un soulier* ».

Nikolaus s'arrête de lire et d'écrire. Jusqu'où va aller cette horreur ? On leur avait raconté, ils pensaient avoir tout entendu, mais là, les morts devenaient des humains, de la chair. Nikolaus se sent mal, comme la veille, il va se rafraîchir et revient, il ne veut pas lâcher. Un jour, il sortira de tout ce chaos, mais pour l'heure, il y est et il y reste.

Oradour-sur-Glane, dimanche 11 juin 1944, vers 15 h.

D'autres témoins disent ce qu'ils ont vu.

« *Le dimanche vers 15 heures, j'ai vu le spectacle effrayant de l'église où les corps carbonisés gisaient sur le sol. Une femme que je n'ai pu identifier, ne portant aucune blessure apparente ni trace de brûlure, dévêtue dans sa partie inférieure, le sexe nettement apparent, était placée au-dessus des corps carbonisés. J'ai eu nettement l'impression, au moment où je la vis, que cette femme avait été violée* ».

Oradour-sur-Glane, dimanche 11 juin 1944, dans la soirée, lundi 12 juin, mardi 13 juin.

Le sous-préfet de Rochechouart se rend à Oradour : « *Je n'ai trouvé que des décombres fumants, et me suis rendu compte qu'il n'y avait pas de secours immédiats à apporter* ».

Le 13 juin, le préfet régional de Limoges obtient l'autorisation des autorités allemandes de se rendre à Oradour, en compagnie de l'évêque, Mgr Rastouil. Dans le rapport qu'il adresse le 15 juin à Vichy, si le préfet reprend la version des SS selon laquelle l'opération fait suite à l'enlèvement d'un officier, il tient « *à souligner que le village d'Oradour-sur-Glane était une des communes les plus tranquilles du département et que sa population laborieuse et paisible était connue pour sa modération* ».

Parmi les victimes, on compte quinze Espagnols, huit Italiens. On dénombre également trente-neuf habitants du village mosellan de Charly, qui avaient été déplacés dans le Sud-Ouest avant la guerre à cause de l'imminence du conflit et qui n'avaient pas été autorisés à retourner en Lorraine, placée en zone interdite. La commune de Charly est renommée Charly-Oradour le 12 août 1950.

Nikolaus décide d'arrêter et de recommencer le soir avant de dormir. Il imprime ce qu'il vient de taper sur son ordinateur. Je pourrais en faire un livre un jour, pense-t-il, tout ce que je vis depuis ce jour de juin où je suis entré dans ce village de France.

Durant le dîner, on ne parle que de voyage, d'avions, d'hôtels et Nikolaus en voyant la joie de sa mère de visiter l'opéra Garnier se retient de parler d'Oradour, ils auront le temps de voir. Ce soir, il veut que sa mère garde ses rêves, ses visons de ballets et de danseuses étoiles. D'ailleurs, lui aussi a besoin de cette pause, il sait qu'il va reprendre la lecture un peu plus tard, alors pour le moment, il savoure ce repas en famille et se délecte d'une tarte au citron que leur a préparé leur chère dévouée Edda.

35

Avant le grand départ pour Paris, Nikolaus téléphone à Pauline pour vérifier que tout va bien de son côté. Pauline lui précise de bien lui mentionner la soirée où ils viendront dîner à la ferme, car Virginie, sa mère, veut que tout soit parfait.

— Nik, il faudrait visiter Oradour avec nos parents dès le matin, comme cela, on aura toute la journée et ils seront sur place pour la soirée.

— Oui, tout à fait, je te dirai cela en temps voulu, nous passerons par Paris, je te l'avais déjà dit, je te joindrai quand nous serons à l'hôtel à Limoges pour te préciser le jour. Je suis si heureux que nous y soyons arrivés, et en si peu de temps.

— Oui, on a bien travaillé, comme on les a retournés nos pères.

— Comme tu dis, oui, c'est vrai. Pour nos mères, elles étaient déjà moins butées, pas du tout même, dirai-je, concernant la mienne.

— La mienne non plus, elle n'était pas aussi catégorique, et pourtant, elle aurait pu être plus concernée que lui, car une tante à sa grand-mère avait eu de la chance d'être à Limoges ce jour-là.

— Tu vois les hommes, dans l'ensemble, ils sont plus durs, plus revanchards, moi, je ne suis pas comme cela, quelquefois, je ne les comprends pas. J'espère ne jamais devenir ainsi.

— Oh, non, tu es trop gentil, trop bienveillant.

— Tu me vois peut-être comme je ne suis pas, si ça se trouve, je suis un monstre qui cache bien son jeu.

— Haha, c'est ça, oui, plaisante Pauline.

Quand il raccroche, il essaie de garder la voix de Pauline dans sa tête, cette voix qui aujourd'hui lui est devenue presque indispensable. Pauline a changé sa vie, même si un jour ils ne voyaient plus pour une raison ou une autre, elle resterait dans son cœur pour l'avoir compris, comme aucun être au monde ne l'avait fait jusqu'à présent.

Nikolaus se penche sur son rapport un instant pour s'apaiser, puis se lève. Il écrit toujours aussi petit quand il prend des notes sur un bloc, il faudra que cela change, se dit-il. Il lisse la dernière page de sa main et s'y remet. Les dernières lueurs du jour livrent au ciel une teinte rosée, s'immiscent dans la chambre et filtrent à travers les rideaux.

Ce soir, il décide de se pencher sur les survivants, ceux qui ont échappé au massacre, qui se sont enfuis.

Oradour-sur-Glane, samedi 10 juin 1944 dans l'après-midi.

Une trentaine d'habitants survivent au massacre, dont une Parisienne, Mme Taillandier, présente depuis dix jours dans le village et qui est laissée libre après contrôle d'identité et interrogatoire ; Maurice Beaubreuil et son frère Joseph quittent leur cachette dans l'épicerie Mercier après le déclenchement de l'incendie de celle-ci en traversant le plancher en flammes ; Armand Senon, un adolescent immobilisé avec une jambe dans le plâtre, s'enfuit au dernier moment de sa maison en feu. Hubert Désourteaux reste tapi ; découverts sous un escalier, les enfants Pinède sont chassés vers les champs et échappent au massacre ; Roger Godfrin, originaire de Charly et âgé de huit ans, s'enfuit de l'école dès qu'il aperçoit les Allemands : il est le seul écolier à échapper au massacre, au cours duquel il perd son père, sa mère et ses quatre frères et sœurs. Dans la nuit du 10 au 11 juin, certains survivants quittent le village, mais d'autres y passent toute la nuit : Marguerite Rouffanche se dissimule dans un jardin, Armand Senon dans un buisson comme Robert Besson et son ami Garaud dans le parc de la maison familiale, les frères Beaubreuil dans un égout, Aimé et Jeannine Rénaud avec Hubert Désourteaux, Martial Brissaud se cache dans son grenier jusqu'à ce que l'incendie l'oblige à se dissimuler dans son jardin. Paul Doutre, réfractaire au STO (travail obligatoire), quitte le sous-sol de l'atelier de ses parents où il vivait caché, fait le mort dans son jardin puis se cache jusqu'à la nuit dans un caveau en construction du cimetière d'Oradour-sur-Glane, non loin de l'église qui achève de se consumer. Au total, quarante-cinq personnes, dont une vingtaine des passagers du tramway de Limoges arrivés après l'arrêt du massacre (parmi lesquels Camille Senon), échappent aux SS dans diverses circonstances.

Ceux-là, Nikolaus ne peut s'empêcher d'y penser avec une émotion particulière. Même s'ils n'ont pas vécu le feu, les balles, ils sont brisés dans leur chair par la perte des leurs. Comment peut-on survivre à ça ? Il a entendu dans une vidéo enregistrée il y a des années le petit Roger Godfrin, dire que quand il était revenu à Oradour, il regardait derrière lui sans arrêt pour voir s'il n'y avait pas un soldat allemand qui le poursuivait. On ne guérit pas de ce sinistre, on reste marqué à vie, Nikolaus n'en a aucun doute.

Roger Godfrin s'exprime ainsi : « *Un SS m'a tiré dessus. Je me suis laissé tomber et j'ai fait le mort. L'un d'entre eux est venu vers moi et m'a donné des coups de pied dans le dos et dans les reins. Je n'ai pas bougé. Dès que le calme est revenu, je me suis mis à courir aussi vite que je pouvais* ».

Roger Godfrin est témoin au procès de Bordeaux en 1953, il épouse le 29 décembre 1956, Marie-Agnès Laurent. Il décède le 10 février 2001 à Basse-Ham (Moselle).

C'est le dernier mot que Nikolaus pose sur son rapport déjà très volumineux. Il le range dans un tiroir de son bureau. Il reste là, assis, quelques instants, comme s'il avait du mal à s'en arracher, à relayer au second plan ce récit qui est si important pour lui. Demain, il part pour la France, il revient sur ses pas, il revient vers Oradour qui fait désormais partie de sa courte vie.

Là-bas, c'est la France, la campagne, mais aussi l'horreur du massacre associée à la vie paisible d'un coin du département de la Haute-Vienne. Cette vie si calme qu'on n'aurait jamais pu croire à l'incroyable, l'innommable. Il se penche à la fenêtre, sent la vie de la rue, apaisée en ce mois d'août. Berlin qui a connu la folie des bruits de bottes, les trajets du führer devant une foule tout acquise à sa cause. Il n'a pas vu ça, la liesse des rues remplies de soldats de la SS.

Ce soir, ils sont si loin, mais il est conscient que le danger rôde, qu'il peut ressortir d'une manière ou d'une autre. Il appuie sur le bouton pour fermer ses volets. Il décide de dormir nu comme il le fait quand il a chaud. Il aime sentir le contact de sa peau claire sur le drap, la liberté du corps, ce corps si fragile fait de chair et de sang qui peut être pulvérisé en si peu de temps. Il ne devrait pas avoir des pensées si morbides parfois, il ne les avait pas avant Oradour. Il se demande si c'est son origine allemande qui lui procure cette fausse culpabilité. Puis, il se ravise, soulagé, tous les Allemands n'étaient pas des nazis, pas des nazis, pas des nazis...

Le grand corps recroquevillé de Nikolaus se réveille brusquement avec l'alarme de son portable. C'est aujourd'hui, le départ est imminent, il reste quelques minutes dans son lit, pour lui dire au revoir, pour prendre des forces, pour s'élancer des starting-blocks qui vont le projeter dans un autre pays, la France, le pays voisin, celui de Pauline.

Dehors, l'aurore perce déjà le ciel y abandonnant des arabesques de nuages roses et bleues. Il fait le tour de ce qu'il doit prendre dans sa tête. Sa valise est là, elle attend, son sac à dos est prêt lui aussi, sa mère a recousu le trou qui s'y trouvait. Sa ventoline est dedans, il y glisse son portable, des mouchoirs en papier, ses écouteurs, deux sucettes et son porte-bonheur, un porte-clés où pendouille un petit cheval beige en peluche. Il l'avait oublié la première fois, cette fois, il sera du voyage.

Une fois tous prêts, Ludwig Friedrich charge sa berline et les voilà partis pour l'aéroport de Berlin. Ils seront à Paris dans environ deux heures et prendront leur quartier à l'hôtel le Walt, avenue de la Motte Piquet, à deux pas de la tour Eiffel. L'excitation de Birgit fait plaisir à voir, enfin, elle va voir Paris, depuis qu'elle en rêvait. Nikolaus, assis derrière, la regarde, fier d'être à l'origine de ce voyage en France, heureux d'offrir ce cadeau à sa mère.

Il pianote quelques mots qu'il envoie en texto à Pauline, elle dort encore sûrement, mais il veut vivre tous les moments de ce périple avec elle. « *On part pour l'aéroport, dans deux heures, nous serons à Paris, on a gagné !* ». Il met son téléphone dans son sac à dos, il regarde défiler la ville encore endormie, il sourit.

Quand ils atterrissent à Paris, le temps est beau, les vacances peuvent commencer. Tirant sa valise le long du couloir menant au terminal, Nikolaus se dit qu'il va mettre de côté Oradour pour ces deux jours où ne compte plus que la découverte de la capitale de la France.

Situé à deux pas du Champ-de-Mars et de l'École militaire, avenue de la Motte Picquet dans le 7e arrondissement de Paris, l'hôtel Le Walt est réputé pour son charme élégant et feutré. Ils s'installent dans la chambre grand luxe que Ludwig a réservé. Il désire que ce séjour soit idyllique pour son épouse, Birgit. Cette chambre est l'une des plus spacieuses de l'hôtel avec une superficie de 28 m2. Deux grands lits de 180 les attendent, Nikolaus dormira dans la même chambre que ses parents.

Birgit admire la décoration avec des yeux d'enfants. Les chambres de cet hôtel ont été décorées avec audace par Paul Sartres et présentent un univers à la fois classique et contemporain. Au-dessus du lit, une énorme reproduction de l'une des plus belles toiles du Louvre. Chaque chambre a sa toile, lui donnant un caractère unique.

Une fois les affaires rangées dans les grands placards, Birgit regarde par la fenêtre et découvre la superbe vue donnant sur la tour Eiffel. Elle grignote un macaron bleu turquoise exposé avec d'autres, multicolores, posés là sur une table basse en signe de bienvenue à l'hôtel.

— On y va tout de suite, je veux la voir de plus près encore.

— Oui, nous irons voir la tour Eiffel, mais tout d'abord, nous allons prendre un verre dans le patio à l'entrée, lance Ludwig qui a surtout envie d'une bonne bière fraîche.

— Comme tu veux, rétorque Birgit, cela nous fera du bien de nous poser un peu. En revanche, aujourd'hui, tu ne vas pas faire ta sieste ? demande-t-elle à son mari.

— Mais tu plaisantes, ma sieste, elle est sacrée, vous irez où vous voudrez après le déjeuner, mais moi, je vais essayer le lit.

— Je viendrai avec toi voir la tour Eiffel, maman, lui, il l'a vue plusieurs fois.

— Merci, Nik, tu es adorable, toujours à faire plaisir à ta mère.

Il lui sourit et se dirige vers la magnifique salle de bain qui a tant enthousiasmé Birgit. Elle est immense, une baignoire aux tons beige et blanc, une douche, de grandes vasques, des peignoirs blancs attendent les hôtes. Il s'asperge le visage d'eau fraîche, se mouille les cheveux.

Dans le patio, l'atout charme joue son rôle. C'est un endroit rêvé pour la détente. À l'abri du bourdonnement de la ville, il offre à la famille Friedrich un moment bien mérité et une échappée de verdure. Ludwig porte sa chope de bière à la bouche, regarde son épouse si heureuse de se trouver là. Il sait que son fils n'est là que pour leur faire plaisir, il pense que Nik est déjà parti dans sa tête du côté du Limousin. Il sait que penché sur son portable, Nikolaus s'entretient avec une jeune fille nommée Pauline.

— Bien, je vous promets une belle soirée non loin d'ici, je ne veux pas faire trop de marche, je suis fatigué, avoue Ludwig.

Une fois dans la chambre, Birgit et Nik partis à la conquête de la dame de fer, Ludwig se déshabille et s'étend sur le lit confortable. Il est au cœur de la capitale française et il semble résider dans un monde parallèle, ouaté et calme. Il ferme les yeux, se laisse aller dans les limbes du sommeil.

36

Nikolaus observe sa mère. Elle paraît des années de moins, s'émerveillant de tout. Elle était malade quand ils s'étaient tous rendus à Paris avec sa grand-mère paternelle il y a déjà de nombreuses années. Ses cheveux châtain clair volent au vent, son cou très fin semble à peine supporter sa tête. Vêtue d'une combinaison légère fleurie, elle resplendit dans cet après-midi d'août parisien.

Birgit prend sa revanche depuis longtemps sur ce que la vie lui a fait subir. Petite fille, elle répondait par la violence, tel un vilain petit animal qui griffe et doit être puni. Sa belle-mère acariâtre l'enfermait dans la chambre jaune et malgré ses pleurs l'y abandonnait durement. Elle se retrouvait seule dans cette pièce immense avec un grand lit en baldaquin, les fenêtres toujours fermées. Elle se faufilait contre les murs mal éclairés. Elle ne reconnaissait pas son visage blafard dans le miroir moucheté d'usure.

Elle adorait son père qui était souvent absent et ignorait tout du sort que réservait sa femme à sa fille. Elle n'avait jamais parlé jusqu'à la mort de cette marâtre qu'elle détestait.

Depuis, Birgit a épousé un homme merveilleux et sa vie est agréable, son fils unique la comble de joie. Birgit n'a pas connu la guerre, mais si elle comprend aussi bien la souffrance des autres, et ce bien plus que Ludwig, c'est qu'elle a dû combattre des démons elle aussi.

Les trois cent trente mètres de la tour Eiffel sont bien entourés. Des joyaux sont à ses pieds comme les jardins du Trocadéro, le Grand Palais ou le musée du Quai-Branly. Une longue tresse d'eau passe juste à côté. Birgit et Nikolaus s'assoient sur un muret, la Seine coule derrière eux et devant un petit carrousel fait la joie des plus petits. Nikolaus va chercher une glace pour lui et sa mère. Ils bavardent, rient, quand soudain, Birgit regarde l'heure.

— Ton père doit être réveillé maintenant, il faut rentrer à l'hôtel pour préparer la soirée.

— Ne t'inquiète pas pour lui, il doit boire une nouvelle bière dans le comment déjà ? Ah oui, le patio.

— Il risque d'être de mauvaise humeur s'il nous attend depuis longtemps.

— Il sait où on est, et puis, zut, on profite de Paris.

— Ce soir, il a prévu une soirée au théâtre de la tour Eiffel.

— Ah !

— Oui, je sais, mais ça lui fait plaisir et moi aussi, tu peux rester à l'hôtel si tu veux.

— Non, je viens avec vous, vous avez accepté de venir en France, je ne vais pas vous lâcher.

— C'est bien comme ça.

Le lendemain matin, une légère bruine tombe sur la capitale. Birgit est déçue, elle qui veut se rendre à l'opéra Garnier et visiter les alentours. Ils décident tout de même de passer outre, et encombrés de parapluies que leur a prêtés la réceptionniste de l'hôtel, ils se lancent dès le milieu de la matinée à l'assaut de l'opéra. Quelques stations de métro plus loin, ils pénètrent enfin dans le lieu magique. Ce théâtre national a la vocation d'être une académie de musique, de chorégraphie et de poésie lyrique. Il est l'élément majeur du patrimoine du 9e arrondissement. Birgit écoute avec délectation les mots de la guide, une jeune femme en tailleur bleu marine.

— L'édifice s'impose comme un monument particulièrement représentatif de l'architecture éclectique et du style historiciste de la seconde moitié du 19e siècle. Sur une conception de l'architecte Charles Garnier, retenue à la suite d'un concours, sa construction, décidée par Napoléon III dans le cadre des transformations de Paris menées par le préfet Haussmann, fut interrompue par la guerre de 1870. Elle fut reprise au début de la Troisième République. Le bâtiment est inauguré le 5 janvier 1875 par le président Mac Mahon. Il a connu plusieurs appellations, tout d'abord opéra de Paris, puis opéra Bastille et aujourd'hui opéra Garnier ou palais Garnier.

D'un coup d'œil, Nikolaus voit et analyse le bonheur de sa mère. Sans en parler avec son père, ils comprennent à quel point cette visite de Paris et de l'opéra détient une grande importante pour elle. Ils découvrent les emmarchements, la galerie couverte à arcades et coupoles plates sur pendentifs soutenant la loggia qui forment le point de départ, dès l'entrée principale sud, d'un cheminement initiatique dont l'aboutissement n'est autre que la grande salle et le spectacle qui s'y tient.

La jeune femme reprend

— Garnier a conçu la succession des espaces dans le seul but de mettre en condition les futurs spectateurs. Ainsi, les premières marches, situées à l'extérieur du monument, marquent déjà la frontière entre deux mondes ; le premier, celui de la réalité et du quotidien, le second, celui du rêve et de l'imaginaire. Les différentes statues qui encadrent les entrées sont surplombées de médaillons sculptés par Charles Gumery. Ces médaillons représentent les compositeurs Johann Sebastian Bach, Domenico Cimarosa, Joseph Haydn et Giovanni Battista Pergolesi.

Ils découvrent au fur et à mesure la magnificence de l'endroit avec délectation, surtout Birgit qui ne cesse de pousser des « ah » et des « oh ». En sortant, la bruine a cessé. Il y a même quelques timides apparitions du soleil sur Paris. Ils regardent la façade qu'ils avaient un peu délaissée au départ. L'entrée est indiquée par une suite de colonnes de marbre vert dont deux sont surmontées d'un grand aigle impérial en bronze, symbole miraculeusement préservé après le Second Empire. L'entrée était destinée au seul Napoléon III et à ses proches. La double rampe devait leur assurer une circulation sécurisée et abritée des intempéries en permettant aux voitures de s'arrêter à l'intérieur même du pavillon de l'empereur. Aujourd'hui, ce sont finalement les présidents de la République qui ont l'usage de cette distribution ingénieuse assurant sécurité et discrétion. Cet élément de la composition est aussi dénommé « pavillon du Chef de l'État ».

Birgit se tord le cou pour apercevoir les statues dorées du toit de l'opéra.

— C'est dommage qu'on ne puisse pas les voir de plus près.

C'est alors que deux hommes qui se promènent paraissent bien habitués des lieux, deux vrais Parisiens.

— Madame, l'accoste l'un des hommes, je m'excuse de m'immiscer dans la conversation, mais si vous voulez voir les toits, il faut vous rendre aux Galeries Lafayette juste à côté et monter au dernier étage. De là, la vision du toit de l'opéra est un spectacle éblouissant.

— Merci, monsieur, on va peut-être y aller.

— Je vous le recommande.

Une fois les deux hommes partis, elle se tourne vers Ludwig qui s'était éloigné.

— On peut voir les toits de l'opéra si on monte sur la terrasse des galeries Lafayette, juste à côté, on y va.

— Oh, non, je ne vais pas monter sur le toit des Galeries Lafayette.

— Mais il y a un escalator, papa, répond Nikolaus, pas surpris de la flemme légendaire de son père.

— Non, allez-y tous les deux, je vous attends ici.

Birgit est comme une petite fille à qui on a promis une glace ou un jouet. La mère et le fils se lancent à l'assaut des Galeries Lafayette. Là aussi, pense Nikolaus, il y aurait tant à voir, les intérieurs, mais surtout la coupole grandiose, emblème de l'Art nouveau, qui reste une prouesse architecturale. Construite par le maître verrier Jacques Grüber, la coupole est un véritable joyau attirant les foules du monde entier.

L'objectif est de donner de la lumière et du cachet au magasin principal des Galeries Lafayette Paris Haussmann, et notamment aux merveilleux balcons dorés réalisés par Louis Majorelle à qui l'on devait également la rampe monumentale de l'escalier d'honneur, qui a été retirée du magasin en 1974.

Les vitraux actuels prennent la forme d'une immense fleur composée de dix faisceaux, et faisant un total de 1000 m^2. La coupole constitue l'élément immanquable du magasin. Ils apprennent qu'en 1951, Édith Piaf avait donné un concert devant le grand magasin où est inauguré alors le plus grand escalator du monde.

En effet, Birgit et Nikolaus montent et montent encore de palier en palier pour atteindre enfin la terrasse des Galeries. Et là, devant leurs yeux et de nombreux autres découvrant aussi ce lieu magique, les toits de l'opéra se dévoilent. Le grand dôme central est couvert de cuivre qui, une fois oxydé, prend une couleur verte. Certaines décorations des dômes couvrant les deux pavillons latéraux sont en plomb. La lanterne du grand dôme est en cuivre repoussé, doré.

Birgit ouvre le fascicule qu'on lui a donné en pénétrant dans l'opéra et découvre l'historique des grandes statues qu'elle a devant les yeux et connues de la terre entière. « La façade est surmontée par les *Renommées*, deux groupes réalisés par Charles Gumery, *l'Harmonie* (à gauche) et *La Poésie* (à droite). Ces statues d'une hauteur de 7,50 mètres ont été restaurées et leur structure interne, en fer, a été remplacée par de l'inox. Leur dorure d'origine avait été réalisée par galvanoplastie dans les ateliers de l'entreprise d'orfèvrerie Christofle. L'entablement de l'attique est couronné d'une frise en fonte peinte avec un vernis doré, une suite de masques alternés de guirlandes, œuvre du sculpteur Jean-Baptiste-Jules Klagmann. Le fronton de la cage de scène est orné de deux acrotères (est et ouest) identiques, *La Renommée retenant Pégase* (par Eugène-Louis Lequesne), cependant que le sommet reçoit l'ensemble formé par *Apollon couronnant la Poésie et la Musique*, d'Aimé Millet. Ce groupe, haut de 7,50 m et d'un poids de treize tonnes, fait office de paratonnerre ; il est en bronze naturel, seule la lyre étant dorée ; il a été sculpté directement sur le chantier par Millet, puis réalisé en six mois en 1869 par l'atelier Denière, et enfin assemblé en deux mois au sommet de l'Opéra en 1870.

Quand ils redescendent pour retrouver Ludwig, Birgit n'est pas encore revenue à elle, paraissant droguée, comme si elle avait été entraînée dans un voyage imaginaire dans le ciel de Paris. Jamais elle n'oubliera ce qu'elle vient de vivre.

À première vue, Ludwig a disparu.

— Tu ne croyais pas qu'il allait nous attendre planté là, lâche Nikolaus.

— Mais où est-il, maintenant nous allons devoir le chercher et je commence à avoir mal aux pieds ? se plaint Birgit.

— Quand tu es à Paris, le mal aux pieds est chose courante, il faut le supporter. Je meurs de soif, on va chercher le premier bar et tu paries que papa ne sera pas loin.

— À t'entendre, tu ferais passer ton père pour un ivrogne.

— Tu fais le pari ?

— Non, tu m'énerves avec tes bêtises.

Bras dessus bras dessous, Birgit et Nikolaus s'en vont à la recherche de la première brasserie en vue.

37

Le lendemain, après quelques emplettes, les trois membres de la famille Friedrich sont prêts à rejoindre l'aéroport de Paris pour atterrir à celui de Limoges-Bellegarde. Ils seront dans la ville de la porcelaine avant le dîner qu'ils prendront à l'hôtel Brit. Ludwig a choisi un hôtel Spa pour que Birgit puisse se détendre avant la soirée. Ce genre d'attention qu'elle n'a jamais connue durant son enfance la comble de bonheur et de gratitude de la part de cet homme qui est devenu son époux.

Dans l'avion, elle demande à Nikolaus s'ils avaient visité une usine de porcelaine à Limoges avec le lycée, ce qui serait le comble pour elle s'il ne l'avait pas fait. Son fils lui répond qu'en effet, ils sont passés en voir une, juste une paire d'heures, mais qu'il n'en a pas parlé, car pour lui l'important n'était pas là. C'est là que mort de honte, il réalise qu'il n'a rien rapporté à ses parents. Il s'excuse auprès de sa mère et lui dit qu'il sera ravi d'en visiter une avec elle et de lui acheter avec son argent de poche un petit souvenir.

Dès qu'ils sont à l'hôtel, Nikolaus décide de téléphoner à Pauline pour lui dire qu'ils sont enfin arrivés et lui spécifier le jour où ils iront chez eux à la ferme. Il en a discuté avec ses parents qui ont arrêté le 24 août. Ils auront un jour avant pour se rendre à l'usine de porcelaine J.L Coquet, une maison très renommée.

— Allô Pauline.

— Ah c'est toi, Nik, comme je suis heureuse de t'entendre, tu me manques, il me tarde de, enfin j'ai hâte de… t'embrasser.

— Idem, ta bouille et tes petites manies me manquent aussi. Je t'appelle pour te dire que nous pourrions venir le matin du 24 août pour une visite à Oradour et puis, nous pourrions déjeuner à Oradour, le nouveau village, passer l'après-midi à visiter la nouvelle église, revenir peut-être au village martyr et puis le soir, dîner chez tes parents. Nous repartirons le soir même pour Limoges.

— C'est génial, je vais le dire à ma mère, elle est en congé, pour mon père, je vais tout faire pour le faire venir dans le village, mais tu sais, il est très spécial. Déjà, il a accepté que vous veniez à la maison, crois-moi, c'est beaucoup venant de sa part. On ne se verra qu'un jour, c'est dommage.

— Non, j'ai parlé avec ma mère qui me permet de venir passer la journée du lendemain avec toi, tous les deux seuls. Je viendrai en bus, ils viendront me rechercher le soir, enfin, on s'arrangera, mais nous aurons notre journée. Nous pourrons ainsi discuter de tout ce qui se sera passé la veille à Oradour et des réactions des uns et des autres.

— Tu fais des progrès incroyables en français, moi, j'ai honte, je ne suis pas à ton niveau concernant l'allemand.

— Je te pardonne, l'allemand, il y a des déclinaisons, c'est fastidieux, mais je ne connais aucune langue aussi belle que le français.

— C'est vrai ! s'exclame Pauline étonnée.

— Oui, elle est belle, tout est beau en France.

Pauline se sent rougir de l'autre côté du téléphone.

— Les filles françaises te plaisent alors.

— Toi, tu me plais et tu es Française, ça me suffit.

— Merci, je suis flattée. Bon, pour changer de sujet, je t'appelle tout à l'heure pour te confirmer les dates, mais il ne devrait pas y avoir de problèmes. J'ai hâte, comme j'ai hâte.

— Et moi donc, répond Nikolaus, trop heureux de ces deux jours qui s'annoncent.

L'hôtel Brit est luxueux, situé en centre-ville de Limoges, en face de la gare de Limoges Bénédictins.

— Paraît-il que c'était un relais postal au 19e siècle, précise Ludwig.

— Ici, on va être bien, c'est accueillant et enchanteur, répond Birgit sur un nuage depuis le départ de Berlin.

— Nous dînerons vers 21 h, tu peux profiter du spa si tu le veux, il y a une piscine intérieure, un hammam et même un sauna.

— Le sauna, mais pourquoi, je suis mince, bon j'ai un peu de ventre, c'est vrai ? ironise Birgit en se pinçant son petit bourrelet.

— Je t'aime comme tu es et tu es belle, et en plus, tu le sais.

— Mais non, je ne le sais pas, souligne-t-elle, je ne suis pas aussi narcissique que toi.

Tout en se préparant pour le spa, Birgit se risque à parler d'Oradour à son mari.

— Je ne veux pas que ce soit une corvée pour toi, mais cela fait tellement plaisir à notre fils. Tu étais si réticent au départ, il ne fallait pas t'en parler. Je te remercie encore pour ce que tu as fait et ton retour vers Nik.

— Il m'a ouvert les yeux. Je ne me force pas, je suis fier de me rendre là-bas, d'oser le faire pour mon pays, rendre hommage à tous ces gens.

Birgit regarde son mari avec complaisance.

— Je suis fière de toi, si fière.

Elle se replonge dans ses affaires pour en sortir un maillot de bain. Ludwig s'immobilise un instant et pose son regard bleu sur sa femme. Il se souvient de son esprit vif, son humour irrévérencieux, sa bonne perception des choses, sa forte foi méthodique et ce qui lui plaisait par-dessus tout, son affection toujours plus forte au cours des années. Il se rappelle les lettres rieuses où elle lui avouait qu'il était en train de devenir son Dieu.

Nikolaus est déjà parti visiter cet endroit de la ville, d'une nature curieuse, il aime bien arpenter les lieux inconnus. Cela lui permet de penser, d'envisager un peu son avenir, ce qu'il veut faire. On va tout droit où l'on doit aller, se dit-il, est-ce le hasard ou non ? Pauline, Oradour, la rencontre de leurs parents, tout ce qui doit se rencontrer le fait un jour ou l'autre. Et cela autant dans le bon sens que dans le mauvais. Il reconnaît qu'il est jeune et qu'il ne peut encore faire une vie d'homme avec femme et enfants, Pauline le voudrait-elle seulement, encore si jeune elle aussi ? Comment ne pas se perdre, comment ne pas un jour passer à autre chose, la vie est longue, tentante, déviante ?

Il s'assoit à la terrasse d'un café, des musiciens jouent du saxo. Il fait chaud, et le coca qui coule dans sa gorge le réjouit autant qu'une oasis en plein désert. Oui, on va où l'on doit aller et si le destin l'a décidé, il reverra Pauline après, si le destin ne le veut pas, cela ne se fera pas. Les plus belles joies viennent par surprise, pense-t-il, en regardant une fillette boire sa menthe à l'eau avec une paille.

Les événements les plus effrayants viennent aussi du destin, d'une certaine fatalité comme les SS à

Oradour-sur-Glane en ce jour du 10 juin 1944. Les habitants étaient condamnés d'avance, le village Oradour avait été choisi, tout était planifié avec deux ou trois coups de dés bien lancés. L'inqualifiable devait arriver en ce jour maudit, l'explosion dans l'église, l'encerclement du village, les groupes, la séparation. Ah, si c'était aujourd'hui, avec les téléphones portables, avec BFM, avec le numérique, ils auraient su pour Tulle, et ils se seraient tous enfuis, enfin, Nikolaus le présume, comme Robert Hébras l'avait aussi supposé dans une interview.

Nikolaus finit son verre, adresse un sourire à la petite fille blonde qui le lui rend. Il laisse un pourboire et se lève pour revenir à l'hôtel. Il va passer la soirée en famille, profiter d'eux tant qu'ils sont là, bien vivants. Demain matin, ils iront visiter l'usine de porcelaine J.L Coquet, maison renommée pour la pureté et la délicatesse de sa porcelaine et pour son savoir-faire traditionnel. Il le fera pour elle, pour celle qu'il aime aujourd'hui plus que personne d'autre, sa mère.

À son réveil, Pauline découvre un petit texto de Nikolaus. « *Aujourd'hui, visite d'une entreprise de porcelaine pour faire plaisir à ma mère, je te raconterai ce soir, bonne journée, ma belle* ».

Elle s'étire dans son lit, elle sent déjà les rayons du soleil frapper contre les volets entrebâillés. Elle est nue comme un ver, elle passe une nuisette qui ne lui sert que pour circuler dans la maison. Elle descend à la cuisine pour se faire un chocolat chaud et au passage attrape la bouteille de jus d'orange dans le frigo.

Il n'y a personne dans la maison, sa mère est sûrement en courses, elle craint toujours d'oublier quelque chose pour le grand soir. Son père doit être avec les bovins en stabulation. Elle aperçoit Zoé qui lit une bande dessinée sur le banc devant l'abreuvoir principal. Elle ne se sent aucun point commun avec cette petite chipie qui lui mène la vie dure. Pauline voulait un petit frère, mais Zoé est arrivée pour la plus grande joie de son père. « *Ce sont des filles, disait-il, mais elles seront aussi vigoureuses que des garçons pour m'aider* ». Il avait vite déchanté avec Pauline, maintenant il mettait tous ses espoirs dans la petite dernière.

Après un bon petit-déjeuner, la famille Friedrich au grand complet sort de l'hôtel Brit pour se rendre à la fabrique J.L Coquet à 25 kilomètres de Limoges. Le responsable des voyageurs a commandé un taxi. Birgit est radieuse, elle va enfin visiter une usine de porcelaine artisanale.

Sur les lieux, la chaleur commence à se faire sentir. Birgit a prévu une petite bouteille d'eau pour chacun. Arrivés à Saint-Léonard de Noblat, au bord de la Vienne, ils découvrent enfin les établissements J.L Coquet qui perpétuent la tradition de la porcelaine de Limoges. Comme à l'opéra, la famille suit le guide, un homme d'une cinquantaine d'années vêtu d'une blouse blanche. Il les invite à le suivre et leur adresse les premières informations.

— La marque Jean-Louis Coquet existe depuis 1963, mais la manufacture où elle est établie fonctionne depuis 1824. Les porcelaines Coquet s'inscrivent ainsi dans la lignée des frères Pouyat, connus pour leur Blanc Pouyat. Le blanc Coquet, lui, est souvent rehaussé d'or ou de platine. Les collections réinventent un classique moderne et certaines de ces créations sont exposées au musée des Arts décoratifs de Paris ou au centre national Georges Pompidou. Les porcelaines décorées osent arborer des motifs plus fantaisie et des formes très découpées. Jean-Louis Coquet est un grand exportateur. Au bord de la Vienne, le magasin d'usine propose une magnifique porcelaine fine et culinaire, surtout en second choix, ainsi que des objets de décoration.

Tout en parlant, le guide dirige la famille et d'autres visiteurs dans la fabrique. Il leur mentionne que les établissements Coquet sont labélisés E.P.V. (entreprise du patrimoine vivant). Birgit ne rate rien des explications, elle retient que la pâte de porcelaine est faite de 50 % de kaolin, 25 % de quartz et 25 % de feldspath. Ces matières sont délayées dans de l'eau, puis broyées, mélangées, tamisées puis filtrées pour se présenter sous forme de galettes avant d'être transformées en pâte plus ou moins liquide. Après toutes les différentes explications, ils arrivent dans le magasin et retrouvent là la blancheur translucide de la matière, l'éclat des ors, le contraste des couleurs et la finesse des gravures qui sont les signes de distinction des collections de la marque.

Nikolaus s'isole à la recherche d'un petit cadeau pour sa mère. Il ne peut pas lui acheter un service entier, ce serait bien trop cher et ils ne pourraient pas le transporter, alors il se focalise sur une étagère où se trouvent de tout petits vases blancs, il en choisit un avec les rebords voilés comme une jupe de femme. Il le paie, se le fait envelopper. Il ne le donnera à sa mère que ce soir au cours du dîner à l'hôtel.

38

Oradour-sur-Glane, Limousin, fin 1944, 1945.

Après la destruction du village, les familles survivantes résident dans des baraquements en bois, puis dès 1953, dans une vingtaine de la grosse centaine de logements reconstruits non loin du village martyr, le « nouveau bourg », dont seule la rue conduisant de la place principale aux ruines porte un nom, « *l'avenue du 10 Juin* », les six autres rues ne recevant un odonyme qu'en 1992.

Jusqu'au début des années soixante, les habitants observent un deuil permanent et Oradour est une ville morte, où ne sont célébrés ni communion, ni baptême, ni mariage, sans aucune activité festive, où la seule vie associative est constituée par les activités organisées par l'Association nationale des Familles des Martyrs d'Oradour. Selon le médecin du nouveau bourg, le docteur Lapuelle, « *à l'époque, le bourg était d'une extrême tristesse. Des rues désertes. On voyait peu de gens. Et surtout, ce qui frappait, c'est qu'on ne voyait pas d'enfants. Et cette tristesse était quelque chose d'indescriptible. Surtout, il existait à l'époque une drôle d'ambiance dans l'Association des familles qui était encore sous le choc du massacre et qui pensait qu'il fallait observer un temps de respect du deuil dans ce pays* ». Pour certains, comme Jeannette Montazeaud, la proximité des ruines est pesante : « *La seule chose que je n'aime pas, c'est que le nouveau bourg soit si proche. J'aimerais pouvoir ouvrir ma fenêtre et ne pas voir les ruines* ».

Robert Hébras dira que pendant quelque temps, jusqu'en 1948, le tramway continuera à traverser les ruines du bourg.

Le deuil permanent se révèle être un lourd fardeau pour les habitants, et particulièrement pour les jeunes. Amélie Lebau, qui avait quinze ans en 1944, ne peut porter des vêtements de couleur qu'après son mariage : « *Comment vous dire ? Moi, le deuil a été quelque chose qui m'a terriblement marquée. Affreusement marquée, je dirais. Défiler tous les dimanches en noir dans le vieux bourg devenait presque un supplice. Parce que, bon, on y rencontrait toujours des gens qui avaient souffert, on parlait des morts et on ne parlait jamais de la vie* ». Albert Valade souligne « *qu'il n'y a plus d'enfants* ».

Avec le temps et l'arrivée de nouveaux habitants, la vie sociale reprend peu à peu, même si les interdits restent nombreux, comme le note avec humour le *docteur Lapuelle* en 1988 : « *Nous avons fait un acte de rébellion cette année. Le pharmacien a fait refaire son crépi ocre jaune, sur la place. Nous avons émis un signe de révolte. Et dans les années qui viennent, nous allons faire la mairie, la poste, les bâtiments publics en jaune. C'est quand même plus gai* ».

Oradour-sur-Glane, Limousin, un 24 août, de nos jours.

Chapitre 38

Dans le bus qui le conduit à Oradour-sur-Glane, Ludwig Friedrich est nerveux, il s'agite. Il va enfin voir cet Oradour dont il a plus entendu parler qu'il n'a voulu le dire à sa femme et son fils. Il a du mal à imaginer que presque 80 ans en arrière, des soldats allemands se dirigeaient aussi vers ce petit village tranquille de Haute-Vienne. Des Allemands, comme lui, comme Birgit, comme Nik. Il regarde son fils devant lui, celui-ci appuie sa tête contre la vitre, avec ses écouteurs dans les oreilles. Il est conscient que la plupart des recrues de la Waffen SS qui opèrent leur crime ce jour-là ont plus ou moins l'âge de Nikolaus. Des gamins, dont certains enrôlés de force, qui vont obéir à des ordres machiavéliques et pour certains le faire sans se poser aucune question.

Alors une tempête d'interrogations surgit dans la tête de Ludwig, et lui, qu'aurait-il fait ? Non, il ne faut qu'il pense à ça, il n'aurait pas pu, non, pas les femmes, pas les enfants, pas des hommes innocents. Une larme coule sur sa joue. Heureusement, Birgit lit et ne perçoit pas son désarroi.

Le soleil brille sur la route qui mène à Oradour. Le chauffeur du bus a compris à leur accent et leur langue qu'il s'agissait d'Allemands. Il les regarde dans le rétroviseur. Voilà, se dit Ludwig, voilà une des raisons pour laquelle il ne voulait pas venir, le regard des autres. Et comme fait exprès, il va même manger ce soir chez des gens qu'il n'a jamais vus, dont il ne connaît rien, et dont le père est réfractaire aux Allemands, autant aller se jeter dans la gueule du loup.

Birgit lève les yeux de son livre et regarde à l'extérieur.

— On devrait arriver bientôt. Qu'as-tu, tu es pâle ?

— J'ai un peu chaud, répond idiotement Ludwig.

Birgit fait semblant de le croire, mais elle le connaît bien, son mari, et elle sait que ce qu'il va faire lui pèse beaucoup. Il le fait pour Nikolaus, mais Birgit pense qu'au fond, il le fait aussi pour lui, pour en finir avec tout ça, cette omerta familiale qu'il a décidé de mettre à jour.

Au même instant, Virginie Couderc est déjà prête. Elle veut faire bonne impression aux parents de Nikolaus, et si ce garçon devenait son gendre un jour, qui sait ? Elle refait le menu dans sa tête, tout est-il fin prêt ? La salle à manger est-elle bien propre ? Elle refait le chemin de l'entrée à la cuisine, de la cuisine à la salle à manger, de la salle à manger aux toilettes. Bon, rien ne traîne, tout est en place.

Elle entend Olivier descendre l'escalier.

— Voilà, je suis prêt pour la visite, dit-il fier de lui, vêtu d'un jean noir et d'une chemisette beige.

— Tu vois que tu y arrives à t'habiller normalement quand tu veux.

— Je me passe de tes commentaires, je fais tout ça pour la petite.

— C'est bien, tu as pris la bonne décision.

— Heureusement qu'ils ne restent pas dormir à la maison, déjà que je ne vais pas les comprendre.

— Oui, je t'avoue que je suis aussi soulagée qu'ils passent la nuit à l'hôtel. Si en plus du menu et de la table, il m'avait fallu assurer le ménage des chambres et la literie, je serai dans un état, je ne te dis que ça.

Pauline est la dernière à descendre, elle porte une jupe longue à fleurs bleu marine et un tee-shirt blanc.

— Tu es superbe, s'exclame sa mère.

— Il faut que je plaise à Nik, je veux qu'il parte en Allemagne avec des étoiles plein les yeux, confie-t-elle remplie d'enchantement.

— Je te rappelle qu'il s'agit d'une visite très sérieuse et non d'un rendez-vous galant.

— Je le sais, même plus que toi, je pense. Nous n'allons pas faire une visite en amoureux, mais, comment dirais-je, une sorte de pèlerinage, une communion sur le terrible passé ?

Après les dernières recommandations faites à Joe pour les bêtes et à Zoé pour qu'elle se tienne tranquille, la famille Couderc se dirige vers la voiture pour se rendre à l'arrêt de bus d'Oradour afin d'accueillir la famille Friedrich.

— Mais je le connais le village, souligne Olivier pour la énième fois depuis trois jours. Ça me rend triste d'aller là-bas.

— Tu le connais, certes, mais aujourd'hui tu vas le voir sous un jour nouveau.

— Comment ça ? Parce que je m'y rends avec des Allemands, mon Dieu, mon grand-père va se retourner dans sa tombe.

— Laisse papi Claude où il est, il était de cette époque, du passé, aujourd'hui c'est différent.

— C'est quoi la différence ? Ce seront toujours des boches qui ont massacré le village.

— Si tu répètes ce mot, papa, je ne te parle plus. Et surtout, ne le prononce jamais devant Nik, il souffre tellement que ce soient des gens de son pays qui ont commis cette atroce tuerie.

— On arrive, lance Virginie, on ne parle plus de tout ça.

La barrière de la langue n'a pas arrangé les premiers moments. Chacun restant plus ou moins sur son quant-à-soi. Pauline et Nikolaus réchauffèrent rapidement l'atmosphère avec des sourires et des traductions qui finirent par lever un peu de la froidure du départ. Les deux adolescents ne voulaient surtout pas qu'un seul instant de cette rencontre qu'ils avaient tellement bien mise au point soit gâché.

Devant le Centre de la Mémoire où ils allaient entrer, Nikolaus prend la main de Pauline, tout naturellement, leurs deux peaux s'attirant comme un aimant. Personne ne semble contre ce rapprochement qui jusque-là a fait des miracles. Laissons-les nous guider, pense Ludwig, en suivant le mouvement. Nikolaus commence à sentir cette émotion, la même qu'il avait ressentie un mois plus tôt, en découvrant les photos tapissant un mur du Centre.

Il laisse la main de Pauline pour prendre celle de son père.

— Ils n'avaient rien fait, papa, rien fait, sinon que de vivre.

— Oui, je sais, je sais plus de choses que tu ne crois.

Nikolaus se retourne vers son père étonné.

— Oui, je connais cette histoire, cet épisode terrible, mais les anciens du parti disaient qu'il fallait oublier, que c'était une erreur, quelques carreaux cassés dans une lutte contre les maquisards.

— Quelques carreaux cassés !

— Oui, c'est ainsi qu'ils en parlaient quand j'étais enfant. Moi je ne savais rien, j'étais si jeune, puis un jour je me suis penché dessus et j'ai compris à quel point cette action avait été abominable.

— Tu ne leur en as jamais parlé ?

— Non, jamais, quand j'osais y faire allusion, mon grand-père faisait un geste passant son doigt devant sa bouche sans rien me dire, juste ça, tais-toi.

— C'est pour cette raison alors que tu ne voulais pas que j'y aille. C'est pour ça que tu as cédé enfin.

— Oui, en quelque sorte, mais aussi pour toi, pour moi qui refusais d'abdiquer de cette idée de famille qui mettait les SS au-dessus de tout.

39

Quand il pénètre dans la rue centrale d'Oradour, Ludwig sent son émotion monter petit à petit. Je ne pourrai pas aller jusqu'au bout, je n'aurai pas la force d'atteindre l'église, pense-t-il en serrant plus fort la main de son fils. Nikolaus sent le trouble de son père.

— Tu peux me tenir la main jusqu'au bout, tu sais.

— Non, je la lâcherai, il faut que j'assume ma décision d'être ici, mais restons ainsi pour le moment.

De son côté, Pauline reste proche de son père qui est ému, mais pas pour les mêmes raisons. Virginie Couderc et Birgit Friedrich ferment la marche côte à côte, bien conscientes des efforts de leur mari et satisfaites de l'abnégation dont ils font preuve devant les enfants.

Le crissement de leurs pas sur la route menant au Champ de foire est le seul bruit que l'on entend, il n'y a pas beaucoup de visiteurs ce matin à Oradour.

Le père et le fils continuent leur visite main dans la main et personne ne tente rien pour les séparer. De son côté,

Pauline reste près de son père. Elle ignore ce que se sont dit Ludwig et Nikolaus, mais elle sent que c'est bien, que ce qu'il se passe est positif. Le ciel est d'un bleu éclatant comme pour participer à ce jour, pour envoyer un message aux visiteurs, leur faire comprendre que la vie revient, la vie revient toujours. Comment imaginer ce qu'il s'est passé ici, comment se mettre à la place des sacrifiés ? C'est impossible, il faut l'avoir vécu pour le comprendre, oui pour comprendre, mais pas pour s'associer à la douleur des habitants.

Le deuxième passage dans le village martyr ne signifie pas le même geste pour Nikolaus, il ne découvre pas, il partage, avec son père, sa mère, et les autres présents à ses côtés. Il explique à son tour, il prend les devants. Face à la maison de Robert Hébras, le dernier rescapé, il s'arrête. Il leur fait sentir qu'avant ce 10 juin fatal, il y avait des maisons, il y avait des gens dedans, il y avait des plats qui mijotaient, il y avait des enfants qui dormaient, il y avait des repas en famille, il y avait de la joie et que du jour au lendemain, c'était terminé, il n'y avait plus rien. Robert Hébras a dit *« le soir du 10 juin 1944, je suis devenu un homme »*.

Nikolaus n'aime pas prendre des photos dans un lieu si chargé d'histoire et de souffrance, mais il décide de saisir quand même quelques clichés pour son rapport, et surtout pour garder présent le souvenir de cette visite en compagnie des êtres qu'il aime le plus au monde, sa mère, son père et… Pauline. Pour l'instant, ce sont les trois personnes qu'il ne veut pas perdre, dont il a besoin pour vivre, pour avancer.

La chaleur commence vraiment à se faire sentir, les jeunes ont tout prévu dans leur sac à dos, bouteilles d'eau et biscuits secs. Quand Virginie réalise tout ce qu'ils ont organisé tout seuls, elle est très fière de sa fille, elle comprend soudain qu'elle ne la verra plus jamais de la même façon. Pauline est devenue une femme, sûre de ses sentiments, sûre de ses convictions. Elle observe Nikolaus sous un nouveau jour, ce garçon a réveillé Pauline. Il lui a montré d'autres choses, il l'a guidée vers l'âge adulte sans le vouloir, se dit-elle, juste parce qu'il l'aime, à sa façon, celle d'un adolescent, mais après tout l'amour n'appartient pas qu'aux grandes personnes.

Sans se parler, comme si elles avaient un accord, Virginie et Birgit se tiennent à l'écart, pas physiquement, mais spirituellement. Elles savent qu'ici, aujourd'hui, cela se passe entre deux adolescents et deux pères. La visite continue et quand ils arrivent au Champ de foire, comme l'avaient fait leurs professeurs avant eux, Pauline et Nikolaus détaillent, ils montrent l'horreur, la simple vérification de papiers qui va devenir un immonde tri d'êtres humains. Un rassemblement qui se transformera en déchirure, une séparation qui fera même espérer à quelques hommes présents que les SS ont décidé d'épargner les femmes et les enfants.

Les SS ne voient plus des êtres humains ce jour-là. Le mal a rongé leur cerveau. Ils ne sont plus en mesure de plaindre ou d'épargner. Nikolaus a lu le livre de Serge de Sampigny « *Dans la tête des SS* », il a été bouleversé par les dires de ces bourreaux qui pour la plupart revendiquent leurs actions. Très âgés, parfois sous la menace de poursuites judiciaires, ils ont coulé des jours tranquilles en Allemagne, en Autriche, en France, en Belgique, en Grande-Bretagne ou ailleurs. Le but de l'auteur, faire comprendre ce que ces hommes avaient dans la tête quand ils servaient avec zèle le régime d'Adolf Hitler. Ces initiés, défenseurs de l'ordre nazi, complices de massacres et de génocides, racontent leur enthousiasme, dénient leurs crimes, revendiquent leurs préjugés. Un livre qui sous-entend encore aujourd'hui l'existence de criminels qui menacent au nom d'une nation, d'une race ou d'une religion.

— Il y a trop à dire, reprend Nikolaus, on nous a tellement raconté. Mais l'important, c'est le souvenir, et aussi ce jour que nous partageons ensemble pour enterrer une fois pour toutes les mensonges et les non-dits.

— C'est tout à fait ça, répond Ludwig, nous nous souviendrons de cette journée longtemps, même toujours, je pense.

— Oui, toujours, appuie Pauline en se rapprochant de son père.

— Je connais Oradour depuis mon enfance, j'en entends parler, raconte Olivier qui semble sortir de sa léthargie. J'y suis venu, enfant, je n'ai pas honte de le dire, on a même joué ici, dans les ruines, mais quand on est gamin, on n'a pas la valeur des choses, des êtres, des lieux.

— Ce n'est pas d'avoir joué ici qui est grave, Olivier, reprit Ludwig en allemand, traduit par Nikolaus, il est plus condamnable d'avoir étouffé Oradour comme moi je l'ai fait, comme mes aïeuls l'ont fait avant moi, allant même jusqu'à le nier. Je te remercie mon fils devant eux, ceux d'ici, je te remercie cent fois de m'avoir emmené ici.

Nikolaus baisse les yeux, des larmes coulent sur ses joues. Alors qu'ils continuent leur chemin, il aperçoit l'église, et de loin, les escaliers que les suppliciés ont dû emprunter, alors que certaines d'entre eux, les femmes les plus âgées, devaient comprendre qu'elles allaient à la mort.

Tout est dénudé aux alentours de l'église, les murs sont noircis, sans un signe de vie, d'herbes, comme si même la nature avait voulu la protéger telle quelle.

L'émotion du groupe est à son maximum quand ils s'arrêtent devant le calvaire rouillé à gauche de l'entrée. Ludwig s'en veut de ne pas pouvoir lire ce qui est mentionné sur la pierre derrière le Christ altéré.

— Je vais te le lire, papa.

Et Nikolaus commence à lire en allemand les mots inscrits dans la pierre. « *Oradour-sur-Glane, silence, des centaines de femmes et d'enfants furent massacrés par les nazis. Vous qui passez, soyez recueillis, vous qui croyez, faites une prière pour les victimes et leurs familles. Sur le bourg en ruines, seuls restent debout dehors le christ en croix, dedans, Notre Dame de Lourdes et Bernadette. Venez à moi, vous qui souffrez, dit le Christ. Faites ce qu'il vous dira, dit la vierge. Requiescat-in-pace. Qu'ils reposent en paix, car ils sont vivants dans l'éternité* ».

Ludwig, ému aux larmes, s'avance et touche le Christ, un froid le parcourt, il ne sait pas s'il va pouvoir se rendre à l'intérieur, il le faut, se persuade-t-il, il le faut pour moi, pour mes ancêtres qui n'ont rien compris, pour mon fils qui s'est tant battu pour m'emmener jusqu'ici.

Alors, le groupe silencieux monte les marches qui conduisent dans l'église. Tout de suite, au fond, ils aperçoivent le maître-autel, plus clair que les murs, et qui a assisté au drame. Les dalles au sol sont abimées, parfois brunies, parfois soulevées. On distingue bien la limite de l'autel et du lieu de prière. La voute a disparu, laissant entrer un soleil puissant en ce jour de fin août. Ils s'avancent, ils regardent, ils s'étiolent de l'intérieur en visitant les enfoncements où sont encore présents les impacts des balles sur les murs.

Comme ils s'approchent du maître-autel, placé sur l'axe de la nef, Ludwig fixe les fenêtres où se trouvaient les vitraux. Nikolaus lui a déjà dit que la seule rescapée avait franchi celui du milieu, le plus grand, grimpant sur un escabeau qui servait à allumer les cierges.

Nikolaus se sent mal lui aussi comme la première fois qu'il était entré ici avec ses camarades de classe. Il sent surtout l'émoi de son père, et celui du père de Pauline, qui, lui semble-t-il, n'ont qu'une envie, sortir de là.

Alors, Nikolaus, abrège volontairement la visite. Il ne leur parlera pas des cris, des flammes terribles, des balles, des deux enfants trouvés carbonisés dans la sacristie, ils verront juste un morceau de la cloche fondue, un autel latéral, un cul-de-lampe, les vestiges d'une statue et la cuve baptismale.

Enfin, ils sont dehors. Ludwig Friedrich respire un peu mieux, il soupire. Il s'assoit sur un muret. Il demande de l'eau, les autres se rafraîchissent aussi. Et soudain, voyant que l'émotion ne redescend pas, Virginie prononce une phrase irréelle.

— On sort du village, on va prendre un café ou n'importe quoi d'autre à la maison. Je crois qu'on en a tous besoin, non ? Finalement, on va déjeuner à la maison, on verra pour ce soir, tout est déjà prêt

— Oui, ma chérie, répond Olivier, on s'en va.

Olivier Couderc se retourne vers sa fille qui compatit d'un signe de tête.

Ils se serrent tous dans la voiture de Virginie pour rejoindre la ferme. Elle est grande et peut contenir six personnes, serrées certes, mais le chemin est court. Le soir, c'est Virginie et Pauline qui conduiront Ludwig, Birgit et Nikolaus à l'hôtel à Limoges. Pour l'heure, le temps est au réconfort. Ludwig a du mal à lâcher ce qu'il vient de ressentir, c'était trop dur, trop soudain pour lui. Il se met à l'écart pendant quelques minutes, le temps que Virginie, Olivier, Pauline et Birgit préparent l'apéritif.

Nikolaus s'approche doucement de son père, il perçoit ses yeux rougis.

— Je ne pensais pas que tu serais aussi touché, papa, pardonne-moi, je n'aurais peut-être pas dû.

Ludwig adresse un sourire à son fils, passe son bras sur son épaule.

— Oh non, tu as raison de me faire vivre ça, je serai intraitable quand on me parlera d'Oradour, je parlerai d'eux, je ne les oublierai jamais, même si je ne les ai pas connus. N'aie aucun regret, tu as fait le bon choix.

40

Le père de Pauline se tient si tranquille qu'on le croirait mort ou malade. Il fait preuve d'une sombre résignation. Ce soir-là, chez les Couderc, ce sont surtout les enfants qui parlent. Zoé qui demande comment ça s'est passé avec un intérêt enfantin. Pauline et Nikolaus qui traduisent tout ce qui se dit. L'ambiance finit par remonter après quelques verres de vin. Il y a un mur entre les deux couples, celui de la langue. Toutefois, chacun tente à son tour de réduire cet obstacle.

— Ce n'est pas facile, conçoit Pauline, de vous retrouver tous les quatre autour de la même table alors que personne ne comprend ce que dit l'autre.

— Ne t'inquiète pas, assure sa mère, ils ont aimé ma cuisine et nous avons des émotions en commun, et aussi deux enfants qui s'entendent à merveille.

— C'est vrai, répond Nikolaus, puis il se tourne vers sa mère, Birgit.

— Tu es heureuse d'être ici, maman, bien que tu ne comprennes pas le français.

— Oui, affirme Birgit, ces gens sont charmants et nous sommes si bien reçus. D'ailleurs, tu vas m'apprendre le français, comme cela, si nous revenons ou s'ils viennent en Allemagne, nous pourrons communiquer davantage.

— Quelle bonne idée ! s'enthousiasme Nikolaus, oui, c'est ça, on va tous parler français, même toi papa, dit-il à son père qui avale une gorgée de vin délicat.

— C'est d'accord, affirme Ludwig.

— Ils veulent apprendre le français, explique Pauline à ses parents.

— C'est bien, au moins, on va se comprendre.

— C'est tout ce que tu dis, papa, il faut les remercier pour cet effort.

— Dis-leur que je les remercie beaucoup, mais si vous comptez tous que j'apprenne l'allemand, je préfère vous dire que c'est peine perdue, assure Olivier Couderc.

Pauline se mit à rire à gorge déployée en imaginant son père penché sur un livre de langue allemande.

— Non, on va t'épargner ça, n'est-ce pas, Nik ?

— Oui, monsieur Couderc, l'important c'est que les femmes se comprennent, quand les femmes s'entendent, tout va mieux, non ! ironise-t-il en tapant du coude Pauline qui déguste sa part de clafoutis aux cerises.

Le repas de midi se termine dans la bonne humeur. Soudain, Olivier Couderc s'excuse, car il a besoin de sa petite sieste.

— Oui, monte, on va rester ici à discuter avec Birgit, Ludwig et les enfants.

— Papa, si tu veux faire une sieste toi aussi, je sais que tu la fais souvent…

— Oh pardon, M. Friedrich, interpelle Virginie, nous avons une chambre d'amis, vous pouvez aller vous y reposer un peu.

— J'avoue que j'accepte, répond en allemand Ludwig regardant son fils qui traduit immédiatement. Mais appelez-moi Ludwig.

— Bien Ludwig, nous allons boire un thé ou du café sur la terrasse, elle est à l'ombre. À moins que Birgit veuille aussi faire une petite sieste.

— Non, réagit Nikolaus, ma mère ne fait jamais la sieste.

Les hommes partis se reposer, les deux femmes et les deux adolescents s'installent sur la terrasse ombragée, Birgit et Virginie ont l'air d'apprécier ce moment convivial. Pauline et Nikolaus sont émerveillés par cette journée qu'ils ont organisée et qui restera un très beau souvenir. Vers 16 h, alors que tous prennent un café sur la terrasse, Pauline propose la visite de la nouvelle église. Devant la mine déconfite de son père et aussi de Ludwig, elle se dit qu'il vaut mieux en rester là. Le plus important, c'était le village, les ruines d'Oradour, pour le reste, tant pis, on ne peut en demander trop, se dit-elle.

Fatigués par cette journée et toutes ces émotions, les Friedrich demandent aux Couderc s'ils peuvent revenir à l'hôtel avant le dîner. Ils ne désirent pas veiller trop tard, d'autant que Nikolaus revient le lendemain matin pour passer la journée avec Pauline. On s'embrasse, on se dit au revoir et à bientôt. Avant de passer la porte, Pauline demande aux parents de Nikolaus s'ils peuvent venir passer Noël à la maison. Virginie ouvre de grands yeux et en veut à sa fille de ne pas leur avoir demandé la permission avant d'en parler. On verra bien, répond gentiment Birgit qui a senti la gêne de la maîtresse de maison. Virginie les amène dans sa voiture à l'hôtel Brit de Limoges. Au retour, Virginie monte dans la chambre de sa fille.

— Dis donc, toi, on a été bien gentils, mais il ne faudrait pas exagérer, tu pourrais au moins nous demander si on est d'accord avant d'inviter des gens pour Noël.

— Maman, ils sont adorables, si j'avais demandé, tu aurais dit oui ? Eh bien voilà, j'ai eu raison. L'été prochain, c'est nous qui irons en Allemagne.

Virginie n'en croit pas ses oreilles, mais c'est quoi, se dit-elle, cette jeunesse qui n'en fait qu'à sa tête ? Heureusement qu'Olivier n'avait pas entendu la demande de Pauline à Birgit. Au moment de dormir, après réflexion, Virginie se dit que finalement, ce serait une bonne idée de les avoir pour Noël, il faudrait amener la nouvelle à son mari petit à petit. Quant à aller en Allemagne l'été, alors là, du point de vue d'Olivier, elle voyait ça comme l'ascension de l'Everest.

Pauline est fière d'elle. Elle a presque quatre mois pour persuader son père et sa mère de recevoir la famille Friedrich à Noël. Pour elle, tout est prétexte pour revoir Nik. Elle éteint la lumière et avant de s'endormir, elle a, comme à son habitude, une pensée pour eux, ceux d'Oradour, ceux qui sont toujours là-bas, à seulement quelques centaines de mètres.

Olivier Couderc s'est levé de bon matin pour s'occuper de ses bêtes. Il aime les premières lueurs du jour, quand il entre dans l'étable chaude, qu'il discute avec Joe déjà à la besogne pour nettoyer les sols, enlever le foin souillé et les bouses qui se sont accumulées pendant la nuit.

Quand il sort de l'étable, personne ne bouge encore dans la maison. Il se fait un café et sort dans le petit jardin jouxtant la cuisine. Il pense à son père, il le revoit en cette matinée de fin d'été où il fit avec lui un tour dans le jardin humide de rosée. C'était un grand et robuste gaillard aux cheveux courts et frisés, debout bien planté sur ses jambes de fermier aguerri, avec ses bottes embouées. Il sent encore l'odeur des poires qu'il cueillait par paniers, Olivier trouvait ses fruits d'ici irrésistibles.

Ce matin, Virginie doit conduire Pauline à l'arrêt de bus pour récupérer Nikolaus qui vient passer la journée.

Pauline a tout prévu, retour au village, rien que tous les deux. Cette obsession inquiète ses parents, mais la jeune fille sait dans son for intérieur que tout cela est sain et qu'ils ont déjà analysé les choses. Oradour, c'est leur affaire à eux, c'est là qu'ils se sont rencontrés, un Allemand et une habitante d'Oradour, une façon pour les adolescents de sceller leurs deux vies et de nourrir un espoir pour la paix.

Virginie a prévu le déjeuner, une salade de tomates, poivrons et oignons frais du jardin. L'après-midi, Pauline et Nik iront se promener dans les environs pour discuter, c'est ce qu'a dit Pauline, on va discuter. Virginie sait Nikolaus très sage, enfin du moins le pressent-elle ainsi, en espérant qu'ils n'aillent pas faire de bêtises aux conséquences qui pourraient être fâcheuses. Nonobstant, sa pudeur naturelle ne lui permet pas d'en parler à sa fille pour le moment et pourtant elle sait qu'elle devrait aborder ce sujet avec elle.

C'est vendredi et aujourd'hui, il y a beaucoup de monde au village martyr, il fait très beau et de nombreux touristes sont venus de bonne heure pour profiter d'une température moins élevée que l'après-midi. Dans la nuit, Pauline a eu une idée dont elle veut faire part à Nikolaus.

— Au fait, Pauline, mes parents sont d'accord pour venir à Noël, mais ma mère était un peu gênée par ta demande qui a mis tes parents au pied du mur.

— Il faut agir comme ça avec eux, sinon on n'obtient rien.

— Ce n'est pas très moral cela.

— Si si, avec eux ça marche et après ils sont contents. Mon père n'est pas encore au courant, je pense que ma mère n'a pas eu le courage encore de le lui dire, on va le préparer doucement, il faut le laisser macérer comme une bonne daube, plaisante Pauline.

— Tu crois qu'il dira oui ?

— Il n'aura pas le choix, affirme Pauline d'un ton exclusif.

— Tu m'as dit que tu avais pensé à une chose très intéressante, c'est quoi ?

— Attends, je vais te le dire, mais il faut aller à l'église.

— Pourquoi à l'église, tu sais que mon émotion déborde quand on va là-bas ?

— C'est important, il faut que l'on soit devant l'église.

Main dans la main, il traverse le village.

— Il y a du monde aujourd'hui, s'exclame Pauline.

— C'est la fin des vacances, les gens en profitent pour venir, c'est un lieu tellement connu et presque mystique.

— Ça me gênerait presque ce voyeurisme.

— Non, ôte-toi cette idée de la tête, plus il y aura de gens qui viendront, plus le souvenir des pauvres malheureux assassinés ce jour-là demeurera et la mémoire, c'est bon pour la paix, enfin la plupart du temps.

— Tu as raison.

Pauline s'arrête devant une ruine qui fut une école des filles.

— C'est presque le plus dur pour moi, dit-elle calmement, imaginer toutes ces petites filles, ravies d'être ensemble à l'école, qui jouaient peut-être au moment de l'arrivée des SS. Les quatre écoles ont connu l'horreur, 147 enfants, deux instituteurs et cinq institutrices. Le sort s'est acharné. Ces enfants n'auraient jamais dû se trouver là. C'est tellement injuste, une visite médicale ce jour-là.

Ils se recueillent quelques instants et poursuivent leur périple jusqu'à l'église. Là, devant les petits escaliers usés de tant de pieds qui ont foulé ce sol bien avant les victimes. Pauline se tourne vers Nikolaus et lui dit.

— Tu connais une rose couleur pourpre fuchsia ? demande Pauline.

— Non, mais je dois l'avoir déjà vue dans ma vie.

— Non, celle-là, tu ne l'as jamais vue, tu ne peux la connaître sous son appellation d'aujourd'hui.
— Pourquoi ?
— Parce qu'elle a été récemment baptisée « *Devoir de mémoire* ».
Nikolaus regarde Pauline, interloqué, mais où veut-elle en venir ? s'interroge-t-il.

41

Avec la joie de vivre, la bonté est l'une des principales qualités de Pauline. Sans elle, Nikolaus n'aurait jamais autant pris à cœur l'histoire d'Oradour, du moins, il le présume. À eux deux, ils ont puisé dans le passé, ils ont pris les autres en otages pour leur ouvrir les yeux, ils ont réussi leur défi. Pauline veut aller plus loin. Depuis qu'elle est au courant du baptême de cette rose « *Devoir de mémoire* », elle n'a qu'une idée en tête, la voir et en faire un symbole pour tous les deux dans les ruines d'Oradour.

Alors Pauline se lâche, s'exalte. Elle va et elle vient devant la petite église. Nikolaus reste calme, il observe Pauline qui se bat toute seule pour exprimer son idée, faire comprendre à son amoureux ce qu'elle veut accomplir avec cette rose.

— Nik, sais-tu ce que l'on va faire ? Cet hiver, à Noël, on viendra ici tous les deux et on mettra chacun une rose de chaque côté des escaliers menant à l'église. Ce sera notre façon de communier avec eux, ceux qui ont péri ici. Et aussi, ce sera une manière de nous unir pour la vie, au cas où elle nous séparerait.

— Rien ne nous séparera.

— Ne dis pas ça, la vie sépare souvent les gens qui s'aiment.

— Seule la mort me séparera de toi. Je t'aime tant.

— Tu m'aimes, murmure Pauline très émue.

— Oh oui, il n'y a plus de doutes aujourd'hui. J'aime tout chez toi, ton visage, tes cheveux, ton nez, ta bouche, tes dents si blanches, ta générosité, ta bonté, ton intelligence, ton corps svelte, tes jambes, enfin, et tant de choses que je ne peux te dire.

Ne sachant que répondre, Pauline se jette dans ses bras. Il la repousse doucement.

— Ce n'est pas le lieu, finissons ce que nous sommes venus faire.

— Tu as raison, réalise Pauline. Es-tu d'accord avec mon idée, c'est une bonne idée, dis-moi ?

— Oui, une magnifique idée, il faudra trouver cette rose, en hiver, crois-tu que ce sera possible ?

— Je me suis renseignée, la rose « *Devoir de mémoire* » fleurit de mai jusqu'aux premières gelées. On ira s'en procurer chez un pépiniériste qui les aura dans une serre. Nous en trouverons, je te le promets.

— C'est bien tout ça, oui, mais tu sais bien que nos roses ne vont pas tenir ici, sans eau, sans vase.

— Ce n'est pas grave, c'est le symbole qui compte. Que la rose flétrisse, c'est normal, mais le geste que nous ferons, lui, ne s'étiolera pas, il restera vivace dans notre cœur, et peut-être que les gens qui sont morts ici le sentiront de leur paradis.

Devant la naïveté de Pauline, Nikolaus n'a pas de mots. Après tout, pourquoi pas, personne n'est encore venu le dire. Pourquoi les victimes de cette journée ne sentiraient-elles pas leur geste ? Il voulut la laisser dans le doute, lui non plus ne pouvait répondre à cette question.

Sur le chemin du retour, Pauline ne cesse de parler, de raconter, investie d'une ardeur que Nikolaus ne lui a jamais vue.

— Ah, et puis, je ne t'ai pas dit la meilleure.

— Quoi ?

— Tu sais cette rose, la « *Devoir de mémoire* », elle a été inaugurée par le dernier rescapé d'Oradour, Robert Hébras.

— C'est vrai ?

— Oui, je t'assure, c'est lui en personne, c'est pour ça aussi que je veux faire cet acte, pour lui.

— Mais c'est formidable cette nouvelle, pourquoi ne m'en as-tu jamais parlé ?

— Parce que j'attendais le bon moment, et puis je ne le sais que depuis peu, en vérité. Et le meilleur moment pour en parler, c'est aujourd'hui, dans les ruines du village.

— Tes parents sont au courant de l'existence de cette rose ?

— Oui, c'est maman qui me l'a dit, j'en avais les larmes aux yeux.

— Ça ne m'étonne pas avec ton côté sensible.

Ils sortent du village comme on vient de faire une bonne action, apaisés, tranquilles et en même temps survoltés par l'enjeu de leur projet.

Après un bon déjeuner, pas de sieste pour les deux adolescents. Ils partent main dans la main dans le secteur d'Orbagnac sur lequel se trouve la ferme des Couderc. Ils veulent déconnecter quelques heures d'avec ce passé si dur et penser à eux, comme des amoureux ordinaires qui auraient pu se rencontrer dans un bal ou chez des amis communs. Ils marchent sans se parler, ils se comprennent dans ce silence, les plus grandes passions se passent de mots. Ils longent un pré dont l'herbe a jauni à la suite des grosses chaleurs. Ils atteignent un moulin, puis longent une forêt et empruntent un sentier dans les bocages. Plus loin, près d'une haie de châtaigniers, Nikolaus se tourne vers Pauline.

— On va s'assoir un peu, à l'ombre.

— Si tu veux.

Ils s'assoient l'un près de l'autre, le corps de Pauline légèrement penché sur celui du jeune Allemand. Nikolaus cueille un brin d'herbe, le porte à sa bouche.

— Tu imagines, Nik, on est là aujourd'hui, tous les deux, dans la nature. Un Allemand et une fille d'Oradour.

— Ça pourrait faire un livre.

— Ah, c'est vrai.

Nikolaus l'embrasse sur la joue et Pauline laisse glisser sa poitrine sur les jambes du garçon. Elle se sent bien, là, elle voit son visage d'en bas, remarque le fin duvet blond avec des reflets roux. Il ne sera jamais barbu comme mon père, se dit-elle.

— Tu as presque la même couleur de cheveux que mon père, avance Pauline.

— Je sais, j'ai remarqué. Comme mon père aussi, ce qui est déjà plus normal, plaisante-t-il.

— Moi, j'ai pris des deux, ma mère est châtain foncé et mon père blond.

— Ils ont fait une merveille, ton blond cendré est si beau.

— Je sais, s'enorgueillit-elle.

Il se penche pour lui donner un baiser, elle aime le goût de sa bouche, ornée de dents bien alignées. Elle n'avait jamais aimé être embrassée sur les lèvres, la salive, la langue, tout un truc qui la dégoutait. Mais lui, c'était différent, elle apprécie sa salive sans avoir envie que cela s'arrête.

Ce rapprochement soudain transforme son corps, elle se cabre un peu, se sent fondre, elle veut profiter, car elle sait qu'elle n'ira pas plus loin et que Nikolaus ne la forcera pas. Le flirt leur suffit, ils ont le temps.

— Je t'aime, ose-t-il en se dégageant.

— Moi aussi, je t'aime, mais c'est quoi aimer, je n'en sais rien ? j'ai envie d'être avec toi plus qu'avec personne d'autre au monde, c'est ça ?

— Sûrement, répond Nik, les yeux brouillés par le désir.

— Ma mère m'a dit un jour que beaucoup d'hommes ne cherchaient que le sexe, murmure Pauline qui comprend le désir du jeune homme.

— J'en connais beaucoup aussi, même dans mes fréquentations, mais heureusement, il y a des hommes qui cherchent aussi le sentiment et l'amour. Mais tu sais, il y a aussi des femmes qui ne veulent que coucher avec un garçon.

— Pas moi, s'exclame Pauline.

— Je le sais et d'ailleurs si un jour on fait l'amour, ce sera muri, jamais je ne te manquerai de respect.

Il fait mine de se lever, Pauline le suit et ils continuent leur promenade vers le hameau Taillis des Brandes et la localité Les Besses. Sur leur passage, ils découvrent des charmes et des noisetiers. Nikolaus est en effervescence, il n'y a pas cela, tout ce vert à Berlin. Un bruit furtif les surprend, regarde, lui dit Pauline, ça, c'est un chevreuil, heureusement pour lui, nous ne chassons pas. Ils rient comme deux enfants et rentrent à la ferme, fatigués, désirant se rafraîchir et se restaurer.

Le soir, dans son lit, Pauline laisse ses larmes couler. Nikolaus est parti, elle l'a conduit avec sa mère à l'hôtel de Limoges, mais devant les parents, comment se dire un vrai au revoir ? C'est comme si on lui arrachait le cœur. Elle n'aurait jamais cru être aussi attachée à lui. Elle ne pense qu'à une chose, se raccroche qu'à une seule branche, Noël.

De son côté, Nikolaus est meurtri, il aime Pauline, lui, il en est sûr. Il vit avec elle une symbiose qu'il n'a jamais connue avec quiconque. Sa mère sait la tristesse qui le hante.

— On reviendra à Noël, tu vas la revoir.

— C'est dans quatre mois.

— Oui, et en attendant, tu vas retrouver le lycée, tes copains et le travail. Je ne veux pas…

— Je sais ce que tu vas dire, tu ne veux pas que je m'arrête de travailler pour une fille, tu me l'as assez répété, mais elle, enfin tu ne peux comprendre.

— Oui, c'est ça, les vieux, ça ne comprend rien, ça n'a jamais aimé, ça n'a jamais souffert.

— C'est pas ce que je veux dire, s'énerve le jeune homme à qui son chagrin fait perdre un peu les pédales.

Nikolaus recommence les cours dès le lendemain de son retour d'Oradour. Il n'aura pas le temps de finir son rapport d'ici là, mais il va demander un sursis à son professeur Helmut Weber. Il lui expliquera qu'il a dû revenir en France et pour la bonne cause, il comprendra.

Le soir du retour, Nikolaus se sent comme nauséeux. Pauline lui manque à en crever. Il faut qu'il surmonte cette absence qu'il voit comme une privation, il le faut pour lui, pour ses cours et l'objectif qu'il veut atteindre, remettre le rapport le plus représentatif du lycée sur le thème d'Oradour-sur-Glane. Il a réussi un tour de force qui n'aurait pu voir le jour sans Pauline, son acolyte de fortune. Pour eux, Oradour n'est pas qu'un village martyr, qu'un événement de la Seconde Guerre mondiale, il est leur drapeau, un étendard levé pour la mémoire, le souvenir. Un jour, il sera professeur d'histoire et il emmènera ses élèves là-bas, dans le Limousin, auprès de ruines qui en aucun cas ne doivent mourir.

42

Assis sur un banc de fer vert foncé de la cour du lycée, Nikolaus discute avec Gurt. Ce dernier a bien vu le changement qui s'est opéré chez son ami. Depuis l'incident en bord de Vienne dans l'île de Chaillac, les deux camarades se sont rapprochés. Ils sont liés par cette aventure qui aurait pu si mal finir.

— Tu vois, dit Nikolaus, avec toi, les liens se sont resserrés, j'entendais ta voix, tu ne m'as pas lâché et je ne l'oublierai jamais.

— C'est vrai que ça unit des choses comme ça.

— Mais tu vois, Oradour-sur-Glane m'aura ouvert les yeux, sur l'histoire déjà, si importante pour moi, sur la force du mal qui peut s'emparer de certaines personnes prises dans un délire mortuaire. Mais aussi sur l'amitié, ton aide a été si importante ce jour-là, et sur l'amour, je n'en parle pas, mais toi, tu sais comme elle me manque.

— Tout le monde autour de toi sait à quel point elle te manque, tes parents, moi bien sûr et même le prof d'histoire. Tu sais, ça se voyait comme le nez au milieu de la figure votre attirance, vos petites manies, vous mettre toujours à côté, enfin, le tralala amoureux.

— Ce n'est pas un tralala, c'est tellement fort. D'ailleurs, tu me fais penser à demander à Weber qu'il me laisse une semaine de plus pour finir mon rapport. Il faut que je parle du maquis et du procès de 1953.

— Je n'ai pas fini non plus, ni Brenda, ni Harold, on va demander un sursis pour toute la classe, je crois.

Nikolaus expliqua à son professeur d'histoire pour son retard concernant le rapport et toute l'aventure qu'il avait vécue à Oradour avec ses parents, mais surtout la réaction de son père dont l'émotion intense n'avait échappé à personne.

— Je suis fier de vous, Nikolaus Friedrich, vous faites preuve d'une humanité hors norme pour un jeune homme de votre âge. Non seulement je vais vous permettre de me rendre le rapport dans une semaine, mais je vais aussi étendre cette décision à tous les autres élèves. Vous apprendrez que la première règle dans une société, c'est la justice.

— Je vous remercie beaucoup, monsieur, pour moi et pour les autres aussi, car je sais que certains ne l'avaient pas terminé.

— Ah, Nikolaus, autre chose, ne croyez pas que parce que nous, les professeurs, connaissons davantage les faits, nous ne puissions nous retrouver aussi surchargés d'émotion devant un cas comme Oradour-sur-Glane.

— C'est tout à votre honneur, répond Nikolaus d'un ton théâtral qu'il jugea trop pompeux, mais ce qui est dit est dit.

Les autres lycéens furent enchantés d'apprendre qu'ils avaient maintenant une semaine de plus pour rendre leur rapport. Ils savaient tous que celui de Nikolaus obtiendrait tous les suffrages, passionné d'histoire comme il l'était, mais contre toute attente, aucun ne lui en voulait.

Nikolaus attend le soir pour travailler sur son rapport et aussi pour joindre Pauline. Il ne peut plus tenir un seul jour sans l'avoir au téléphone. Nikolaus puise sa force dans la voix de Pauline. La minutie, le rythme discret de ses mots le font encore frissonner comme la première fois qu'il la vit. Tout ce que lui dit Pauline, son élan, ses idées incroyables, resteront en lui, il le sait.

Il garde la promptitude à s'émerveiller pour une cause qu'ils ont en commun. Elle a le chic de convertir des êtres faillibles en sujets qui s'élèvent vers une nouvelle issue, un nouveau monde. Nikolaus s'inspire d'elle, il va finir son rapport en s'appuyant sur sa rage, sur la conscience de son propre ressenti, sur l'injustice que représente l'oubli. Lui et Pauline sont dotés d'une seule sensibilité, une seule imagination. Leur volonté vibre toujours à l'unisson.

Nikolaus aime se couper du monde, c'est une nécessité pour disparaître en lui-même, pour se connaître encore mieux. Sa chambre est son havre de paix. Il y dort, il y lit, il y mange au grand dam de Birgit, il y travaille, il y rêve. Ce soir, il est assis à son bureau, l'ordinateur en éveil. Il faut encore qu'il travaille pour finir son rapport et enfin le transformer en une liasse compacte tel un manuscrit pour un éditeur. Alors, il revient sur ce thème qui le poursuit tous les jours, qui fait presque partie de lui, le ronge dans le bon sens comme on se nourrit pour vivre.

Son portable sonne, c'est Pauline.

— Mais où étais-tu ? Je t'ai appelée trois fois ce soir.

— Ne commence pas à faire comme ma mère, répond-elle en riant.

— Non, excuse-moi, mais il me tarde tant de parler avec toi. Alors t'es-tu renseignée pour la rose, pourrons-nous l'avoir à Noël ?

— Oui, ne t'inquiète pas pour ça. Et ton rapport, où en es-tu ?

— Je vais y travailler ce soir, la maison est calme, ils sont fatigués, ils vont se coucher tôt.

— Ton père est un boulimique quand il s'agit de son travail.

— Il fait vivre de nombreuses familles, il est très impliqué et j'espère que maintenant il sera plus compréhensif, bien qu'il le soit déjà.

— Je vais te laisser travailler, nous, finalement on n'a pas eu à faire de rapport, Chollet va nous réunir pendant une matinée pour que chacun dise ce qu'il a pensé et ce qu'il a ressenti lors de cette visite à Oradour. Nous avons pris des notes, c'est tout.

— Je suis heureux de faire ce rapport, je le garderai, il me servira pour mes cours plus tard, pour mes études.

— Tu veux toujours être professeur d'histoire ?

— Plus que jamais, ou historien, je verrai, mais je peux faire les deux.

— Je t'embrasse, mon Nik, de toutes mes forces, ne m'oublie pas.

— T'oublier, arrête de dire des bêtises.

— À demain.

— À demain, ma petite française.

Nikolaus raccroche, scrute son téléphone comme une petite boite magique d'où peut surgir à tout moment la plus belle des surprises. Il le pose sur son bureau, devant une photo de Pauline sans cadre, qu'il a imprimée dans le bureau de son père. Il l'a placée devant une photo de lui qui date du moyen-âge, au ski, il devait avoir une dizaine d'années. Il adore cette photo, car c'est lors de ce séjour qu'il s'est vraiment senti à l'aise sur des skis.

Ils n'allaient plus depuis quelques années dans le « Chiemsee Alpenland ». Il se souvient soudain des descentes de son père à Sudelfeld. Il faut que nous y revenions, se dit-il, cette station de ski familiale le ravissait. Elle était faite pour les séjours en famille, il avait appris à skier dans un espace approprié où on lui avait enseigné tous les rudiments de ce sport. Ses parents le laissaient là pour skier sur des pistes plus complexes. Ludwig était un bon skieur, l'était-il encore aujourd'hui ? Quant à Birgit, elle tenait sur les skis, mais ne dévalait pas les pentes comme le faisait son mari, ivre de sensations fortes.

Nikolaus sort de ce moment de souvenir heureux pour se pencher à nouveau sur son rapport. Il faut parler du maquis, car c'était la raison qu'avaient évoquée les SS pour réunir les habitants sur le Champ de foire. « *Si vous n'avez pas d'armes chez vous, vous ne risquez rien* », avaient-ils précisé. Le leurre venait à point nommé, sauf que certains habitants savaient que sur les alentours immédiats d'Oradour-sur-Glane, il n'y avait pas de maquis bien organisé, donc pas d'armes cachées dans les maisons.

Nikolaus note.

« Il n'y a pas de maquis à Oradour-sur-Glane ou dans son voisinage immédiat, comme l'attestent les témoignages unanimes des habitants, confortés par les rapports de l'administration de Vichy et par les principaux chefs de la résistance dans la région. Oradour-sur-Glane ne figure pas sur les cartes murales des maquis retrouvées à la Gestapo de Limoges, le plus proche de la localité étant celui des monts de Blond. Constitué de six compagnies FTP, ce dernier forme le plus puissant ensemble de formations de résistants de la Haute-Vienne après celui du communiste Georges Guingouin.

À l'ouest, à même distance, ce sont les maquis FTP de la forêt de Brigueuil, une augmentation du maquis de Saint-Junien, à treize kilomètres au sud-ouest d'Oradour. C'est d'ailleurs en mission, revenant de Saint-Junien, qu'Albert Mirablon, photographe clandestin des Mouvements unis de la Résistance (MUR) de Limoges, en visite chez sa mère, est arrêté et tué à Oradour.

À Oradour, ces groupes sont connus, certains Radounaux font partie de ce groupe dit les légaux, ils sont mobilisables en cas de force majeure, mais ce fait est marginal et ignoré de nombreux habitants. Certains habitants d'Oradour font partie d'une filière d'évasion de pilotes alliés.

Il est déjà tard, Nikolaus est resté longtemps sur ce thème du maquis, mais finalement, se dit-il, n'était-ce pas l'une des principales raisons du massacre d'Oradour, monter les habitants contre le maquis, leur faire peur. Nikolaus s'interroge, il décide de faire un double de ce rapport, il veut le garder pour plus tard, pour s'en servir lui-même, pour dire aux autres et comparer les inventaires de cette période.

Dehors, la nuit tombe. Il fait frais et le vent se lève, il l'entend se faufiler au travers des volets roulants. Il boit, se dirige vers son cabinet de toilette attenant à sa chambre, se soulage d'une envie pressante, se lave les dents et décide de dormir. Demain est un autre jour.

43

Le lendemain, le soleil est toujours bien présent, Berlin accueille l'après-saison avec délicatesse, conservant dans l'air une ambiance estivale. C'est samedi, et ce soir, Nikolaus a promis d'accompagner ses parents au festival de musique de Berlin qui débute en septembre. Ses parents s'y rendent chaque année, c'est la première fois qu'ils lui demandent de l'accompagner. Ce festival est très renommé et reçoit la coopération de la Fondation Philharmonique de Berlin. Il a lieu à la "haus der berliner festspiele (La maison de Festival de Berlin).

— Nikolaus, tu ne peux pas nous refuser de venir, il faut que tu renvoies l'ascenseur à ton père après ce qu'il a fait.

— Oui, je viendrai, j'ai une semaine encore pour finir mon rapport.

— Tu sais à quel point « Lollalooza Berlin » est important pour les amateurs comme nous. Il faut que tu penses à autre chose qu'à ton rapport. On dirait qu'il n'y a plus que ça qui compte.

— Je viens, je te dis, mais tu ne m'empêcheras pas pour le moment de me concentrer sur ce rapport et sur Oradour.

— Je ne veux rien t'empêcher, on s'inquiète un peu, tu prends cette histoire trop à cœur et ce n'est pas Pauline qui va t'en détourner. Pardon, je ne voulais pas dire cela, mais tu dois comprendre notre inquiétude.

— Ne te fais aucun souci, maman, je garde les pieds sur terre et je fais tout cela pour la mémoire et pour mon avenir.

— Je l'espère.

— Ce festival est l'un des plus importants et les plus populaires d'Europe, je suis heureux de m'y rendre avec vous, avoue-t-il avec plaisir.

Sortir avec ses parents le rend toujours joyeux. Il a la chance de pouvoir accéder à un monde plus luxueux que la majeure partie de ses amis. Il pense à Pauline qui est si loin de tout ça, mais à qui il espère un jour faire découvrir ce monde qu'elle ne connaît pas. Il n'y a rien de dégradant à ne pas connaître les événements culturels haut de gamme. Pauline est une fille simple, mais intelligente et elle sera la première à apprécier ce genre de découverte.

Pauline l'apaise, elle est tellement différente de ces filles qui ne pensent qu'à la luxure, aux produits de marque, à un monde superficiel. Nikolaus ne crache pas sur les belles choses, mais il ne dénigrera jamais quelqu'un qui n'y a pas accès.

La soirée est splendide, les musiciens sont royaux de classicisme avec parfois des relents de fantaisie. Nikolaus sourit devant ce spectacle d'artistes talentueux. Il comprend pourquoi ses parents affectionnent autant venir au théâtre, que ce soit pour voir des pièces ou des concerts.

En sortant du théâtre, Birgit interpelle son mari.

— Regarde là-bas, ce ne sont pas les Bauer ?

— Ah oui, ce bon professeur Bauer, depuis que je ne l'ai pas vu, il a été très malade, viens, on va tenter de leur parler.

Nikolaus suit ses parents en se disant que la soirée va s'allonger, alors qu'il a envie de rentrer.

— Hey, Docteur Bauer, s'exclame Ludwig.

— Bonsoir, Ludwig, comment vas-tu ?

— C'est plutôt à toi qu'il faut demander ça.

— Ça va mieux, mais je l'ai échappé belle, pour un professeur en cardiologie, avoir une crise cardiaque, c'est un comble. Maintenant, je suis stabilisé, tu vois, je cours toujours les soirées de grande musique, on ne se refait pas.

Ils se saluèrent tous, Les Bauer n'avaient pas revu Nikolaus depuis presque quatre ans, il avait bien changé depuis ses 13 ans.

— C'est Nikolaus, quel beau jeune homme, ne trouves-tu pas Erika ? demande madame Bauer à sa fille de 18 ans.

— Oui, et toi Nikolaus, tu te souviens d'Erika. Elle était déjà jolie, mais là elle est devenue superbe, tu ne penses pas, Nik ? demande au même instant Birgit à son fils.

Autant Nikolaus que la pauvre Erika se sentent gênés, ne sachant que dire.

— Oui, il y a longtemps, articule Erika qui avait oublié quelque peu ce garçon.

— Vous jouiez ensemble quand nous faisions du ski. Quelle belle époque tout de même, s'exclame Mme Bauer !

Les Bauer partis, Nikolaus ne peut s'empêcher d'en vouloir à sa mère.

— Tu avais besoin de me mettre dans cette situation avec cette fille que je n'aurais même pas reconnue si je la croisais dans la rue.

— Mais enfin, vous vous entendiez si bien. Tu ne peux pas dire qu'elle est laide. Et puis, c'est sa mère qui a commencé.

— Nous avions dix ou douze ans, bien sûr que nous jouions ensemble, aujourd'hui, nous ne sommes plus les mêmes. Mis à part cela, elle est jolie, certes. Mais arrête de vouloir me trouver une fille, j'en ai déjà une.

— C'est vrai, Birgit, il a raison, tu as vu comme ils étaient embarrassés, précise Ludwig.

— Ah, tu t'y mets toi aussi.

— Je le comprends, je n'aurais pas voulu me retrouver dans cette situation non plus.

— Oh, ça suffit avec vos reproches, tempête Birgit. Tu as vu comme elle est jolie cette fille.

— Excuse-moi si je ne cours pas après les fillettes. Elle est jolie, oui. Tu es satisfaite.

Jusqu'à la maison, personne ne parle. Ils sont fatigués et Nikolaus en veut toujours à sa mère. Dès son arrivée, le jeune homme monte dans sa chambre en disant un discret « bonne nuit » à ses parents. Seuls dans leur chambre, Birgit et Ludwig ont une discussion plutôt explicite.

— Je te connais, très bien même, je devine tes manigances quand tu veux quelque chose.

— Quelles manigances, où veux-tu en venir ?

— Je veux te faire comprendre que ce n'est pas toi qui choisiras pour ton fils, tu préférerais que sa petite amie soit de Berlin, tu aurais moins peur de le perdre, ou de le voir s'éloigner trop souvent.

— Foutaises, je pense sincèrement que Nikolaus tombera amoureux d'une fille allemande, ici, dans son pays, il est jeune, il ne va épouser Pauline tout de suite.

— Bien sûr que non, laisse le temps au temps, il l'aime, elle représente bien plus qu'une fille pour lui, elle est bien plus que ça. Le temps fera son œuvre, il trouvera une autre fille, plus présente, laisse faire les choses.

— En attendant, on va partir fêter Noël en France dans une famille que nous connaissons à peine.

— Tu as dit que tu aimais bien Virginie Couderc.

— Oui, elle est très gentille et accueillante, mais on va s'ennuyer dans cette campagne où il n'y a que des prés et des arbres.

Birgit file à la salle de bain, revient peu de temps après, se couche et se tourne pour ne plus avoir à parler de la soirée, malgré la réussite de celle-ci. Ils parleront musique demain.

Le lendemain, tout le monde semble avoir oublié l'altercation de la veille. Il bruine sur Berlin et Birgit décide d'en profiter pour faire les boutiques. Quand il fait beau, elle préfère lézarder sur la terrasse avec un livre ou inviter une amie pour discuter. Ludwig s'est levé tôt, a embrassé sa femme comme si de rien n'était. Il rentrera tard.

Quand Nikolaus descend pour prendre son petit-déjeuner, sa mère est déjà partie, il se retrouve seul comme il aime. Il va en profiter pour travailler sur son rapport. Avant de commencer, il laisse un texto à Pauline « *bonjour, ma princesse, hier soir, nous sommes allés au Festival de musique de Berlin, c'était grandiose, je t'y emmènerai un jour, je t'embrasse* ». Nikolaus évite de lui parler d'Erika.

C'est un petit fascicule cartonné relié simplement d'une cordelette tricolore. La couverture porte une croix de Lorraine dorée, dans un cartouche bleu-blanc-rouge. Le livre est titré : « Souvenir de la visite du général de Gaulle ; Limoges — Oradour-sur-Glane — Périgueux ; les 4 et 5 mars 1945 ; édité par le Populaire du Centre à Limoges ».

Il s'agit en fait d'un recueil de quarante photographies, prises par Lucien Lavaud, reporter photographe au Populaire du Centre, lors de la visite du président du gouvernement provisoire de la République Française (GPRF). En fin de fascicule, quelques textes complètent l'ouvrage.

Oradour-sur-Glane, en Limousin, 4 mars 1945.

La guerre n'est pas finie. Le lieu n'est pas anodin. En France, Oradour-sur-Glane constitue le plus grand massacre d'une population civile lors de la Seconde Guerre mondiale. Le cortège du Général de Gaulle traverse le village martyr. Cette visite marque les esprits, d'autant que quelques mois plus tôt, le général a pris une décision : la conservation du village en l'état. La décision est validée par le gouvernement provisoire de la République Française le 28 novembre 1944.

Le général de Gaulle agit pour le devoir de mémoire. Il souhaite faire d'Oradour-sur-Glane le symbole des souffrances du peuple de France au cours des quatre années d'occupation qu'il a supportées. Mais le général ne veut-il pas aussi avec ce geste conserver une preuve des exactions commises par la division Das Reich afin d'entretenir le procès de Nuremberg ? Cette thèse est avancée par l'historien Pascal Plas.

Quand le Général de Gaulle arrive à Oradour, il y a foule pour l'accueillir, il est le défenseur de la France Libre. Il salue les trente survivants et rescapés avec une grande émotion. Après avoir posé une gerbe dans le cimetière d'Oradour, il dit : « *Nous n'oublierons jamais Oradour. Si nos amis nous aident, tant mieux. Mais il nous appartient, indépendamment de toute sécurité générale, de faire justice et d'empêcher le renouvellement de tels crimes* ».

Nikolaus lève la tête, le soleil est revenu et traverse les rideaux, laisse une traînée lumineuse sur la feuille qu'il est en train de relire. Il se dit que ce général-là a eu la meilleure idée qui puisse s'imposer après ce massacre, conserver le village tel quel. S'il ne l'avait pas eue, lui, petit Allemand sans prétention, ne vivrait pas ce retour en arrière, cette découverte qui lui avait tant ouvert les yeux.

Chapitre 43

Nikolaus se lève, s'étire, et descend à la cuisine se faire un café. Dans l'immense appartement des Friedrich, une dizaine de marches séparent les pièces du haut et du bas. Tout en dégustant le liquide chaud, il décide de prendre l'air, attendre le soir pour en finir avec ce rapport, ce n'est qu'après l'avoir terminé que son histoire à lui commencera. Il sera un passeur de mémoire, un artisan du souvenir.

44

Nikolaus s'habille d'un jean noir et d'une chemisette bleu ciel et se rend au FreiFlache Bistro rejoindre Gurt qu'il vient d'appeler. Il y a quelques jours que les deux amis ne se sont pas rencontrés en dehors du lycée. Quand Nikolaus arrive sur le lieu de rendez-vous, Gurt est déjà là. Ils se touchent la main comme les jeunes le font aujourd'hui, le poing fermé.

— Je t'attendais pour commander, veux-tu une bière ?

— Non, pas à 11 h du mat, je vais prendre un autre café, j'en fais une grosse consommation en ce moment, entre le manque de Pauline et le rapport, il faut que j'assume tout ça. Il me tarde d'être à Noël, tu ne peux pas savoir à quel point.

— Un café et une bière, demande Gurt au serveur.

— Bien, j'apporte ça tout de suite.

— Moi, ma vie est d'un calme envers la tienne, souligne Gurt.

— Quelquefois, ce n'est pas plus mal, tu sais.

— Je ne suis même pas amoureux, aucune fille ne me fait de l'effet, je t'envie, tiens.

— À propos de filles, je suis allé avec mes parents hier soir au festival de musique de Berlin. Mon père croise un de ses amis à la sortie, et figure-toi que les Bauer, c'est leur nom, étaient venus avec leur fille, Erika, avec qui je jouais quand nos parents respectifs se retrouvaient au ski. Ma mère et sa mère, tu aurais vu ça, on aurait dit qu'ils voulaient nous passer la bague au doigt.

— Erika Bauer, mais je la connais, elle va au club de tennis, enfin, je la vois de loin, c'est une amie de Meige, Meige Muller, tu vois qui c'est ?

— Vaguement, ça me dit quelque chose. Tu veux dire que tu connais Erika ?

— Non, mais je la vois et elle est d'une beauté !

— Ah, toi aussi, vraiment, mais qu'avez-vous tous avec cette fille ?

— Moi, je voudrais bien sortir avec elle, pas toi ? Oh pardon, toi, tu as Pauline.

— Oui, j'ai Pauline, assure-t-il en remerciant le serveur qui apporte les boissons.

— Excuse-moi, mais on est jeune, et puis si tu ne la revois plus après Noël, tu ne vas pas aller en France tous les quinze jours.

— Ne m'en parle pas, je ne sais que faire, je n'ai pas l'âge de dire à mes parents, je gagne bien ma vie, je fais ce qui me plaît, je dépends d'eux pour tout.

— Attends, sois honnête, tu ne voudrais pas te marier ou vivre avec elle quand même, tu as le temps d'en connaître des nanas.

— Je ne veux pas de nanas, je veux Pauline, s'écria Nikolaus, faisant se retourner deux jeunes filles dégustant des boissons gazeuses.

— C'est bon, tu veux Pauline, j'ai compris.

— Je sais ce que tu penses, comme mes parents d'ailleurs, j'en aurai assez de l'attendre et je sortirai avec une autre.

— C'est le temps qui le dira, Nik, le temps. Bon, on parle d'autre chose, ah, en revanche si tu peux me présenter cette Erika, je suis preneur.

— Toi alors, tu n'en perds pas une, répond Nikolaus en le poussant légèrement sur le bras.

Ils restèrent là à bavarder de tout et de rien jusqu'à midi. La faim fit rentrer Nikolaus à la maison où Edda avait sûrement préparé un bon repas pour lui et sa mère qui ne tarderait pas non plus. Edda faisait le ménage chez les Friedrich, mais étant célibataire, bien souvent, elle faisait mijoter de bons petits plats. Birgit aimait cuisiner, elle s'y employait quelques fois quand Edda ne pouvait pas s'en occuper. Cet après-midi, Nikolaus veut finir son rapport, du moins il va y travailler jusqu'à ce soir. La dernière partie, le procès de 1953 lui tient à cœur, on ne peut pas éviter de parler du procès pour que le rapport soit complet. Bien que Nikolaus sache très bien qu'il ne sera jamais terminé, il y a tant et tant à dire sur cet épisode douloureux, ainsi que sur le climat de guerre et de délation qui régnait à cette époque.

Une bouteille d'eau sur le bureau, torse nu, vêtu d'un simple short, il commence à travailler sur la partie très intéressante pour lui du procès d'Oradour en 1953. Il lit que le 12 janvier 1953 s'ouvre à Bordeaux le procès des SS d'Oradour-sur-Glane. Il y a d'un côté les Allemands et de l'autre les Alsaciens face au tribunal militaire présidé par M. Nussy-Saint-Saëns.

Bordeaux, France, 1953.

Le procès contre les hommes de la Waffen SS qui ont perpétré le massacre d'Oradour-sur-Glane s'ouvre le 12 janvier 1953 à Bordeaux.

Le procès de 1953 se déroule dans un climat politique tendu alors que s'affrontent les opinions publiques limousines et alsaciennes. Ce climat est dû au fait que parmi les vingt-et-un accusés, hommes du rang et sous-officiers, comparaissant devant la justice figurent quatorze Alsaciens. Condamné à mort par le tribunal militaire de Bordeaux le 5 juillet 1951 pour le massacre de Tulle, le SS-Gruppenführer Heinz Lammerding, commandant de la 2e Panzerdivision SS « Das Reich », vit à Düsseldorf, dans la zone occupée par les troupes britanniques. Le gouvernement français n'obtient pas son extradition malgré les mandats d'arrêt délivrés contre lui en 1947, 1948 et 1950 ; le commandant du 1er bataillon, le SS-Sturmbannführer Adolf Diekmann, est mort pendant la bataille de Normandie, le 29 juin 1944.

Ce n'est qu'après la visite à Oradour, le 10 juin 1947, du président de la République Vincent Auriol que celui-ci fait adopter à l'unanimité par l'Assemblée nationale la loi du 15 septembre 1948. Celle-ci introduit dans le droit pénal français la notion de responsabilité collective des groupes ayant commis des crimes de guerre, pour autant que ces groupes aient été reconnus comme organisation criminelle lors du procès de Nuremberg, ce qui est le cas de la SS.

« Tous les individus appartenant à cette formation ou à ce groupe peuvent être considérés comme coauteurs, à moins qu'ils n'apportent la preuve de leur incorporation forcée et de leur non-participation au crime ».

Les accusés alsaciens sont défendus par des avocats eux aussi originaires d'Alsace, parmi lesquels Me Schreckenberg, bâtonnier de Strasbourg et ancien déporté. Après avoir rejeté les demandes des avocats des inculpés alsaciens contestant la validité des poursuites engagées sur la base de la loi du 15 septembre 1948, puis entendu tous les accusés, à une exception près, nier leur participation au massacre, il fait une mise au point : « *Ce procès est et demeure celui de l'hitlérisme. Mais pour l'heure, il ne semble être encore que celui d'une compagnie* ».

Ça discute cartes sur table, plans à la main, comme dans un état-major. Tout est disséqué, analysé, pièce à pièce. On passe au microscope les gestes et les minutes. On finit par perdre de vue l'ensemble du drame, son énormité et son aspect hallucinant.

Un journaliste du Monde déclare : « *De l'affaire, on sait tout... sauf le rôle joué par chacun des accusés* ». Pour les témoins de l'accusation, le récit de Marguerite Rouffanche fait la plus grande impression. Le verdict est prononcé dans la nuit du 12 février 1953. Parmi les accusés allemands, le sergent Lenz est condamné à mort, un autre accusé qui a pu prouver son absence lors du massacre est acquitté et les autres sont condamnés à des peines variant de dix à douze ans de travaux forcés. Les Alsaciens Malgré-nous écopent de cinq à douze ans de travaux forcés ou de cinq à huit ans de prison ; quant au seul Alsacien engagé volontaire dans la Waffen-SS, il est condamné à mort pour trahison. Certains condamnés formulent un pourvoi en cassation.

Il est 16 h quand Nikolaus relève un peu la tête. Il a soif, il est fatigué, mais content de lui. Il a bossé dur, a analysé les données de l'époque. Il a compris que le récit autopublié du SS-Sturmbannführer Otto Weidinger relève de la littérature négationniste. Il ne mentionne aucune source primaire vérifiable. Selon Otto Weidinger, l'expédition contre Oradour aurait été improvisée en fin de matinée du 10 juin, à la suite d'une conjonction d'informations.

Nikolaus tente de comprendre ce qu'a dû ressentir Robert Hébras, présent et témoin de ce jour sinistre. Des propos de Robert Hébras sur l'engagement involontaire des Alsaciens seront détournés, mais il sera blanchi par la cour d'appel de Colmar qui a expliqué que ces propos aient pu heurter les associations demanderesses, alors que lui ne faisait qu'exprimer un doute sur cette question et ne dépassait pas les limites de la liberté d'expression. Cette décision sera confirmée par la Cour de Cassation qui reconnaît que c'est sa qualité de témoin qui lui a permis d'exprimer son doute sans remettre en cause l'histoire.

Nikolaus est fasciné par ce dernier rescapé qui assiste en 1983 au procès de l'un des bourreaux d'Oradour, Heinz Barth.

Pour lui, Robert Hébras est un héros, qui, le reste de sa vie, s'engagera pour la réconciliation de l'Allemagne, la France et l'Autriche. Malgré son grand âge, il entreprendra des visites guidées dans les ruines du village martyr, sera ouvert à des interviews, à des projets de vidéo, particulièrement pour la jeunesse. Il participera à l'écriture de livres sur Oradour.

Nikolaus est en nage. Il a envie de prendre une douche. Il arrête là, il a fini son rapport, il ne peut tout raconter en détail, il se demande même si son professeur va pouvoir tout lire. Et puis, il s'en moque, lui, il a l'impression d'avoir accompli son travail. Dorénavant, il va se battre pour conserver, non l'espoir pour la réconciliation, mais que cette réconciliation aujourd'hui effective dure encore très longtemps.

45

Deux mois sont passés. Nikolaus a été félicité par le proviseur de son lycée pour son rapport sur Oradour-sur-Glane. Les cours se suivent avec l'hiver qui arrive. Pauline lui manque, les textos et les mots par téléphone ne suffisent plus à Nikolaus, il a envie de la serrer contre lui, de la sentir respirer. Aimer quelqu'un au premier regard, il n'y croyait pas avant Oradour, puis elle est arrivée, comme faite pour lui.

Il n'oubliera jamais ce moment très spécial et si intense dans sa jeune vie : le temps s'arrête, le cœur s'emballe, s'ensuit une obsession le jour comme la nuit, puis le sourire qui ne quitte pas le visage, une évidence, une irrésistible attraction poussée par un esprit d'anticipation. Tout cela est arrivé de façon spontanée, il n'y était absolument pas préparé.

Que peuvent y comprendre Gurt et Harold ? Ils ne l'ont jamais connu, ce moment si fort, du moins le suppose-t-il. Et ses parents, se demande-t-il, ont-ils ressenti cette forte attirance la première fois qu'ils se sont croisés ? Il faut qu'il le demande à sa mère, se dit-il, malgré la pudeur qui peut le gêner dans cette quête.

Son professeur d'histoire, Helmut Weber, l'a pris sous son aile. Il va l'aider à concrétiser son vœu, rentrer en master Public History à Berlin. Le cursus de cette école transforme les étudiants en spécialistes de la médiation publique de l'Histoire. Les futurs historiens sont formés pour travailler aussi dans les médias, les maisons d'édition, les musées, les mémoriaux et les entreprises.

Nikolaus est décidé, il faut qu'il le dise à son père, Ludwig devrait comprendre. Il veut apprendre à présenter une journée de commémoration, comment la traiter dans une exposition, de quelle manière une société se rappelle-t-elle son histoire ? Nikolaus veut tout cela, il y pense sans cesse, cette perspective lui donne des ailes.

Dire que ce projet passe avant Pauline serait faux, mais son ambition le domine, et son rêve serait que Pauline suive aussi des cours d'histoire et qu'ils puissent échanger durant leurs études. Mais il sait que la vie de Pauline est très différente de la sienne, elle vit dans une ferme, il y a beaucoup de travail, devra-t-elle aider ses parents ? Auront-ils les moyens de lui payer des études ? Autant de questions que Nikolaus se pose sans savoir de quoi l'avenir sera fait.

Oradour-sur-Glane, fin novembre, de nos jours.

Pauline Couderc aime rêver de Nik, elle s'imagine poser sa tête sur son épaule, se blottir contre lui, lui dire « *reste encore un peu, le temps d'une promenade ou d'un café* », ou encore déguster des tartelettes au citron, de la confiture de fraise faite par sa mère.

Pauline replie la couette sur son corps tremblant. Elle est heureuse d'être allongée là dans le silence de sa chambre.

La quiétude tombe sur elle comme une pluie fine et réparatrice. Pourtant, depuis deux jours, elle est inquiète, même bouleversée, elle n'a aucune nouvelle de Nik. Cela ne lui ressemble pas, il l'appelle ou lui laisse un message tous les jours. Le temps passe, elle n'en parle pas.

La vie s'écoule au lycée de Limoges, on ne parle presque plus d'Oradour et des jeunes lycéens allemands. Elle ne peut pas avoir vécu ça si fortement sans qu'il en reste quelque chose, c'est inimaginable pour elle.

Le froid s'impose, c'est l'hiver qui envoie ses prémices. Il s'annonce rude cette année. Pauline n'a toujours pas de nouvelles de Nik, alors elle se demande ce qu'il se passe. Le connaissant, elle est certaine que ce mutisme n'est pas normal, il y a une raison à cela. Elle en parle enfin à sa mère le jour où celle-ci lui demande si son ami et sa famille viennent pour Noël.

— Au fait, demande Virginie, tu ne parles plus de ton ami, y a-t-il un problème ?

— C'est bien que tu abordes le sujet, car je m'inquiète, je n'ai plus de nouvelles depuis quinze jours, ce n'est pas normal.

— Oui, c'est bizarre en effet. As-tu tenté de l'appeler ?

— Oui, je l'appelle et il ne répond jamais, et ne me laisse aucun message. Il faut que je le joigne. Je vais appeler ses parents, s'il a décidé de couper les ponts avec moi, je veux en avoir le cœur net.

— Mais, ma chérie, pourquoi voudrait-il couper les ponts avec toi, ce garçon t'adore, ça ne fait aucun doute ? On va appeler ses parents, ne serait-ce que pour que je sache s'ils comptent toujours venir ici pour fêter Noël.

— Oh, oui, appelons-les, moi je n'oserai pas toute seule.

À cet instant précis, Olivier Couderc rentre dans la cuisine, il a fini de soigner ses bêtes qu'il avait sorties un peu avant le soir pour qu'elles prennent l'air.

— Je ne comprends pas pourquoi tu sors les vaches pour les rentrer à nouveau deux heures après, et tu te plains d'avoir trop de travail.

— Les bêtes, c'est comme nous, elles ont besoin de respirer de l'air pur, c'est mon choix. On ne travaille jamais trop pour le bien-être des animaux.

— Oui, bon, c'est bien, nous n'allons pas te reprocher ça, mais arrête alors de te plaindre, je suis fatiguée, je n'en peux plus.

— Me plaindre, ça fait partie de ma nature, c'est comme ça, rétorque Olivier allant se chercher une bière dans le frigo.

— Pauline s'inquiète, Nikolaus ne donne plus de signes de vie depuis une quinzaine de jours, lui lance-t-elle.

— Ah, et c'est grave ça, tu crois qu'à 17 ans, je pensais à informer toutes les filles de ce que je faisais.

— Oh, il faut que tu ramènes tout à toi, Nik est différent, tu le sais, il est très mûr pour son âge, et ne laisserait pas Pauline sans nouvelles.

Après maintes et maintes recherches, Virginie trouve un numéro de téléphone de l'entreprise de Ludwig Friedrich. Elle appelle tout de suite, Pauline est à ses côtés.

— Au moins, nous serons fixés une fois pour toutes, souligne Virginie, bien décidée à en finir avec l'inquiétude de sa fille et l'incertitude quant à leur venue à Oradour pour Noël. C'est toi qui parles et tu traduis ce qu'ils disent, car je n'y comprends rien du tout. Allez, c'est parti, je mets le haut-parleur.

— Allô !

— Allô ! Est-ce que je suis à l'entreprise de M. Friedrich Ludwig ?

— Oui, madame, que puis-je pour vous ?

— Je voudrais savoir si je pourrais parler à M. Friedrich, s'il vous plaît.

Un silence se fait entendre de l'autre côté du téléphone. La personne dit quelque chose que Pauline ne comprend pas.

— Parlez-vous anglais ? demande Pauline.

— Oui, répond la dame.

— Pouvez-vous parler en anglais, je vous comprendrai mieux ?

— Bien, si vous voulez, continue la dame du téléphone en anglais. Vous ne semblez pas être au courant du grand malheur qui nous a frappés.

— Quoi, quel malheur ? demande Pauline, devenue livide.

— Eh bien… M. Friedrich nous a quittés il y a deux semaines.

— Heu…

— Je comprends votre surprise, pour quelle raison téléphonez-vous ?

— Ce n'est pas possible, il allait si bien, au mois d'août.

— Il a eu une rupture d'anévrisme, c'est arrivé sans prévenir. Nous avons tous été choqués ici, c'était un bon patron, un peu dur, mais dans le bon sens. Je suis désolée de vous apprendre ça. Vous le connaissiez bien ?

— Non, je connais surtout Nikolaus, son fils, mais je n'ai plus rien de lui depuis quinze jours.

— Nikolaus a été frappé de plein fouet par cette mort si injuste. Il a du mal à reprendre le dessus, d'après ce qu'on nous a dit.

— Et son épouse, Birgit ?

— Elle fait bonne figure, mais c'est terrible, leur vie ne sera plus la même. Êtes-vous française ? Car il me semble qu'ils s'étaient rendus en France cet été.

— Oui, ils sont venus chez nous, je ne vais pas entrer dans les détails, lance Pauline, cependant, comment pourrais-je joindre Nikolaus ?

— Par téléphone.

— Il ne répond pas, je ne comprends pas qu'il ne me dise rien à moi, on est si proche, s'emballe Pauline, retenue par Virginie qui lui fait comprendre que cette pauvre secrétaire ne peut pas interpréter tout ça.

— Bon, merci, dit Pauline.

Après avoir raccroché, les deux femmes se regardent, les yeux interrogatifs, comme si le ciel venait de leur tomber sur la tête.

— Je ne le verrai plus, il va m'oublier, crie Pauline.

— Pour l'instant, il traverse un moment très difficile, surtout qu'ils avaient retrouvé des points communs tous les deux. Que la vie est injuste et dure !

— La vie est trop souvent injuste et dure, regarde à Oradour, c'est bien pire ce qu'il s'est passé, je réalise encore plus aujourd'hui ce qu'ont dû ressentir les personnes qui sont restées, celles qui s'en sont sorties, avec toutes ces pertes. Le monde est trop dur, j'en ai assez de ne voir que des malheurs.

— Arrête tout de suite, la vie n'est pas faite que de malheurs, tu as une vie heureuse, toi, et le monde est ainsi, personne n'est immortel, un jour ou l'autre, on s'en va, tous.

Pauline se calme doucement. Elle ne peut même pas imaginer la perte de son père ou de sa mère, c'est trop tôt. Peu de temps après, elle décide de laisser un message sur le portable de Nikolaus, elle pense que maintenant qu'elle sait, peut-être lui répondra-t-il, a-t-il voulu l'épargner, qui sait ?

Les larmes aux yeux, elle laisse quelques mots pour Nikolaus « *Mon chéri, Nik, je sais tout, s'il te plaît, appelle-moi ou laisse-moi un message, j'ai besoin de te soutenir, d'être avec toi dans ces moments-là, je t'aime* », elle hésite pour lui laisser ce je t'aime, mais c'est le seul mot qu'elle a envie de lui dire.

46

Sur la table de la cuisine de Birgit, les achats du matin ont l'air incongrus, ces victuailles ne ressemblent pas à ses achats habituels. Le pain dans un sachet marron, acheté en supermarché alors que d'ordinaire elle court chez son boulanger préféré à deux pas de la maison. Du fromage en portions, elle qui n'en achète jamais, des oranges alors qu'elle ne les aime pas. Peut-être aurais-je dû faire les achats avec elle, se dit Nikolaus, qui ne voit en sa mère que l'ombre d'elle-même.

Il ne pense même plus à lui, il la surveille, lui parle, la rassure, alors que lui-même est dans un état pitoyable. Pourquoi ne répond-il pas aux messages de Pauline ? Il ne sait pas, peut-être pour ne pas déverser sur elle tout ce chagrin, toute cette iniquité. Il faudra bien qu'il réponde un jour ou l'autre, qu'il recommence à voir les belles choses de la vie. Pauline est son soleil, elle ne mérite pas d'être envahie par des nuages noirs.

Edda est très présente, elle cuisine, comme elle peut. Elle se noie dans le travail pour pallier les carences de Birgit qui peut passer une journée entière dans son lit à pleurer. Elle s'occupe de Nikolaus qui le lui rend bien. Il a grandi, il n'est plus le même, il avait déjà pris de l'âge avec Oradour et là, il doit faire face au manque, à la disparition d'un être qui est né avec lui, il ne connaît pas la vie antérieure de ses parents, ou si vaguement, tous les enfants du monde, pense-t-il, ont l'impression que leurs parents sont nés avec eux.

Assis à son bureau, Nikolaus réfléchit, il travaille plus rarement, son rapport est fini, il lui semble avoir perdu un ami, un but de chaque jour. En un mois, sa vie a bifurqué dans des méandres brumeux, tout est parti d'un coup, son père, Pauline, ses projets, son rapport, sa joie de vivre. Birgit ne sera jamais en état d'aller en France pour Noël, il ne reverra pas Pauline de sitôt, même peut-être plus jamais. Il pleure quand il reçoit le message de Pauline. Ses yeux s'écartent en regardant son portable. Pauline sait, mais qui lui a dit, comment le sait-elle ? Il se couche sur le lit, ses yeux humides fixent le plafond.

Il lui faut un bon quart d'heure pour se décider à appeler Pauline. Il préfère lui parler de vive voix.

— Allô ! Pauline.

— Oh Nik, mais pourquoi ne m'appelais-tu pas ? je me suis fait un sang d'encre. Mon chéri, comme tu dois être triste à ruminer ça tout seul. Je suis là, j'aurais pu t'aider.

Nikolaus écoute cette tirade qui n'en finit plus. Il sent combien il lui a manqué, combien il a eu tort de ne pas lui avoir parlé avant. C'est de cela qu'il avait besoin, sa voix, son souffle de vie.

— Je sais, mais tu vois, quand il arrive un événement pareil, on a l'impression de tomber dans un trou béant, tu es si profond dans ce tourbillon que tu ne peux te raccrocher, tu coules comme une pierre. Les trois premiers jours, nous nous entendions pleurer ma mère et moi toutes les nuits, on ne pouvait plus se parler sans verser de larmes. Ce n'est que maintenant que j'arrive un peu à l'évoquer sans me ramasser sur le plancher.

— Tu serais revenu vers moi, dis, tu ne m'aurais pas laissée ?

— Oui, je serais revenu, ça c'est certain, mais je ne voulais pas t'entraîner avec moi dans ce chagrin sans fin, cette peine immense qui m'enveloppait. Heureusement que nous avons Edda, elle est là comme il faut l'être pour nous entourer. Je crois que ma mère n'aurait pas tenu sans elle. C'est une femme formidable, Edda, c'est une seconde mère pour moi. C'est elle qui m'a forcé à revenir au lycée.

— Et l'entreprise de ton père, elle est à toi maintenant.

— Oui, un jour, elle me reviendra, mais comme je ne suis pas majeur, c'est ma mère qui fait office de patronne. Elle n'est au courant de rien, donc c'est notre directeur qui a pris la suite pour l'instant. Enfin, ce sont les lois, des tas de trucs, mais officiellement j'en hériterai, oui.

— Et ton rêve d'être prof d'histoire et historien ?

— Ah, mais je serai historien, je mettrai un gérant ou je verrai bien, je suivrai les affaires, mais il est hors de question d'oublier mon rêve. D'ailleurs, mon père ne l'aurait pas voulu. À une époque, oui, mais pas après tout ce que nous avons traversé ensemble. Il me l'avait dit un jour, si tu ne veux pas prendre la suite, je comprendrai, c'est ta vie.

— De toute façon, l'affaire sera toujours à toi, c'est comme si tu prenais le flambeau.

— Oui, ma mère s'en occupera aussi. J'en serai le propriétaire le 6 janvier l'année prochaine.

— Pourquoi le 6 janvier ?

— Parce que c'est mon anniversaire, je croyais te l'avoir dit.

— Non, nous n'en avons jamais parlé, comment ça se fait ? On se connaît si bien.

— Écoute, je sais que ma mère ne sera pas prête pour venir en France, Noël, c'est dans une quinzaine de jours. Je ne peux pas l'obliger.

— Mais toi, tu ne peux pas venir, et les roses ?

— Ah oui, les roses « *Devoir de mémoire* », il faut les apporter comme on a dit.

— Je ne peux pas le faire sans toi. Viens seul, s'il te plaît. Ça te changera les idées.

— Tu me proposes Oradour pour me changer les idées. N'importe qui trouverait cette idée absurde, et pourtant pas moi, tu as raison, c'est là-bas que tout a commencé, pour nous, et mon père sera présent avec moi, je le sais.

— Oui, Nik, il faut que tu viennes.

— Ah, c'est pas possible, coupe-t-il soudain, je ne peux pas laisser ma mère seule pour Noël.

— Emmène-la, ma mère et mon père seront ravis de vous avoir, elle a besoin d'air elle aussi.

Pauline ment, elle n'a encore rien dit à son père sur la mort de Ludwig Friedrich. Sera-t-il d'accord pour héberger Birgit, une veuve qui n'a pas fini son deuil, un jour de Noël où tout ne doit être que fête et victuailles ? Cela ne fait rien, elle le convaincra, elle les convaincra.

— Tente de parler à ta mère, de lui faire comprendre que c'est bien pour elle et aussi pour toi, insiste Pauline. Et prends vite un billet d'avion pour Limoges. Tiens-moi au courant. N'oublie pas, je suis là, appelle-moi quand tu veux. Fais-toi aider par cette Edda, elle pensera comme moi, j'en suis sûre.

Quand Nikolaus se retrouve seul dans sa chambre, sans la voix suave de Pauline, il comprend que sa petite Française a raison. S'ils restent ici tous les deux avec sa mère, ils vont mourir de chagrin, avec toutes les illuminations et surtout le souvenir de la soirée de théâtre que Ludwig offrait à son épouse la veille de Noël chaque année depuis leur mariage. Demain, je lui en parle et je le ferai devant Edda qui sera de mon avis, se conforte-t-il, arborant un sourire qui avait disparu de son visage depuis plus de trois semaines maintenant.

Nikolaus regarde avec émotion une photo de son père qu'il a toujours dans son portefeuille. Cinquante et un ans, c'est si tôt pour mourir, si brusque pour un enfant, car qu'est-il d'autre qu'un enfant ? Il revoit les cheveux blonds et drus de son père, ses yeux si bleus que tout l'océan pouvait tenir dedans, son nez fin, son teint si clair qu'il ne pouvait jamais bronzer, ses lèvres fines et son corps presque maigre d'un mètre quatre-vingt-cinq. Il le revoit jouer au golf pendant une journée entière sans jamais se lasser, il l'imagine auprès de ses amis et les soirées que ces derniers organisaient et qui duraient jusque très tard.

Il pleure sur lui, sur ce père qu'il a pu rejoindre enfin pour le perdre si vite. Rien ne s'en ira de sa mémoire d'adolescent, ni son caractère bien trempé, parfois colérique, sa façon de s'habiller BCBG, aimant se montrer, et son esprit de famille hors du commun.

Ce père-là va lui manquer, beaucoup. Ce soir, il voudrait tant avoir un frère ou une sœur pour partager cette perte, pour s'unir contre le chagrin qu'il pense ne jamais pouvoir surpasser.

Alors son esprit s'égare vers la France, vers Pauline, on lui a envoyé un ange juste avant son malheur comme pour l'apaiser, l'aider à surmonter la mort de son père. Il regarde maintenant la photo de Pauline avec son tee-shirt blanc et son jean moulant, elle est tellement mignonne, pense-t-il, tellement façonnée pour lui.

Avant de s'endormir, il croit rêver, mais non, il ne rêve pas, pas encore. Son cœur s'enfuit, saute les montagnes, parcourt les plaines, les champs, enjambe les ruisseaux, les rivières, survole les villages, les fermes, les hameaux pour s'arrêter enfin, haletant, à Oradour. Et là, il voit cette pancarte « *Souviens-toi Remenber* ».

C'est là, il y est, il est dans ce village, qu'il connaît bien maintenant qui le hante, l'appelle. Il imagine tout, les SS qui arrivent, qui encerclent le village, qui obligent les habitants à se réunir sur le Champ de foire, qui séparent les hommes des femmes et des enfants, qui mitraillent les hommes, les brûlent, qui enferment les femmes et les enfants dans l'église, les brûlent aussi, les assassinent comme des bêtes.

Nikolaus, comme soi-disant on revoit sa vie dérouler avant de mourir, se trouve confronter à toutes ces actions abjectes en accélérées, elles lui traversent le crâne, le fracassent, et y déposent une trace indélébile. Et ce sont ces actions si terribles, si inhumaines, qui vont lui faire comprendre que sa vie n'est pas finie parce que son père est parti, mort dans un lit, par temps de paix.

Tant de vies perdues, tant d'enfants qui ne grandiront jamais, ne comprendront pas le pourquoi de leur calvaire. Tant de souffrance, au nom de quoi ! pour chercher des armes, des maquisards, nul ne le sait, tuer pour tuer, comme la 2e Division Das Reich en a l'habitude. Maintenant, il sait qu'Oradour n'est pas la seule victime de cette élite du meurtre, il y a eu Maillet en Indre-et-Loire (124 morts, dont 48 enfants), Tulle (99 pendus), Marsoulas en Haute-Garonne (27 morts, dont 12 enfants), Dun-les-Places dans la Nièvre (27 morts) et d'autres exécutions sommaires notamment de maquisards ou de prisonniers militaires.

Nikolaus s'endort enfin, un léger sourire parcourt son visage. Il entend son père lui parler, cette fois, il rêve. Il est parti dans un endroit où tout peut arriver, où les corps reprennent vie, où les histoires ne sont pas vraies, mais imprègnent le cerveau pour lui permettre de naviguer dans un monde imaginaire. Une lune blanche éclaire le ciel glacé de Berlin. Sur la table de chevet, une jeune fille le regarde tendrement, le protège.

47

Au départ, Birgit refuse de partir en France. Sa décision est sans appel. Nikolaus devra partir seul et laisser sa mère ou rester à Berlin et ne pas voir Pauline. Le dilemme est dur, entêtant, le jeune homme ne pense qu'à ça. Deux jours après la première demande, une idée lui vient. Birgit a toujours écouté son cousin Hunt, alors Nikolaus décide de l'appeler pour lui demander de venir dîner à la maison. Il s'arrange avec Edda, qui elle, pense que ce voyage ne peut faire que du bien à sa maîtresse. Je préparerai un bon repas, lui assure-t-elle.

Une fois son plan élaboré, Nikolaus sent bien qu'il piège sa mère, mais il se dit que c'est la meilleure solution pour qu'elle sorte un peu de sa triste routine. Pas une seconde, il imagine un jour sa mère avec un autre homme, il faudra qu'elle apprenne à vivre seule, à s'occuper, à revoir ses amies, à rire à nouveau. Alors, Nikolaus va l'aider, contre elle, contre sa volonté de rester dans un deuil infini où elle se perdra.

Le repas aura lieu le lendemain soir, un vendredi. Nikolaus ne va pas au lycée le lendemain. Il s'arrange pour obliger sa mère à sortir afin qu'Edda puisse préparer le dîner et dresser la table sans que Birgit ne s'en aperçoive. Pour ce faire, il lui explique qu'il lui faut absolument un jean neuf, car les autres sont usés. Comme Birgit aime que son fils ne manque de rien, il arrive à la faire sortir de la maison vers 15 h afin de faire quelques boutiques dans Berlin. Le ciel est bas, d'une couleur qui annonce la neige. Emmitouflés jusqu'aux oreilles, ils attendent le bus 17 qui doit les conduire en centre-ville.

— On aurait pu choisir un autre jour, non, il fait froid, et je me demande s'il ne va pas neiger.

— C'est vrai, il gèle, mais dans les magasins, on n'aura pas froid.

— Toi, alors quand tu as une idée en tête.

— Ça te fait du bien de sortir, même par ce froid.

— C'est toi qui le dis.

Birgit est enveloppée dans un manteau de laine beige que lui a acheté Ludwig. Elle porte un chapeau moelleux marron et une écharpe chaude bigarrée de vert foncé et de blanc cassé. En la regardant, Nikolaus se dit qu'avec cet accoutrement, on ne distingue plus son cou déjà que celui-ci est assez court, mais il ne se hasarderait pas à le lui dire. Il ne remarque que ses yeux noisette qui scrutent la voie pour apercevoir le bus. À presque 50 ans, Birgit a une belle peau, très peu ridée. Nikolaus a toujours vu sa mère s'occuper d'elle, aller à l'institut de beauté du quartier, acheter de nombreux produits pour préserver son corps des empreintes du temps. Même si Birgit est moins narcissique avec l'âge, son image a toujours eu une grande importance pour elle.

Nikolaus se souvient que son père était jaloux de tous ces apprêts de la part de son épouse, tant qu'il avait pensé à une certaine époque qu'elle avait un amant. Avant la mort de son mari, Birgit était sportive, elle marchait beaucoup et nageait à la piscine. Nikolaus espère que cette passion du sport ne la lâchera pas.

Mais Birgit a une autre passion qu'elle a transmise à son fils, l'Histoire. Sa période préférée, la grande époque du château de Schönbrunn à Vienne, l'ancienne résidence d'été des Habsbourg l'émerveille avec ses salles d'apparat impériales, ses splendides jardins. Ce château qui a abrité Marie-Thérèse, l'empereur François-Joseph, l'impératrice Élisabeth (Sissi) et consorts l'hypnotise chaque fois qu'elle s'y rend. Elle allait souvent à Vienne autrefois pour visiter sa tante, maintenant beaucoup moins, celle-ci avait vieilli et ne souhaitait pas autant de visites.

— Le voilà, lance Birgit, soulagée de se mettre enfin à l'abri dans un habitacle chauffé.

Pendant ce temps, dans le bel appartement à deux étages des Friedrich, Edda s'affaire à préparer la plus belle des soirées. Elle aussi, fatiguée de voir sa maîtresse assaillie par le chagrin, a décidé de frapper un bon coup. Hunt doit arriver vers 19 h, il faut que tout soit prêt. Edda et Nikolaus se sont entendus pour que la mère et le fils traînent un peu dans Berlin afin que Birgit soit prise à la gorge et ne puisse pas reculer devant le piège qu'il lui était tendu.

Oradour-sur-Glane, même jour, 18 h.

Pauline est au courant de la soirée organisée à Berlin pour convaincre Birgit de venir en France à Noël. Elle en parle à sa mère qui a accepté la visite de Birgit et de Nikolaus, ils tenteront de lui remonter le moral.

— Au fait, Pauline, c'est quoi cette histoire de roses dont je t'ai entendu parler à Zoé ?

— Oui, il faut que je me procure deux roses « *Devoir de mémoire* », tu sais, celles inaugurées par Robert Hébras.

— Mais que veux-tu faire exactement avec ces roses ? ce n'est pas certain que tu en trouves.

— Ah, si, il me les faut absolument pour Noël, on doit les déposer avec Nik sur les escaliers de l'église du village martyr.

— Mais Pauline, où as-tu la tête, le village martyr est ouvert, mais pas le centre de la Mémoire, il ferme le 15 décembre et ne rouvre que vers le 15 janvier ?

Le sang de Pauline se glace, sa respiration s'entrecoupe, son visage devient blême, elle vacille et manque de s'écrouler à même le sol de la cuisine.

— Mais qu'as-tu ? Pauline, Pauline, que se passe-t-il, qu'ai-je dit de si terrible, vous le connaissez le centre de la Mémoire ? vous n'avez pas besoin de vous y rendre à Noël.

Virginie assoit sa fille sur une chaise et va lui chercher un verre d'eau. Pauline semble doucement revenir à elle.

— Oh maman ! c'est terrible, terrible.

— Mais pourquoi, vas-tu me dire ce qu'il y a ?

— Les roses, on avait prévu de les apporter au village à Noël, et toi, tu me dis que le centre de la Mémoire est fermé.

— Mais je croyais que tu le savais, tout le monde le sait ici.

— Eh bien, pas moi, hurle Pauline en tapant son poing sur la table.

— Pauline, tu vas te calmer, vous mettrez ces roses une autre fois.

— Non, c'est pour cela qu'on était heureux qu'il vienne à Noël. On voulait absolument passer par le centre de la Mémoire pour les voir tous une dernière fois ensemble sur les photos.

— Même que tu ne puisses pas apporter les roses, tu seras contente de le voir.

— Oh oui, maman, ce n'est pas ça, mais en ce moment même, Nik et Edda ont organisé une soirée pour persuader Birgit de passer Noël ici.

— La pauvre, je comprends qu'elle ne veuille pas venir, avec la mort de son mari.

— Je veux voir Nik pour Noël, crie Pauline.

— Tu le verras si Birgit décide d'accompagner Nikolaus, et pour les roses, vous attendrez.

— C'est moi qui ai eu l'idée des roses, il va me prendre pour une folle. Il faut que je l'appelle tout de suite, mais je crois qu'il est avec sa mère dans Berlin. Il ne devrait pas tarder à rentrer. Il faut qu'il le sache avant le dîner.

Pauline détale comme une démente, grimpe quatre à quatre les escaliers qui mènent à sa chambre. Elle n'entend pas la voix de sa mère qui lui demande qui est cette Edda dont elle n'a jamais entendu parler. La jeune fille s'assoit sur le lit, appelle Nikolaus en espérant une réponse. Réponds, je t'en prie, réponds...

Pour gagner du temps, Nikolaus a réussi à emmener sa mère au marché de Noël le plus romantique de la ville, le « Weihnachtsmarkt vor dem Schloss ». Sous le regard de Fréderic-Guillaume 1er de Brandebourg, dans la cour de l'ancienne résidence des rois de Prusse, Nikolaus et Birgit déambulent devant la série de chalets de bois qui offrent un agréable voyage dans le temps et les traditions. L'éclairage poétique, devant une nuit précoce, ajoute un aspect féerique à cet ensemble baroque. Non loin de là, des tentes invitent à déguster des spécialités de différentes régions d'Allemagne.

— Il faudrait rentrer maintenant, souligne Birgit qui n'avait pas prévu de rester si longtemps dehors, même si la température semblait moins froide à l'intérieur du marché de Noël.

— Oui, mais avant, on va se faire un verre de vin chaud, tiens, il y a de la place sur cette table.

— Toi alors, je ne suis pas prête de revenir en ville avec toi, non seulement tu m'as fait courir pour rien, tu n'as pas trouvé de jean qui te plaisait, mais je suis fatiguée.

— On ira après, le dernier bus part à 21 h.

— Bonsoir, dit-il à la jeune fille qui s'avançait pour les servir, veuillez nous servir deux vins chauds, et ajoutez deux petits sablés en pain d'épice.

Nikolaus regarde sa montre plusieurs fois.

— On l'aura, le bus, pourquoi tu t'inquiètes ? demande Birgit.

— Non, tout va bien.

— Alors, arrête de regarder ta montre sans cesse comme si tu avais un rendez-vous.

Mais j'ai un rendez-vous, pense Nikolaus, un rendez-vous avec Edda et Hunt. Un repas où tu verras que tu as des amis, des gens qui t'aiment et qui veulent ton bonheur et ta renaissance.

Une demi-heure plus tard, ils attrapent enfin le bus pour rentrer.

— Écoute, ce soir, si Edda n'a rien fait, nous mangerons devant la télé, enfin, moi du moins, je n'ai pas envie de cuisiner.

— Oui, ne t'inquiète pas, on grignotera un sandwich, on se débrouillera, répond Nikolaus sachant qu'un bon repas les attend à la maison.

Birgit est silencieuse dans le bus. Nikolaus regarde défiler les boutiques décorées, les jours qui précèdent Noël l'ont toujours fait rêver, même si cette année est spéciale devant le drame qui vient de les frapper, il pressent que ce voyage en France va être salvateur, autant pour lui que pour sa mère.

Le téléphone de Nikolaus vibre dans sa poche.

— Mince, il était sur silence. C'est Pauline.

Le jeune homme répond rapidement en texto. « Je suis dans le bus avec ma mère, te rappelle après. Et Pauline de répondre, « c'est urgent, appelle-moi vite, vite ».

— Tu ne lui réponds pas ?

— Je lui ai laissé un message, je la joindrai tout à l'heure, à la maison.

Le trajet paraît très long à Nikolaus, il ne sait pas ce que lui veut Pauline, il la sent très nerveuse et il n'aime pas ça.

48

Pauline ne tient pas en place. Elle a entamé depuis une demi-heure une infinie et labyrinthique déambulation à travers la maison. Il ne répond pas, mais pourquoi ? se demande-t-elle, il ne faut pas qu'il convainque sa mère si après il ne veut plus venir à cause des roses.

Quand Nikolaus et sa mère arrivent chez eux, dès l'entrée, une bonne odeur se faufile dans les narines du fils et de la mère.

— Tiens, mais, qui est là ? appelle Birgit, très étonnée de sentir l'appartement habité.

— Hum ! que ça sent bon, remarque Nikolaus, lui aussi s'enrobant d'un air surpris.

Puis, des voix se font entendre, Birgit reconnaît immédiatement celle très appuyée de son cousin Hunt.

— Mais, que fait mon cousin ici à cette heure ?

C'est alors qu'ils pénètrent dans le salon et découvrent Hunt avec un verre de whisky à la main. L'étonnement de Birgit est à son comble.

— Que fais-tu là ?

— Je te remercie pour l'accueil, si je te dérange, je peux partir tout de suite, ironise Hunt avec un grand sourire.

— Non, heu… balbutie Birgit qui n'a pas revu Hunt depuis l'enterrement de Ludwig.

— C'est ton fils qui m'a invité ce soir, il voulait te parler et il souhaitait que je sois là.

Birgit se tourne vers Nikolaus et le regarde avec un air bridé.

— Toi et tes cachoteries, je te retiens, on va rester encore un peu, on va boire du vin chaud, et moi je n'ai rien vu, j'aurais dû deviner qu'il y avait un mystère là-dessous.

— Oh, il n'y a rien de grave, il voulait te faire une surprise, c'est tout, moi, je suis très heureux de venir dîner chez toi.

— Mais je n'ai rien préparé.

Tout en disant ces mots, Birgit réalise la bonne odeur qui pénètre ses narines depuis son entrée dans l'appartement.

— Edda, c'est elle qui cuisine, elle aussi était dans le coup alors ?

— Oui, avoue Nikolaus, on s'est ligué contre toi pour t'apporter un peu de joie, de bienveillance.

Birgit se rend dans la cuisine, elle aperçoit Edda en train de remuer une grande cuillère de bois dans un grand faitout. Quand elle voit sa patronne, elle lâche un euh ! de surprise malgré sa culpabilité.

— Alors, vous aussi, Edda, vous avez participé à cette manigance.

— Oh, madame, c'est une idée de Nik et je pense qu'il a eu raison.

Birgit s'avance, hume l'intérieur du faitout.

— Ça sent rudement bon, vous vous êtes surpassée, comme toujours.

— C'est un pichelsteiner comme madame les aime tant.

— Je vois, oui, ce ragout est mon préféré. Je vous remercie.

— Maman, appelle Nikolaus du salon, viens ici, on t'a servi un verre de vin rouge, celui que tu aimes.

— Et en plus, vous voulez me soûler, tu dois avoir un sacré truc à me demander pour t'entourer d'une armée.

— Une armée, tu exagères, cousin Hunt est toujours de bon conseil, tu l'as toujours dit.

— C'est vrai, approuve Birgit en s'asseyant sur le canapé, après avoir enlevé son manteau et tout ce qu'elle portait. Cela fait du bien d'être à la maison, au chaud et avec des gens que l'on aime. Merci, Hunt d'être venu.

— Et moi !

— Merci à toi aussi, mon petit cachotier. Mais je crois savoir maintenant tout ce que cache cette mise en scène.

— Crois-tu ? demande Nikolaus, presque soulagé en espérant que sa mère ait deviné le sujet qu'ils vont aborder.

Avant que la soirée ne se poursuive, Nikolaus saute du fauteuil.

— Excusez-moi, j'ai un appel urgent à passer.

— Mais… s'étonne Birgit.

— Je reviens tout de suite, buvez en m'attendant.

Birgit et Hunt se regardent sans trop comprendre. Arrivé dans sa chambre, Nikolaus appelle Pauline.

— Mais que faisais-tu, cela fait presque une heure que j'attends ton appel ?

— Excuse-moi, ma Pauline, j'ai réussi à organiser ma soirée à la perfection, ils sont tous ici et on va pouvoir aborder le sujet de Noël en France.

— J'ai une nouvelle qui ne va pas t'enthousiasmer.

— Tes parents ne veulent plus ?

— Non, mais le centre de la Mémoire est fermé du 15 décembre à la mi-janvier. Tu comprends, on ne pourra pas déposer les roses, j'en suis malade, on voulait passer par le centre, tu ne voudras peut-être pas venir si on ne peut pas accomplir notre projet.

— Mais non, voyons, venir en France, c'est d'abord pour te voir ma princesse, te voir toi. Cela ne change rien, je vais tout faire pour venir avec maman, ça lui ferait tellement de bien.

— Oh, que je suis soulagée, Nik, alors tu vas essayer de venir quand même.

— Mais bien sûr, pour les roses, personne ne nous empêchera de les amener où l'on veut, je reviendrai, on le fera à un autre moment.

Après l'avoir couverte de baisers virtuels, il raccroche et descend à toute allure vers le salon. Plus que jamais, il est décidé à partir en France avec sa mère. Parlera-t-il des roses pendant le dîner, il ne sait pas encore ? À quoi bon, il reviendra l'année prochaine à Oradour, pour revoir Pauline et apporter les roses à l'église. Tout va très vite dans sa tête, il prévoit aussi d'inviter Pauline et ses parents à Berlin, enfin, si Olivier Couderc conçoit à connaître l'Allemagne et surtout à abandonner ses bêtes durant quelques jours.

Il entend sa mère parler avant de la voir. Elle semble avoir accepté cette soirée surprise. Peut-être pense-t-elle que Nikolaus a bien fait, qu'il a eu une bonne idée d'inviter le cousin de sa mère qu'il aime beaucoup et qu'il connaît depuis l'enfance.

— Je présume que tu téléphonais à Pauline, affirme Birgit sûre d'elle.

— Oui, et nous avons parlé de notre petit voyage en France à Noël.

— Mais enfin, je ne peux pas aller en France, pas tout de suite. Toi non plus, tu dois respecter la mort de ton père.

— Papa s'en ficherait bien que je reste ici ou que j'aille en France. On me l'a pris alors que nous venions de nous retrouver, ma seule consolation est que ces retrouvailles auraient pu ne jamais avoir lieu.

— Il a raison, apostrophe Hunt.

— Ah, je sais pourquoi il t'a fait venir, pour que tu mettes ton grain de sel dans cette discussion, mais je ne changerai pas d'avis. Je passerai Noël ici, à Berlin et j'irai sur la tombe de Ludwig.

— Maman, s'énerve Nikolaus, tu auras toute la vie pour te recueillir sur la tombe de papa, moi, je n'ai pas beaucoup de moments où je peux voir Pauline.

Birgit ne répond pas et se dirige vers la cuisine pour ne plus avoir à affronter son fils. Elle trouve que Nikolaus est égoïste et ne pense qu'à lui.

— Bien sûr, vous êtes d'accord avec lui ? lance-t-elle à Edda qui s'apprête à servir le repas dans la grande salle à manger. Cette pièce de l'appartement possède une grande table rustique en chêne et des chaises avec de hauts dossiers très confortables. Un grand tapis à dominante rouge s'étale sur presque toute la surface du plancher. Un immense fauteuil de velours rouille où traînent deux ou trois coussins en permanence peut recevoir un hôte en vue d'un petit moment de confort. Cette pièce est majestueuse, elle reflète le bon goût de Birgit.

— Oh moi ! madame, je n'ai pas mon mot à dire là-dessus.

— Allons, Edda, vous étiez complice, avouez-le.

— Nikolaus m'a juste demandé de préparer un repas pour vous trois ce soir.

— Et vous trouvez normal que ce soit mon fils qui ne s'est jamais occupé d'un repas dans la maison qui vous donne cet ordre.

— Oui, je savais, avoue Edda, il m'avait dit que vous seriez heureuse, que c'était pour votre bien.

— C'est incroyable ce que les gens ont envie de faire des choses en ce moment, juste pour mon bien.

— Il n'a pas eu tort, non ? demande Edda, hésitante, qui ne sait plus où se mettre.

— Oui, Edda, il a bien fait, mais je n'aime pas que l'on décide pour moi.

— Ce petit vous aime tant, il est si malheureux de vous voir ainsi, lui aussi, il souffre, il a besoin aussi de se changer les idées.

Quand Nikolaus entre dans la cuisine avec son verre à la main, il vient d'entendre les derniers mots d'Edda.

— Oui, je souffre d'avoir perdu papa, moi aussi, il me manque à en crever, mais nous devons rebondir, maman, nous devons vivre à nouveau, pour lui.

— Et rebondir signifie pour toi revenir à Oradour.

— Oui, entre autres choses.

— Ce village t'a envouté, si ce n'est plutôt une jeune fille qui y vit.

— Maman, sache une fois pour toutes que Pauline ne vit pas dans le village martyr, tu l'as vu comme tout le monde, il n'y a plus personne. Elle vit à côté et elle vit bien. Le village martyr a changé ma vie, il m'a fait retrouver mon père, réfléchir sur les meurtres de masse des nazis, conforter ma décision d'être historien. Oui, maman, Oradour vit pour que personne n'oublie, et toi et moi, nous allons vivre pour papa, pour continuer à faire ce qu'il avait commencé, nous unir.

Edda et Birgit ne disent rien, la tirade de Nikolaus les a scotchées. Que répondre à ça ? Hunt fait son apparition dans la cuisine, il s'appuie sur le mur peint en vert jade.

— Bien sûr, articule enfin Birgit, toi, tu es d'accord avec lui et tu penses que je dois partir fêter Noël dans un pays que je ne connais pas, au sein d'une famille que je ne connais pas plus.

— Oui, dit-il, certes, tu ne les connais pas, mais ton fils aime Pauline, je sais ce que tu vas me dire, il n'a que 17 ans et on ne traverse pas des frontières pour une amourette. Je ne crois pas que ce ne soit qu'une amourette, ces deux jeunes sont liés par d'autres forces, d'autres puissances qui nous échappent.

— J'aurai 18 ans en janvier, je ne suis plus un enfant, et n'aie crainte, maman, je ne vais pas épouser Pauline, du moins pas encore, nous avons la tête sur les épaules. Si un jour cela doit se faire, nous aviserons, mais pour l'instant, la question n'est pas là. Alors, maman ?

Les yeux de Nikolaus ainsi que ceux d'Edda et de Hunt scrutent en même temps la réponse de Birgit.

49

Aussi loin qu'elle s'en souvienne, Birgit a toujours aimé Noël, elle se revoit petite fille, couchée par terre à regarder pendant des heures l'énorme crèche que son père avait fabriquée, autant pour elle que pour lui. Il avait toujours été un grand enfant et elle avait eu l'impression bizarre de grandir auprès d'un frère. Chaque année, ils allaient tous les deux cueillir un sapin dans la forêt, il était aussi fort qu'un bucheron. Ils accrochaient ensemble des bougies à languettes sur les branches et les allumaient le soir de Noël. Sa mère trouvait ça très dangereux, mais à l'époque, on s'arrangeait de tout et rien ne semblait vraiment risqué.

Sa mère, Gertrude, se moquait de toutes ces décorations et ces démonstrations lumineuses. Elle, ce qui l'intéressait, c'était la nourriture, les foies gras, les canards confits et autres mets qu'elle fabriquait avec passion. Les Noëls étaient enchanteurs dans sa famille, bon enfant, sans chichis et mondanités. Toute cette joie familiale s'était envolée longtemps après la mort de sa mère tant aimée, quand son père s'était remarié avec le diable.

Puis, avec Ludwig, elle avait découvert les repas de luxe au restaurant, les soirées théâtrales, elle fréquentait des gens plus à l'aise dans leur vie, mais elle n'avait jamais oublié ses Noëls d'enfant.

Malgré son chagrin, Birgit accepte de se rendre en France à Oradour-sur-Glane pour fêter un Noël peu banal, avec des gens qui lui sont pratiquement étrangers, mais dont la fille a pris le cœur de son petit, son unique enfant, son Nikolaus adoré. Pour lui, elle irait au bout du monde, il voulait passer Noël à Oradour, soit, son vœu serait exaucé, elle avait cédé.

Ils devaient y rester trois jours, ils y restèrent une semaine. Birgit participa aux frais et aida même à la ferme. Elle apprit quelques mots de français et promit de s'y mettre avec l'aide de Nikolaus. Noël à la campagne l'avait détendue, même soulagée, car en restant seule à Berlin, elle aurait sans nul doute souffert de solitude. En cadeau, elle reçut de la part des Couderc un beau vase en porcelaine de Limoges qu'elle eut peur de ne pas ramener entier à Berlin.

Le dernier jour, ils passent une bonne partie de l'après-midi ensoleillé et malgré le froid, à se promener autour de la ferme. Pauline et Nikolaus suivent, comme à leur habitude, main dans la main. Sans parler la même langue, les deux mères se comprennent à demi-mot, chacune tentant de retrouver l'autre dans la conversation. Nikolaus se moque gentiment, mais Virginie et Birgit arrivent à se comprendre.

— Ils sont très amoureux, c'est sûr, mais c'est plus que ça, ils raisonnent, ils étudient, ils analysent, ce n'est pas qu'un couple, c'est une équipe, tente de faire comprendre Virginie à Birgit.

— Ils font plaisir à voir, répond Birgit, traduit par Nikolaus qui a entendu la phrase de sa mère.

Le jour du départ, Pauline et Nikolaus ont tout mis au point. Ils ne seront pas ensemble pour l'anniversaire de Nikolaus d'ici quelques jours, mais Nikolaus reviendra seul pour les vacances d'hiver à Oradour afin de réaliser leur projet des roses, mais tout simplement pour se revoir. Il y a des pleurs, de l'espoir dans la vie, mais aussi des doutes sur leur avenir ensemble, ils sont si jeunes. Il n'y a pas de promesses, ils vont vivre la vie comme elle vient et si le destin doit les réunir pour toujours, il le fera. Le soir, Virginie Couderc prépare le repas, quelques restes de midi et une énorme omelette au fromage avec les œufs de la ferme.

— J'ai une faim de loup ce soir, lance Olivier Couderc en entrant dans la cuisine. Je vais prendre une douche et je vous rejoins pour le dîner.

— J'ai fait une omelette.

— Ah, c'est très bien.

— J'espère que c'est très bien, si on comptait sur toi pour la cuisine, dit-elle en souriant.

Une fois redescendu dans la cuisine et changé de frais, Olivier revient sur la semaine passée. Birgit, Pauline et Nikolaus se promènent dans la cour.

— Elle est incroyable ma fille, je ne la pensais pas si mûre pour son âge même si j'en étais fier. Aller sauver un Allemand dans l'île de Chaillac, avoir une relation amoureuse sans se bécoter toutes les cinq minutes dans les coins. Ces deux jeunes ont la tête sur les épaules, il me plaît bien, ce garçon, avoue Olivier Couderc.

— Oui, Pauline a changé en si peu de temps, elle est devenue plus responsable, plus patiente aussi. C'est difficile pour elle, ce n'est pas comme si Nikolaus habitait Oradour ou Limoges.

— Si ça dure comme ça, on les mariera un jour, qui sait ?

— Alors, toi, tu m'épates, donner ta fille à un Allemand, alors qu'il y a quelques mois, ce n'était que des boches pour toi.

— Oui, j'ai appris à le connaître, Pauline a raison, il faut passer là-dessus, ce jeune homme n'a rien d'un assassin, et son histoire avec son père m'a touché, il a réussi à le convertir, comme Pauline a réussi avec moi. Ces enfants sont géniaux, je suis si heureux d'avoir rencontré cette famille de Berlin.

— On ira un jour à Berlin, on fera garder les animaux par Joe et certains de tes amis pourront s'occuper de la ferme.

— On verra, mais en été, avec ce froid, je suis trop bien dans ma campagne.

Zoé déboula dans la cuisine avec son livre.

— Zoé va te laver les mains, on mange.

— Attends, je lis encore un chapitre des secrets de Zoé. Merci, maman, de m'avoir acheté ce livre, je l'adore.

— Il parle de quoi déjà ?

— Le titre, c'est « défense de parler aux éléphants ».

— Toute une histoire, répond Olivier, tant qu'il ne t'empêche pas de parler aux vaches.

— Il faut acheter le suivant.

— C'est quoi le suivant ? demande Virginie.

— Heu, attends, je regarde derrière, ah, « Les tigres n'embrassent pas les lions ».

— Et sur les poules, les canards, les vaches et les cochons, il n'y a rien ? plaisante Olivier.

— Tu n'as rien compris, lâche Zoé, les animaux de la jungle sont plus intelligents.

— Ah, bon, je les trouve malignes moi mes vaches et mes poules.

— Pff.

Quelques minutes plus tard, Pauline se met à table, imprégnée encore de l'odeur de Nikoalus et décidée à vivre ces jours sans lui avec bonheur auprès des siens.

Chapitre 49

Une fois à Berlin, Nikolaus se remit dans les études de plus belle. Il pensait que le travail l'aiderait à supporter la distance qui existait entre lui et sa Pauline adorée. Sa chambre s'était transformée en sanctuaire, des photos de Pauline, des photos de lui et Pauline, des photos de la famille de Pauline, des photos de Pauline et de lui au village Martyr. Birgit s'inquiétait d'autant plus que son fils ne s'intéressait à plus rien si ce n'était à ses études, Pauline et Oradour.

Ludwig n'était pas là pour le diriger avec plus d'autorité qu'elle n'en faisait montre de son côté. Elle se consolait en se disant que les études étaient très importantes et son fils n'avait pas levé le pied dans ce sens-là. Ses professeurs étaient d'accord pour dire que c'était un brillant élève et qu'il réussirait, surtout en histoire, où en plus de son travail, Nikolaus affichait une facilité déconcertante à se souvenir des événements, des lieux, des dates.

Ce jour de fin janvier, la neige couvre la ville de Berlin. Dans la cour du lycée, les jeunes, emmitonnés comme des Esquimaux, discutent à bâton rompu.

— Aujourd'hui, Nikolaus ne nous a pas encore parlé de Pauline, ironise Harold en relevant les pans de son caban noir.

— Ah ! tiens, c'est vrai ça, appuie Gurt.

— Arrêtez de me chambrer avec ça, je pense tous les jours à elle, mais je ne tiens pas à vous en rabâcher les oreilles pour entendre vos sarcasmes du genre, regarde Ana comme elle est belle aujourd'hui avec son petit manteau bleu, et Frida, avec ses formes pulpeuses de danseuses de cabaret. Je m'en moque de toutes ces filles.

— Oh là, tu t'emballes tout seul, nous, on l'aime bien Pauline, mais tu ne pourras pas l'attendre toute ta vie.

— Premièrement, ce ne sera pas toute ma vie, dès que nous aurons l'âge de voler de nos propres ailes, nous nous rapprocherons, je ne peux pas vivre sans elle.

— Au fait, précise Gurt, j'ai revu ton Erika, la fille des amis de tes parents. Elle est de plus en plus belle, elle, c'est vraiment un ovni.

— Tu penses encore à elle, quand tu t'accroches toi, répond Nikolaus, et ce n'est pas mon Erika, je te précise.

— Hey, je ne m'accroche pas plus à Erika, que je n'aurai jamais, malheureusement, que toi à Pauline.

— Pour faire un couple, il faut être deux, souligne Nikolaus, Pauline et moi, on est en accord, on s'aime. Alors que toi et Erika, ce n'est que du rêve pour toi, tu l'enfermes dans ta tête, pas dans tes bras.

— Waouh, tu fais de la poésie maintenant.

— Oui, tu sais que je suis plus doué que toi dans presque toutes les matières.

Ils rirent de bon cœur, juste au moment où la sonnerie de reprise des cours retentit.

Nikolaus avait zappé intentionnellement de mentionner qu'il avait reçu un cadeau de Pauline pour son anniversaire, un livre numérique où étaient imprimées toutes les plus belles photos de son séjour scolaire à Oradour. Il le gardait précieusement dans un tiroir de son bureau. Quand il l'avait montré à sa mère, celle-ci avait répondu, elle tient vraiment à toi cette petite. Nikolaus était amoureux, oui, maintenant, il en était certain, c'était avec elle qu'il voulait passer sa vie. Mais pour l'instant, il gardait tout ça pour lui, il ne voulait pas affoler sa mère avec une pression supplémentaire à la mort de son mari.

Birgit reprenait vie peu à peu, sortait quelquefois avec son cousin, ses amies. Ils avaient pris la décision que pour le mois de février, Nikolaus se rendrait seul en France. Birgit avait du mal à comprendre, malgré toute la détresse qu'elle avait ressentie en visitant les ruines d'Oradour-sur-Glane que l'on puisse prendre un avion juste pour aller déposer un rose au pied d'une église.

50

Avec l'arrivée du mois de février, Berlin propose tant de sorties et festivals d'art que les habitants de la ville ne savent plus où donner de la tête. Les Berlinois le nomment le mois de l'amour. Les fêtes de Noël et l'excitation de la nouvelle année sont passées, mais le charme de l'hiver continue à opérer dans l'une des villes les plus importantes sur la scène mondiale.

Quand Nikolaus reçoit un ami ou quelqu'un d'étranger, il l'emmène en général au point de vue panoramique (le Panoramapunkt). Il est situé à cent mètres au-dessus du sol, les visiteurs peuvent y déguster des boissons et des collations dans la cafétéria. Nikolaus y emmènera Pauline quand elle viendra à Berlin. Il a hâte de la faire monter dans l'ascenseur le plus rapide du monde, puisqu'en seulement vingt secondes, le sommet est atteint. Il lui montrera l'exposition en plein air divisée en deux étages qui conte l'histoire de la Potsdalmer Platz, située à Tiegarten, l'un des meilleurs quartiers de Berlin.

Assis tout seul dans une brasserie, non loin de chez lui, Nikolaus pense encore et encore à Pauline, à la France, à Oradour. J'aurais dû naître là-bas, se dit-il, puis il change d'avis en contemplant sa bière fraîche sur la table de bois brun. Finalement, on est de son pays, mais ce n'est pas une raison pour ne pas en connaître d'autres. C'est ce qu'il a entrepris avec la France. Ici, à Berlin, la bière et les traditions germaniques sont partout. Dans la rue, les transports en commun, on boit de la bière comme d'autres fument ou lisent. Cette vision en France ferait l'effet d'une conversion à la beuverie alors qu'en Allemagne, elle reflète la bonne humeur et le savoir bien vivre.

Il ne lui reste que quelques jours avant son départ pour la France. C'est la première fois qu'il voyage seul pour se rendre aussi loin, nonobstant, pas une once d'angoisse ne le submerge, il va à la rencontre de Pauline, sa petite princesse d'Oradour. Il a tout préparé en vue des prochaines vacances scolaires, Winterferien, comme on dit ici. Les roses, c'est Pauline qui s'en occupe et d'après leur dernière conversation téléphonique, elle les aura.

Ce geste symbolique, ils l'ont maintes fois abordé, ils veulent le faire seuls, sans le dire à qui ce soit d'étranger à la famille. Ce sera leur moment à eux. Ils boucleront la boucle de leur rencontre et de leur découverte mutuelle du massacre d'Oradour. Lui, en tant qu'Allemand, qui ne savait presque rien, et elle, en habitante d'Oradour qui finalement n'en savait pas beaucoup plus.

On croit connaître, on croit savoir les choses et puis, quand on les approche de plus près, on se rend compte qu'on en sait si peu.

Oradour-sur-Glane, début février, de nos jours.

Quand Pauline et sa mère arrivent des courses, la ferme est recouverte d'un mince tapis blanc. Elles ont trouvé les roses « *Devoir de mémoire* » chez un fleuriste à Limoges qui les conserve dans une serre. Elles sont magnifiques, éclatantes, d'un rose fuchsia étincelant. Elles iront les acheter la veille de la venue de Nikolaus. Pauline désire qu'elles soient les plus fraîches possibles.

— Quand je t'ai parlé de la rose « *Devoir de mémoire* », je ne savais que tu aurais cette idée saugrenue, d'où t'est venue cette décision d'en mettre sur les marches de l'église ?

— Comme ça, et quand j'ai su que c'était Robert Hébras qui les avait choisies et inaugurées, j'ai compris que mon idée était géniale.

— J'espère que le massacre d'Oradour ne va pas vous poursuivre indéfiniment, c'est un drôle de souvenir d'amour de jeunesse.

— Maman, ce n'est pas un amour de jeunesse, il durera toujours.

— Premièrement, tu es jeune, donc c'est un amour de jeunesse et deuzio, personne ne sait combien de temps un amour peut durer.

— Toute la vie, le nôtre ne s'éteindra jamais.

Virginie Couderc laisse sa fille à ses chimères, après tout, elle a le temps de voir que les événements ne se déroulent pas toujours comme l'on veut. Elle est heureuse de recevoir ce garçon qui compte tant pour sa fille et qui paraît être très mature. Il ne cherche pas la bagatelle, elle le sent très bien. Et même s'il est amoureux de Pauline, fait dont elle ne doute pas, il reste patient, attentionné et passionné d'histoire comme elle.

Elle a parlé au téléphone avec Birgit qui a bien demandé que les deux jeunes gens ne dorment pas dans la même chambre. Virginie Couderc n'aurait jamais eu l'idée d'en faire autrement, et elle a apaisé les inquiétudes de la mère de Nikolaus à ce sujet.

Nikolaus parle avec son voisin dans l'avion qui le mène à Limoges.

— Vous êtes Allemand, lui dit-il dans la langue de Goethe.

— Oui, lui répond Nikolaus. Vous n'avez rien contre les Allemands, j'espère, répond Nikolaus inquiet.

— Non, je vis en Allemagne depuis que j'ai 15 ans. Mon père s'est remarié avec une Allemande.

— Ah !

— Je ne les aimais pas au départ, ils m'avaient pris mon père. Est-on stupide parfois !

— Les Allemands ne sont pas aimés de tout le monde, encore aujourd'hui.

— Vous faites allusion à la guerre, au nazisme.

— Oui.

— Je n'ai jamais éprouvé de la haine pour un Allemand né après la guerre à cause du nazisme, c'était une époque, le conflit, c'est du passé, tout ça.

— Ça me touche ce que vous disiez ça. Dans certaines familles de souche allemande, le passé est toujours là, très présent.

— Il faut s'en moquer et passer outre.

— J'agis ainsi, surtout depuis que j'ai visité Oradour-sur-Glane en France.

— Oradour, quelle tragédie !

La discussion s'arrête net quand l'hôtesse arrive et demande s'ils veulent une collation. Ils acquiescent et Nikolaus déguste son café en regardant par le hublot les nuages épais en contrebas qui semblent danser dans la lumière du soleil. Cette discussion lui a fait du bien, plus que jamais, il est convaincu d'avoir eu raison pour son père. Chacun dans son coin doit ajouter sa pierre au rempart de la paix, se dit-il.

À la descente de l'avion, de nombreuses personnes attendent l'arrivée de ce vol. Nikolaus passe récupérer sa valise et au bout d'une centaine de mètres, il aperçoit Pauline tout de rose vêtue en compagnie de sa mère qui agite ses bras dans sa direction. Il sourit, soulagé de ne pas attendre et aussi de ne pas rester dans cette ville impersonnelle qu'il ne connaît pas. Ce soir, il dormira à Oradour, si proche de sa petite Pauline qui fait aujourd'hui partie intégrante de sa jeune vie.

L'accueil de la mère de Pauline est une bouffée d'oxygène pour le jeune Allemand. Il sait maintenant qu'il a deux alliés ici. Il va rester quatre jours et profiter de chaque minute. Une fois à la ferme, il s'aperçoit qu'Olivier Couderc n'est finalement pas aussi opiniâtre que cela, ce dernier lui souhaite la bienvenue. Nikolaus est ravi de voir cette amabilité de la part de ces Français qu'il connaît si peu, même Zoé lui saute au cou.

Olivier Couderc est égal à lui-même concernant sa tenue, un vieux gros blouson de cuir pelé, avec au-dessous un col roulé de laine épaisse qui dépasse et des pantalons crottés enfilés dans des bottes vertes en caoutchouc.

— Excusez-moi de vous recevoir dans cette tenue, mais vous savez ici, le costume est relayé au banc des abonnés absents. Je n'en ai jamais porté, sauf le jour de mon mariage avec Virginie, sa mère m'aurait fait une crise que je n'ose même pas imaginer.

— Mais c'est normal, monsieur Couderc, avec tous ces animaux que vous avez à soigner, ces terres à entretenir, je comprends très bien, d'ailleurs, je vous aiderai si cela ne vous dérange pas. Heu… J'ai apporté un vieux survêt à cet effet.

— Oh, alors ça, c'est une gentille attention, il faut enlever le fumier de l'étable et…

— Oh là, on se calme Olivier Couderc, renchérit Virginie qui prépare une collation de bienvenue. Tu ne vas pas faire travailler ce garçon alors qu'il vient juste de passer le pas de la porte.

— Oui, tu as raison, mais ici, le temps ne s'arrête pas, il nous pousse dans le dos en permanence.

La journée se passe, paisiblement, Pauline et Nikolaus sont inséparables. Après avoir rangé les affaires du jeune lycéen dans une armoire, les deux adolescents décident d'aider Virginie à la préparation du déjeuner.

— On attendra demain pour nous rendre au village martyr, dit Pauline en s'empiffrant d'un morceau de gâteau meringué au citron.

— Comme vous voulez, souligne Virginie, c'est votre idée, vous en êtes maîtres. Je t'ai seulement accompagnée pour acheter les fleurs.

— Vous croyez que c'est utile, ça va changer quoi, ces deux roses devant l'église ? lâche le père de Pauline.

— Malheureusement rien, le passé est le passé, mais l'avenir, c'est l'espoir, la reconquête d'une confiance perdue, en la vie, en l'homme, explique la jeune fille.

— Moi, je ne vous suis plus, avoue Olivier Couderc, dépassé par ces jeunes qui veulent changer les choses et faire vivre les morts.

Oradour-sur-Glane, Haute-Vienne, un matin froid de février, de nos jours.

Le temps est maussade, malgré un pâle soleil qui tente tout de même quelques percées. En osmose totale, Pauline et Nikolaus marchent silencieusement dans le village éventré. Ils le connaissent si bien maintenant. Ils portent dans leur main une rose fuchsia, une rose qui a été baptisée « *Devoir de mémoire* » et qui a été inaugurée par Robert Hébras, dernier rescapé d'Oradour.

Ils ne parlent pas, les mots sont dérisoires. Il y a des moments dans la vie où ce que l'on ressent n'est pas exprimable, pas explicable. Les silences, les énergies, les regards détiennent à eux seuls tant de capacité à percer les âmes.

Ils s'approchent de l'église, montent les quelques marches décaties. Pauline pose la première rose sur la bordure pierreuse, juste à l'entrée. Nikolaus regarde Pauline qui montre un visage fermé, déterminé. Il pose à son tour une rose à côté de celle de sa jeune amie. Ils restent ainsi de longues minutes, immobiles et muets. Il n'y a personne ce matin aux abords de l'église Saint-Martin.

Nikolaus a compris le geste de Pauline, il est décidé à la revoir, toujours, et si le destin devait un jour les séparer, il y aura toujours Oradour pour les réunir.

Pauline contemple les deux roses. Cette couleur fuchsia est brillante comme de la rosée et douce comme du velours sous le soleil blanc de février.

Pauline se tourne vers Nicolaus.

— Heureusement que mon père ne nous voit pas, il comprend mal ce geste.

Nikolaus lève son regard vers le trou béant de l'église où un oiseau passe sereinement.

— J'espère de toutes mes forces que le mien comprend ce geste et me voit. Et les massacrés du 10 juin 1944, eux tous, aussi.

Remerciements

— **Agathe Hébras,** petite-fille de Robert Hébras, dernier rescapé du village martyr d'Oradour-sur-Glane. Pour sa gentillesse, son intérêt pour mon histoire, y trouvant une occasion de devoir de mémoire pour qu'Oradour ne meure jamais et reste le symbole de la barbarie nazie en France pendant la guerre de 39/40.

— **Benoît Sadry,** premier adjoint du village d'Oradour et président de l'Association Nationale des Familles des Martyrs d'Oradour-sur-Glane. Pour son soutien, la compréhension de ma démarche historique et humaine. Il reste l'une des personnes les plus aptes à parler d'Oradour, du drame et des suites de la vie de la population après le massacre et l'existence des générations qui ont suivi. Merci à lui pour son aide aux corrections historiques.

Sources

— **Benoît Sadry**, président de l'Association Nationale des Familles des Martyrs d'Oradour-sur-Glane et délégué à la mémoire à la mairie d'Oradour. « *Regards et histoire* ».

— Mémoire de guerre.com

— **Bertrand Tillier,** historien de l'art français, le monument aux martyrs d'Oradour-sur-Glane par Fenosa, l'histoire d'un « *non-lieu de mémoire* ».

— Centre de la Mémoire d'Oradour-sur-Glane.

— **Serge de Sampigny**, écrivain, journaliste, réalisateur « *Dans la tête des SS* ».

— Le Populaire du Centre, journal.

— France-info, Nouvelle-Aquitaine.

— Wikipédia.

ISBN : 978-2-81220-503-3
222, boulevard Pereire - 75017 Paris
www.ramsay.fr
Réalisation : Ramsay Médias, Romorantin (41)
Achevé d'imprimer en France
sur les presses numériques de Dupliprint (95)
Dépôt légal à parution